햇살 가득한 소풍길

햇살 가득한 소풍길

ⓒ 김희옥, 2023

초판 1쇄 발행 2023년 7월 10일

지은이   김희옥
펴낸이   이기봉
편집   좋은땅 편집팀
펴낸곳   도서출판 좋은땅
주소   서울특별시 마포구 양화로12길 26 지월드빌딩 (서교동 395-7)
전화   02)374-8616~7
팩스   02)374-8614
이메일   gworldbook@naver.com
홈페이지 www.g-world.co.kr

ISBN   979-11-388-2090-5 (03810)

햇살 가득한 소풍길

김희옥

때론 바람에 흔들리며,
때론 햇살을 받으며

좋은땅

저자의 말

가지 많은 나무 바람 잘 날 없다고 늘 흔들리며 살았습니다. 그럼에도 불구하고 따뜻하게 감싸 주는 햇살이 있기에 웃음을 잃지 않고 살아갈 수 있었습니다.

많이 부끄럽고 부족하지만 용기를 냈습니다. 우리 주변에서 누구나 접하는 일상의 일들을 특별히 꾸미지 않고 진솔하게 썼기 때문에 이 책을 대하는 분들도 쉽게 공감할 수 있을 것이라고 스스로에게 위로를 해 봅니다.

삶이 힘들다고 생각하는 누군가가 이 책을 읽고 위로를 받고 삶이 아름다울 수도 있다고 생각을 하게 된다면 좋겠다는 바람을 가져 봅니다.

여러분의 이번 생이 햇살 가득한 아름다운 소풍길이 되었으면 합니다.

2023년 1월

김희옥

위기의 순간에 나타난 아름다운 청년

한 해 먼저 서울로 올라간 남편을 따라서 다음 해 내가 서울로 갑자기 발령이 나는 바람에 시골에서 주문한 차 르망을 서울에서 인수하게 되었다.

운전면허도 동료의 엑셀로 시골 학교 운동장에서 연습해서 땄기 때문에 완전 초보인 데다가 길눈도 어두운 사람이 지리도 전혀 모르는 서울에서 차를 받은 것이다. 호기심이 많고 무조건 도전적이고 겁이 없는 나는 무식하면 용감하다더니 운전대를 잡아 보고 싶었다.

무더운 여름날 남편이 출근한 뒤 나는 어린 아이들 셋을 태우고 가까운 드림랜드 수영장에 가기로 하고 휴대폰도 없고 내비게이션도 없던 그 시절에 무조건 차를 끌고 나왔다.

내 머릿속에는 우회전하면 바로 드림랜드가 있었다고 생각했는데 반대 방향으로 갔는지 처음 보는 전혀 다른 길이 나오고 있었다. 가다 보니 철길을 건너게 되어 있었다. 그런데 철길을 못 건너고 계속 시동이 꺼졌다. 신호기 아저씨가 나와서 계속 보고 있었다. 만약 그때 기차가 지나가는 시간이었다면 우리는 차를 놓고 모두 피신해야 했을 것이다. 시동이 여러 번 꺼진 후에야 천신만고 끝에 건넜다. 아이들은 모두 숨죽이고 있었다. 당황한 나는 열이 펄펄 나고 진땀이 흘렀다. 이제는 직진하는 수밖에 없다. 차선을 바꿀 줄도 모르고 좌회전, 우회전도 모르고 길도 모르고 여기가 어딘지도 몰랐다. 차들의 빵빵대는 소리는 이제 내 귀에는 들리지도 않았다. 수영은 진즉에 물 건너가고 어떻게 이 차를 가지고 집으로 돌아가느냐가 문제였다. 돌아가는 것은 불가능했다. 방법은 차를 버리고 아이들하고 택시를 타고 오는 수밖에 없었다.

어떻게 가다 보니 넓은 장소가 보였다. 대학교였다. 교문 앞에 무조건 차를 세우고 머릿속이 하얗게 된 나는 차 안에 그냥 있었다. 나중에 알고 보니 삼육대학교였다. 그때 남학생 두 명이 문을 두드렸다.

아까부터 우리 차를 보고 있었다고 한다. 내가 하도 길을 막고 있으니까 큰 트럭이 우리 차를 약간 밀었다는 것이다. 물론 나는 그것도 몰랐다. 내 정신이 아니었으니까. 나중에 보니 새 차의 뒤쪽 라이트가 깨져 있었다.

자기들은 삼육대학교 학생이고 그중 한 명이 군에서 운전병을 해서 운전을 할 줄 안다고 했다. 나는 이제 살았구나 싶었다. 나는 처음으로 차를 몰고 나왔고 지리도 전혀 모르고 여기가 어디인지는 더더욱 모른다고 운전석에 앉아서 운전해 주시라고 사정을 했다. 그것은 안 되고 자기가 가르쳐 주는 대로 하라고 했다. 그러더니 옆 공터로 데리고 가더니 기어 넣는 법을 가르쳐 주었다. 사실 기어를 어떻게 바꾸는지 몰랐던 나는 여기까지 한 번도 기어를 바꾼 적이 없이 일단으로 왔던 것이다. 공터를 여러 번 돌면서 운전교습소처럼 한참 동안 나를 연습을 시켰다. 기어를 바꾸는 법과 깜빡이를 켜고 차선을 바꾸는 법, 시동을 꺼트리지 않는 법을 연습시킨 뒤에 집이 어디냐고 한다. 주소를 말해 주었더니 우리 집까지 가는 길을 자기들이 안다고 했다. 자기들이 옆에 앉아서 안전하게 가게 해 드릴 테니 염려하지 마시라고 한다.

집에 가는 길을 모르는 나는 벌벌 떨면서 내 옆에 앉은 학생이 시키는 대로 왼쪽으로 핸들을 돌리라면 돌리고 액셀을 밟으라면 밟고 브레이크를 밟으라면 밟으면서 벌겋게 상기된 얼굴로 어떻게 오다 보니 세상에 갑자기 우리 아파트가 나왔다.

나는 정신이 없어서 그 청년들 집이 어딘지 이름이 무엇이고 무슨 학과인지 물어볼 정신도 없었다. 집까지 갈 차비 줄 정신도 없었고 시원한 물한 잔 줄 생각도 못 했다. 온몸이 땀에 젖은 무모한 엄마는 그제야 뒷좌석에 앉아 있었던 아이 셋을 돌아보았다. 그동안 숨죽이고 있던 아이들은 다시는 엄마가 운전하는 차는 타지 않겠다고 선언했다.

무더운 여름날 처음 보는 사람을 위해서 한나절이나 시간을 내 준 그 아름다운 청년들은 우리를 그렇게 우리 집 주차장에 무사히 데려다주고 자기들 갈 길을 갔다. 나의 첫 운전은 이렇게 끝이 났다.

1990

울지 마라 외로우니까 사람이다

내가 근무했던 작은 시골 학교는 참으로 정이 넘치는 아름다운 곳이었다. 몇 안 되는 교직원이 완전히 가족같이 지내는 곳이었다. 운전면허도 네 명이 함께 동료 교사의 차로 학교 운동장에다 T자, S자를 그려 놓고 연습해서 모두 면허를 딸 정도였다. 이렇게 시골 학교에서 가족처럼 행복하게 지내던 어느 날 갑자기 남편이 서울 본사로 발령이 났다. 할 수 없이 일 년 후 나도 내 인생 설계도에 없었던 서울로 근무지를 옮기게 되었다. 정기 인사이동 때 발령이 안 나서 한 해 더 익산에서 근무해야 된다고 생각했는데 갑자기 3월 중순에 서울로 발령이 나서 의지가지없는 서울 생활을 시작하게 되었다.

갑자기 중간에 발령이 나는 통에 아이들은 시부모님과 함께 익산에 있고 남편과 나만 서울살이를 시작했다. 이렇게 시작한 서울살이는 참으로 외롭고 힘들었다. 마음 둘 곳이 없었다. 친구도 없고 아이들도 부모님도 없고 모든 것이 낯설고 서러웠다. 지하철도 처음 타 보는 나는 완전히 어리바리 시골 촌뜨기였다. 갑자기 바보가 된 것 같았다.

그때 〈개똥벌레〉노래가 유행을 했는데 어쩌면 그렇게 내 처지와 비슷한지 나는 그 노래를 들으면서 눈물을 흘렸었다. 가슴을 내밀어도 친구가 없었고 나를 위해 한 번만 손을 잡아 주는 사람도 없었다. 나는 개똥벌레.

어쩔 수 없었다. 내 처지와 똑같았다.

아무리 우겨 봐도 어쩔 수 없네/저기 개똥 무덤이 내 집
인걸/가슴을 내밀어도 친구가 없네/노래하던 새들도 멀리
날아가네/가지 마라 가지 마라 가지 말아라/나를 위해 한
번만 노래를 해 주렴/나나나나나나 쓰라린 가슴 안고/오늘
밤도 그렇게 울다 잠이 든다.
마음을 다 주어도 친구가 없네/사랑하고 싶지만 마음뿐
인걸/나는 개똥벌레 어쩔 수 없네/손을 잡고 싶지만 모두
떠나가네/가지 마라 가지 마라 가지 말아라/나를 위해 한
번만 손을 잡아 주렴/아아 외로운 밤 쓰라린 가슴 안고/오
늘 밤도 그렇게 울다 잠이 든다.

그렇게 외로운 서울살이를 하다가 어느 날 시가 있는 산책로에서 정호
승 시인의 시 〈수선화에게〉를 접했다.

울지 마라/외로우니까 사람이다/살아간다는 것은 외로
움을 견디는 일이다/공연히 오지 않는 전화를 기다리지 마
라/눈이 오면 눈길을 걸어가고/비가 오면 빗길을 걸어가
라/갈대숲에서 가슴검은도요새도 너를 보고 있다/하느님
도 외로워서 눈물을 흘리신다/새들이 나뭇가지에 앉아 있
는 것도 외로움 때문이다/산 그림자도 외로워서 하루에 한
번씩 마을로 내려온다/종소리도 외로워서 울려 퍼진다.

세상에 전지전능하신 하느님도 외로워서 눈물을 흘리시는구나. 나만 외로운 것은 아니었구나. 외로우니까 사람이구나. 나는 그 후 아주 오랫동안 내가 외롭고 힘들 때마다 '비가 오면 빗길을 걸어가고 눈이 오면 눈길을 걸어가자.'라고 스스로에게 주문을 외치며 뚜벅뚜벅 걸어갈 수 있었다.

오죽하면 그림자도 외로워서 마을로 내려올까. 내가 우는 것을 어찌 알았는지 '울지 마라.'고 했을까. 나는 이 시로 위로받고 살아갈 힘을 얻었다. 눈물을 멈추고 웃을 수 있었다. 얼마나 아름다운 시인가. 어쩌면 이런 글을 쓸 수 있었는지 시인도 참으로 외로울 때가 있었나 보다.

2005

목욕탕에서

오늘 목욕탕에서 사람 사는 아름다운 모습을 보았다. 탕 안에 들어가 있는데 바로 옆에서 할머니와 손녀가 얼굴을 맞대고 이야기를 하고 있었다. 십 대로 보이는 손녀가 할머니 귀에 대고 계속 귓속말을 하고 있었다. 아이는 다운증후군이었다. 할머니는 우유인지 두유인지를 계속 반복적으로 말하며 발음 연습을 시키고 있었다. 그러면 아이는 따라서 할머니 귀에 대고 말을 하고 있었다. 둘의 모습이 참 보기에 좋았다. 그 아이에게는 할머니가 수호천사였다. 그 아이는 할머니가 있는 한 외롭지 않을 것 같았다.

아주 아름다운 장면을 또 보았다. 마침 내가 탕 안에 있어서 그 장면을 볼 수가 있었다. 너무나 나이가 드셔서 뼈만 앙상한 할머니를 오십 대로 보이는 아주머니가 번쩍 안아서 때를 밀 수 있도록 설치가 되어 있는 받침대 위에 눕혔다. 그러고는 아주 정성스럽게 때를 밀었다. 나는 탕에서 나와서 사우나도 하고 머리도 감고 나서 한참 있다가 그곳을 다시 보았는데 놀랍게도 그때까지 아주 정성스럽게 때를 밀고 있었다. 그러면서 구순하게 말을 주고받고 있었다. 마침 옆에서 쉬다가 대화를 듣게 되었다. "어머니. 남의 허물을 들춰내서 말하면 복이 달아나고요. 허물을 덮으면 복이 온대요. 아버님이 잘못하시는 것이 있더라도 다 덮으시고 다른 사람 앞에서 들추어내지 마세요. 가족의 허물을 들추어서 말하면 무슨 좋은 일이 있겠어요." 할머니는 순한 양처럼 고개를 끄덕였다. 아주머니는 그러고 나서도 한참을 더 정성스럽게 온몸을 닦아 주다가 나와 눈이 마주치니까 씩 웃었다. 얼떨결에 나도 씩 웃었다. 튼튼하고도 선량하게 생긴 우리네 어머니의 모습이었다. 내가 "시어머니세요? 친정어머니세요?"라고 물었더니 "시어머님이세요."라고 대답했다. 세상에 친정어머니도 아니고 시어머니를 저렇게 정성스럽게 씻겨 드리다니 저보다 더 큰 효도가 어디 있을까 하는 생각이 들었다.

아주머니는 할머니를 다 씻긴 후에야 자기 몸을 씻기 시작했다. 나는 그 아주머니의 모습이 참으로 아름다워 보였다. 아, 아름다운 손이구나. 나도 시어머니와 함께 살고 있지만 나이 드셔서 위험하다는 핑계로 요즘은 목욕탕에 모시고 가지 않았는데 오늘 그 아주머니 앞에서 내 모습이 한없이 부끄러웠다.

2012

아이들은 나의 스승

늘 해 오던 대로 봄이 되어서 양재동 꽃 시장에 가기로 했다. 큰딸네도 꽃을 산다고 일요일인 오늘 아침에 우리 집에 왔기에 큰사위가 운전하는 차를 타고 함께 갔다. 큰딸네도 화분 몇 개를 사고 나는 수국, 난, 기린초, 염자와 꽃이 예쁘게 피어 있는 화분 몇 개를 더 사 가지고 집에 왔다. 집에 오니 예비 며느리가 집에 와 있었다. 사람들은 많고 시어머니는 감기에 걸리고 해서 정신이 없다. 점심에 겨우 국수를 비벼서 먹었다. 예비 며느리는 착하고 성실하고 무난한 아가씨인 것 같았다.

다들 집에 가고 우리는 꽃을 화분에 옮겨 심었다. 그런데 어머니가 "내 방에도 꽃 하나 가져다 놔라." 하신다. 나는 "햇빛을 안 보면 죽어서 안 돼요." 했다. 그랬더니 화분을 정리할 때 딸들이 "엄마, 꽃도 많은데 할머니 방에 하나 놔 드려." 한다. 그래. 그 말이 맞다. 내가 요즘 어머니가 아파서 수발을 드느라 괜히 신경이 예민해진 것 같다. 아니면 나도 할머니가 되어 판단력이 흐려진 것일까? 아이들 말을 듣고서 기린초를 예쁜 화분에 담고 색깔이 있는 돌을 올려서 어머니 방에 놓았다. 아이들이 나의 스승이라는 생각이 들었다.

다음 날 아침 어머니 방을 열어 보니 화분에 꽃이 예쁘게 피어 있어서 참 보기에 좋았다. 그리고 혼자 웃었다. 예쁜 꽃을 보면 어머니도 기분이 좋아지실 것 같았다.

다음 날 남편에게 말했다. 어머니 방에 둔 화분이 예쁘다고, 그리고 어제 햇빛을 봐야 된다고 말을 했던 못된 며느리 이야기를 했다.

우리는 서로 바라보고 웃었다. 우리 아이들 참으로 잘 컸다. 이제는 내가 아이들에게서 배운다.

2012

절에 가면 부처가 있다고 생각하는가

불교 신자인 친구가 선물한 법정 스님의《일기일회》책을 손에 잡았다. 《일기일회》는 '지금 이 순간이 생애 단 한 번의 시간이며 지금 이 만남이 생애 단 한 번의 인연이다.'는 말씀이다. 정말 한 순간순간이 소중하고 모든 만남이 참으로 소중한 것일진대 단 한 사람도 허투루 대해서는 안 되고 단 한 순간도 허투루 살아서는 안 된다는 말이다.

평소 나의 종교관이 잘못되었나 늘 생각했었는데 큰스님이 쓴 글을 읽으면서 스스로에게 위로가 되었다.

책《일기일회》에 나오는 글이다. 로마 교황청의 종교 간 대화평의회 의장 마이클 피츠제럴드 대주교는 부처님 오신 날을 맞아 전 세계 가톨릭교도들을 대표해 '불교도들에게 보내는 경축 메시지'를 발표했다. "부처님 오신 날은 우리 그리스도인에게 불교를 따르는 친구와 이웃을 방문해 서로 인사를 나눌 수 있는 기회입니다. 저는 우리의 이러한 우정 어린 관계가 세대와 세대를 이어 계속 성장해 나가기를 바라 마지않습니다. 서로의 기쁨과 희망, 슬픔과 걱정거리를 함께 나누면서 말입니다." 그의 선임자인 프란시스 아린제 추기경이 1995년 불교도들에게 다정한 축하 메시지를 보냄으로써 그것이 교황청 안에서 하나의 아름다운 전통이 되었다고 한다.

어느 절과 교회에 나가고 어느 종파에 속해 있는가는 중요하지 않습니다. 그것은 전체가 아니라 한 부분에 지나지 않습니다. 불교이든 기독교이든 회교이든 한 부분에 불과합니다. 전체가 아닌 부분에서는 항시 대립과 갈등이 생겨납니다. 내 절 네 절 따지고, 내 종교 네 종교 따집니다. 진정한 신앙의 세계는 어디에도 종속되지 않고 본래의 자기 자신으로 돌아가는 길입니다. 하느님을 의지했든 부처님을 의지했든 혹은 예언자를 의지했든 결국 자기 자신에게로 돌아가는 길입니다. 명상을 하지 않고 자기 자신을 안으로 살피지 않는 종교는 맹신에 빠지기 쉽습니다. 광신자가 바로 그들입니다. 그런데 이 세상에 존재하는 모든 종교는 어떤 선각자의 명상을 통해 이루어진 것이기 때문에 명상을 하지 않고 종교를 접하려는 것은 마치 뿌리를 잊어버리고 가지를 붙드는 일과 같습니다.

큰 울림을 주는 말씀이다. 그래서 김수환 추기경님과 법정 스님이 길상사에 가시고 명동 성당에 가셨나 보다.

그러면서 요즘 내가 접한 법정 스님의 글을 다시 한번 되새겨 보았다.

여보게 친구
산에 오르면 절이 있고
절에 가면 부처가 있다고 생각하는가

절에 가면 인간이 만든 불상만 자네를 내려다보고 있지 않던가, 부처는 절에 없다네
　부처는 세상에 내려가야만 천지에 널려 있다네
　내 주위 가난한 이웃이 부처고 병들어 누워 있는 자가 부처라네
　그 많은 부처를 보지도 못하고
　어찌 사람이 만든 불상에만 허리가 아프도록 절만 하는가

　천당과 지옥은 죽어서 가는 곳이라고 생각하는가
　살아 있는 지금이 천당이고 지옥이라네
　내 마음이 천당이고 지옥이라네
　내가 살면서 즐겁고 행복하면 여기가 천당이고
　살면서 힘들고 고통스럽다고 하면 거기가 지옥이라네
　자네 마음이 부처고 자네가 관세음보살이라네

　여보시게 친구
　죽어서 천당 가려 하지 말고 사는 동안 천당에서 같이 살지 않으려나
　자네가 부처라는 걸 잊지 마시게
　그리고 부처답게 살길 바라네
　부처답게

중고등학교를 원불교 학교를 나온 나는 학교에 걸린 플래카드에 늘 '무

20

시선(無時善), 무처선(無處善), 처처불상(處處佛像), 사사불공(事事佛供)'
이라고 쓰여 있는 글을 보고 청소년 시절을 보냈기에 가슴에 더 와닿았다.
그렇다. 때와 장소를 가리지 않고 한결같이 선을 행하라는 '무시선 무처
선', 곳곳마다 부처님이 안 계신 곳이 없고 하는 일마다 불공 아닌 것이 없
다는 '처처불상 사사불공'과 법정 스님이 하신 말씀 '일기일회'가 같은 뜻
이고 성경 말씀에 '네 이웃을 네 몸과 같이 사랑하라.'도 같은 뜻이다. 법정
스님 말씀처럼 우리 부처답게 살자.

2013

군고구마

아침에 출근해서 가방을 여니 따끈한 군고구마가 들어 있는 것입니다. 남편이 구워서 가방에 넣어 준 게지요. 군고구마를 꺼내는데 남편의 따뜻한 손길이 느껴져 눈물이 핑 돕니다. 요즘 들어 직장에 너무 힘든 일이 있어서 밤잠을 설치는 데다가 집안에는 손주가 입원하고 자식들이 아프고 해서 너무 마음고생이 심해 입맛이 없어서 아침을 못 먹고 출근하는 아내가 안쓰러웠나 봅니다.

김수환 추기경님이 이런 이야기를 하신 적이 있습니다.

어떤 이가 하느님과 함께 백사장을 걷는 꿈을 꾸었다. 모래 위에는 지나온 길을 따라 두 개의 발자국이 찍혀 있었다. 그런데 가끔 하나의 발자국만 찍혀 있었다. 그때는 그가 생애에서 가장 어렵고 힘든 때였다. 주님께 여쭈었다. "주님, 제가 가장 고통스럽고 어려웠을 때는 왜 저와 함께 계시지 않았습니까?" "사랑하는 아들아, 나는 결코 너를 떠난 적이 없다. 네가 고통 중에 있을 때 발자국이 하나밖에 없는 것은 내가 너를 업고 걸었기 때문이란다."라고 주님이 말했다.

추기경님 말씀이 생각나서 오늘 아침 출근길에 "주님, 지금 저 업고 가시는 것 맞죠?"라고 묻다가 울컥했습니다. 아마도 지금 나를 업고 가실 겁니다. 시간이 지나고 나면 모든 것이 다 해결되어 있을 것이지만 지금 참힘이 듭니다.

뜨끈하고 달콤한 군고구마를 먹으면서 다시 힘을 내어 봅니다. 모든 시름 잊고 잠시 미소를 지어 봅니다. 오늘 저녁은 일찍 들어가 발목이 안 좋은 남편의 발목을 주물러 주면서 군고구마 먹은 힘을 써 볼까 합니다.

2015

하늘나라 가신 어머니

며느리에게 "너 이리 앉아 봐라."라는 말씀을 한 번도 하신 적이 없는 어머니, 털털하고 허점 많은 며느리를 꾸중 한 번 안 하신 아름다우신 분이었습니다. 참으로 성품이 좋으신 어머니가 즐거웠던 이 세상 소풍을 끝내고 하늘나라로 가셨습니다.

제가 어머니께 아이들 키워 주셔서 고맙다는 말씀도 못 드렸는데 이제야 드립니다. 어머니. 아이들 키워 주셔서 고맙고 저를 잘 돌봐 주셔서 고맙습니다. 우리 아이들 생일잔치에는 늘 고운 한복을 입으신 어머니가 다른 젊은 엄마들 사이에서 늘 웃고 계셨지요. 손주를 셋이나 돌보시면서 힘들다는 말씀도 안 하시고 공을 내세우시지도 않으시고 공치사도 하실 줄 모르시던 어머니셨지요. 아마 아이들도 할머니에게 꾸중을 들어본 적이 없을 것입니다. 그 덕분에 손주들은 아주 착하고 바르게 잘 컸습니다. 다 어머니 덕입니다. 아마 앞으로도 아들딸 낳고 행복하게 잘 살 것입니다. 왜냐면 어머니가 계속 지켜 주실 것이기 때문이지요.

가시기 전 만남을 저는 기억합니다. 다른 사람들 손을 어디서 그런 힘이 나왔는지 매섭게 뿌리치셨다고요. 그런데 제 손을 잡고는 기쁘게 흔드셨지요. 아마 먼 기억 속에 어디서 본 듯한, 따뜻한 관계를 맺은 사람이라는 생각이 드셨나 봅니다. 어머니 온화하신 성품 덕에 어머니와 저는 살면서 큰소리 냈던 기억이 없습니다. 배운 대로 저도 자손들에게 큰소리 내지 않고 잘 살겠습니다.

하늘나라에서 금슬 좋으셨던 아버지를 만나서 아버지가 궁금해하시는 뒷이야기를 해 드리시지요. 사람들은 말합니다. 그렇게 좋으시더니 마지막 가시는 길에도 큰며느리에게 무엇을 주고 갈까 하시다가 겨울임에도 가장 따뜻한 날을 골라서 가셨다고요. 연대세브란스 병원 11호실에 마련된 어머니 빈소에 수많은 며느리 동료들이 좋은 곳 가시라고 절을 올렸습니다. 아마도 하늘나라 가장 좋은 곳에 앉아 계실 것 같습니다.

어머니. 이제 저희들이 남은 자손들의 가장 윗자리를 차지했네요. 가족 화합을 위해 노력하겠습니다. 두루두루 살펴서 손이 필요한 곳이면 손을 내밀어 돕겠습니다. 어머니. 그동안 고마웠습니다.

2015

연꽃 옷 곱게 입으시고

곱게 화장하신 어머니 얼굴이 참 예쁘셨습니다. 하얀 인견 옷을 입으신 어머니는 아주 평화로우신 표정으로 누워 계셨습니다. 연꽃 옷을 아름답게 입으시고 어디 나들이 가시는지요. 몸 전체를 연꽃으로 단장하시고 발끝에는 예쁜 연꽃 피우시고 하늘로 돌아가셨습니다. 마지막 모습이 그렇게 아름다우실 줄은 미처 몰랐습니다. 저는 그저 어머니께 드릴 말씀이 "고맙습니다."라는 말밖에 없었습니다. 천상병 시인의 〈귀천〉이 생각납니다.

나, 하늘로 돌아가리라
새벽빛 와 닿으면 스러지는
이슬 더불어 손에 손을 잡고

나 하늘로 돌아가리라
노을빛 함께 단둘이서
기슭에서 놀다가 구름 손짓하면은

나 하늘로 돌아가리라
아름다운 이 세상 소풍 끝내는 날
가서 아름다웠다고 말하리라

어머니께서도 마지막에는 한 마리 나비가 되어 훨훨 날아가셨습니다.

그렇게 가실 줄 알면서도 사람인지라 자꾸 잊고 살았습니다.

온 가족의 배웅 속에 먼 길 떠나신 어머니,

참 아름답게 사셨습니다.

힘드셨지만 아름다웠던 이 세상 소풍 끝내시고

가시는 어머니의 마지막 모습이 마치 연꽃 같았습니다.

어머니, 안녕히, 안녕히 가셔요.

2015

가족 퇴임식 편지

친지와 가족과 지인들을 초대하여 축하 행사를 하는 퇴임식 대신에 방학 중에 자식들과 손주들이 교장실에 모여 조촐하지만 아주 멋지고 의미 있는 가족 퇴임식을 했다. 아이들이 정성을 다해 준비를 했다. 동영상도 상영하고 플래카드도 걸고 감사패도 증정하고 꽃다발도 준비했다.

아이들이 울면서 읽은 편지글이다.

아버지께

어머니의 든든한 지원군이자 가족의 변함없는 버팀목이자 이제는 손녀 사랑에 빠지신 아버지. 자식들이 장성하기까지 어떤 고난이 있으셔도 힘든 내색 하시지 않고 그 짐 묵묵히 견뎌 내셨죠. 1998년 우리나라가 많이 힘들었던 시절, 엄마는 출근하고 저희들은 등교하고 아직 한창 일하실 나이에 집에 혼자 남으셔서 공부하실 때의 그 무게감과 외로움을 그때는 몰랐지만 지금은 조금 알 것 같습니다. 어느 날 하셨던 말씀이 기억납니다. 밖의 일이 아무리 고되더라도 집에 그 괴로움을 들이지 않아야 남자다. 아버지의 그 말씀대로 아버지의 울타리 안에서 저희들은 아무 걱정 없이 잘 자랐고 이제 모두 행복한 가정을 이루었습니다.

아버지의 아들, 딸로 태어나서 참 감사합니다. 건강 잘 챙기시고 이제는 저희가 버팀목이 되어 드리겠습니다.

어머니께

기분이 어떠신가요. 정들었던 교직을 떠나서 시원섭섭하신가요. 새로운 길을 가야 되는 막연한 불안감과 설렘이 있으신가요. 산책도 하시고 책을 보시고 또 책도 쓰시고 애기도 봐 주시고 강의도 가끔 하시고, 정말 하실 것이 많으시네요. 또 다른 도전을 하고 싶으신 것이 있으신가요? 그렇다면 그냥 도전하세요. 어머니 옆에는 아버지, 아들, 딸, 사위, 며느리, 손주들이 있는데 뭐가 걱정이십니까. 그리고 즐기세요. 어머니는 이 세상을 다 가지신 듯 호탕하게 웃을 때가 제일 멋지십니다. 그리고 그 웃음이 더욱 활짝 필 수 있게 항상 저희가 곁에 있겠습니다.

부모님께

두 분이서 가시는 길은 정말 아름답습니다. 갑자기 그 말이 생각나네요. 어느 날 아버지가 약주 한잔하시고 하셨던 말씀. 너희 엄마는 정말 대단한 사람이다. 또 어느 날 어머니가 걸어가시면서 평온하게 하셨던 말씀. 나는 너희 아버지가 참으로 존경스럽다. 저희 삼 남매가 이렇게 잘 성장해서 행복한 가정을 꾸릴 수 있는 건 부모님처럼 서로를 배려하고 존중하는 가족 분위기 속에서 자랐기 때문이라고 생각합니다. 항상 감사드립니다. 사랑합니다.

나는 참 잘 만들어진 내 동영상을 보고 또 돌려 보며 행복해했다. 거기다가 아이들이 울면서 읽은 편지에 우리의 자식으로 태어나서 감사하다고 글을 썼는데 실은 너희들이 내 자식으로 태어나 주어서 나에게로 와 주어서 엄마는 참으로 행복하고 감사했단다.

복된 아름다운 인연으로 너희들을 만나서 너희의 부모가 되게 해 주어서 고맙다. 이렇게 복되게 무탈하게 정년을 맞이하게 된 것도 다 뒤에서 가족이 지켜 주고 응원해 주었기 때문에 가능했단다.

엄마의 웃음이 활짝 필 수 있게 항상 너희들이 곁에 있겠다고 하니 제2의 인생도 기대가 되는구나. 고맙다.

2016

선생님들의 따뜻한 마음을 뒤로하고

41년 교직 생활을 마감하는 해이다. 여러모로 부족한 내가 무탈하게 41년 교직 생활을 마감하고 정년을 맞이할 수 있었던 것은 모두 사랑하는 선생님들 덕분이었는데 많은 선생님들이 앞날을 축복해 주고 건강을 기원해 주고 그동안 사랑했었다고 편지를 보내 주셨다. 응원해 주셨던 선생님들께 보답도 하고 또 나 스스로 응원하기 위해서 몇 편을 옮겨 적었다.

'교장선생님과 함께한 짧은 6개월이 다른 곳에서 근무한 6년보다 더 즐겁고 행복했습니다. 학교에 오면 마음이 편하고 즐거웠습니다. 선생님은 알수록 좋아집니다. 너무 고맙습니다. 항상 건강하셔요.'

'오랜 시간 휴직 후에 복직한 저에게 많은 도움을 주시고 항상 칭찬해 주신 덕분에 학교에 적응 잘 할 수 있었습니다. 짧은 기간이었지만 선생님께 많은 것을 배울 수 있었습니다. 교장선생님은 제가 전에 만나 뵈었던 교장선생님들과 사뭇 달랐습니다. 늘 자상하시고 다정하게 대해 주시며 교사로 하여금 자신감을 갖게 해 주셨습니다. 항상 긍정적인 생각으로 웃음을 잃지 않던 선생님의 모습을 기억하고 배우겠습니다. 늘 우리 학생들과 선생님을 많이 사랑하시고 교육에 열정을 쏟으신 아름다운 모습을 오래오래 기억할 것입니다. 부디 건강하셔요. 사랑합니다. 감사합니다.'

'뒷모습이 아름다운 사람이라는 말이 있죠? 교장선생님은 우리에게 그런 분이세요. 항상 따뜻한 미소, 시원한 웃음으로 때론 엄마처럼 때론 언니처럼. 교장선생님과 함께했던 시간을 편안함으로 가득 채워 주셔서 고맙습니다. 교장선생님과 함께했던 시간을 행복했다고 기억하게 해주셔서 감사합니다. 당신의 아름다운 뒷모습 오래오래 기억하겠습니다. 항상 행복하시고 건강하십시오.'

'학교를 내 집처럼 사랑으로 돌보시는 모습 늘 아름답고 존경스러웠습니다. 그간 믿음과 포용으로 대해 주심에 깊이 감사드립니다. 늘 다정다감하시고 열정이 넘치신 교장선생님과 같이 보낸 3년 반의 시간은 저에게는 잊을 수 없는 소중한 기간이며 행복한 시간이었습니다. 마음속 깊이 감사하다는 인사를 전해 올립니다.'

'그립고 아쉬움에 가슴 조이던 먼 젊음의 뒤안길에서 이제는 돌아와 거울 앞에 선 내 누님같이 생긴 꽃이신 교장선생님과 같이 보낸 시간이 저의 교직 생활에서 가장 행복했고 그립고 돌아가고픈 그때가 아닌가 생각합니다. 가족

특히 손녀들과 함께 행복하시길 축원 드립니다.'

'교장선생님, 잘 지내고 계신지요. 제가 교장선생님만 한 교장선생님을 다시 만날 수 있을까 싶네요. 지금도 교장선생님께서 부족한 저를 따뜻하게 안아 주셨던 기억을 잊을 수가 없고 오랫동안 간직하겠습니다. 지금까지 교장선생님께서 안아 주셨던 분은 처음이었습니다. 저도 아이들과 동료 교사를 따뜻하게 안아 주는 사람이 되어 교장선생님의 따뜻한 마음과 아름다운 사랑을 전하겠습니다. 감사합니다.'

'우리 학교 으뜸이셨던 교장선생님께. 그동안 교장선생님과 함께하면서 진정한 리더의 모습, 강하면서도 부드럽고, 냉철하면서도 따뜻한 모습, 언제나 공정함으로 저희들에게 관심과 덕을 베풀어 주셨습니다. 자식이 부모를 보고 배우듯이 저희는 교장선생님께 많은 것을 보고 배웠습니다. 비록 학교는 떠나시지만 저희는 교장선생님을 잊지 못할 것입니다. 언제나 건강하시고 웃음을 잃지 않으셨으면 좋겠습니다. 교장선생님, 축하드리고 사랑합니다.'

'교장선생님의 리더십에 정말 감명받았습니다. 제가 되고 싶었던 리더의 모습을 그대로 보여 주셨습니다. 교장선생님처럼 환하고 화통한 웃음소리를 가지시고 선생님들을 사랑하시는 분도 드물지요, 아니 아예 없을지도 몰라요. 교장선생님의 세심한 마음으로 제가 인간으로 완성되는 데 도움을 받고 있습니다. 행복한 마음을 두 배로 베풀어 주시니 너무 감사합니다. 건강하시고 항상 행복하시길 바랍니다. 존경합니다. 감사합니다.'

나를 사랑한다고 존경한다고 감사하다고 고맙다고 건강하시라고 하는 글을 받으며 내가 감사하다고 고맙다고 말해 주고 싶었다. 선생님들과 학부모님 덕에 박수를 받으며 떠날 수 있었다고, 내가 늘 웃을 수 있었다고. 살면서 혼자 이룰 수 있는 것은 아무것도 없다고, 서로 기대며 살아가는 것이 우리 삶이라고.

2016

아들과 찬밥

일요일인 오늘, 둘째네는 점심 먹고 집에 가고 큰딸네는 늘 저녁을 먹고 가기 때문에 저녁밥으로 지난주에 속초에 친정 식구와 여행을 갈 때 가져가려고 사 놓았는데 깜박 잊고 안 가져갔던 돼지갈비를 넣고 김치찜을 했다.

그런데 밥이 다 되어 갈 즈음 띵동 소리가 나더니 "엄마, 밥 먹고 가려고 왔어."라고 말하면서 아들이 들어온다. 마침 돼지갈비 김치찜을 맛있게 했던 터라 반가웠다. 하루 종일 근무하다가 저녁 먹으려고 왔다고 한다. 일이 엄청 바쁜가 보다. 밥을 많이 하면 우리 부부가 남은 찬밥을 그다음 날까지 먹게 되어서 딸에게 밥을 조금만 하라고 했더니 밥을 푸다 보니 한 그릇이 부족하다. 그래서 찬밥을 전자레인지에 데우려고 서 있었다.

밥을 먹으려고 식탁에 앉았던 아들이 내 밥이 없는 것을 보고 "엄마, 내가 찬밥 먹을게, 엄마가 먼저 드셔."라고 한다. 그 소리를 듣고 나는 말했다. "괜찮아, 엄마가 찬밥 지금 렌지에 돌리고 있으니까 어서 먹어."라고 말을 하면서 자식에게 찬밥 먹이고 자기는 따뜻한 밥 먹는 엄마가 어디 있을까 생각하니 눈물이 핑 돌았다.
이 세상 어느 엄마도 자식에게 찬밥 먹이고 자기는 따뜻한 밥 먹지는 않을 것이다. 엄마니까!

　돼지갈비 김치찜을 맛있다고 잘 먹는 아들을 보니 그렇게 흐뭇할 수가 없다.

2016

엄마 노래

한 달 전 추석 때 엄마 집에 갔었다. 올해부터는 동생 집에서 추석을 지낸다고 해서 일단은 엄마 집에 갔는데 엄마 혼자 계셨다. 그러면서 노인대학에서 봉사 활동을 나가는데 이번에는 〈코스모스 피어 있는 길〉을 연주하셔야 하는데 노래 가사를 모르니까 하모니카 악보를 봐도 잘 모르시겠다고 하신다. 그래서 내가 노래를 불러드리면서 핸드폰으로 동영상을 찍어서 드렸다. 그때 나도 엄마 노래하시는 것을 동영상으로 찍어서 가져왔다.

시어머니가 돌아가시니까 육성을 남겨 놓은 것이 없어서 그리울 때 볼 수가 없어서 안타까웠다. 그래서 친정 엄마 목소리를 담아 왔다. 그러고는 그 후에 엄마 노래가 내 핸드폰에 있다는 생각을 해 본 적이 없다. 물론 노래를 들어 본 적도 없다.

그런데 이번에 일박 이일 동안 엄마를 모시고 수안보를 여행하면서 엄마가 매일 저녁마다 내가 불러드린 노래를 들으신다는 것을 알았다. 그러면서 매번 내 노래를 듣는 것이 그렇게 재미가 있어서 웃으신다는 것이다. 중간에 음정이 불안한 곳이 있는데 그것을 들으면서 매번 웃으신다는 것이다. 그리고 심심할 때마다 그것을 들으신다는 것이다.

세상에 이것이 부모와 자식의 차이다. 부모는 자기 자식의 노래를 매일 듣고 좋아하지만 자식은 부모의 노래를 들을 생각을 안 한다는 것이다.

참으로 부모에게 잘해야 한다. 이번에 친정어머니 모시고 아주 오랜만에 여행을 했는데 이번에 보니 아주 좋아하신다. 앞으로 엄마를 더 자주 모시고 다녀야겠다. 언제까지 이렇게 건강하시다는 보장도 없지 않은가.

2016

사건의 연속 1박 2일

우리 부부와 작은딸네와 손녀 다현이가 우리 차를 타고 강원도에 있는 휴양림을 가는데 고개를 넘느라 길이 엄청 구불구불하다. 요즘은 잘 안 토하던 손녀가 갑자기 토한다. 아까 먹었던 점심도 다 토하고 엄청 토한다. 차 안이 난리가 났다. 일단 차를 길가에 대고 내렸다. 다행히 길가에 깨끗한 화장실이 있어서 손녀를 씻기고 옷을 갈아입히고 작은딸은 자동차 시트를 닦고 다시 출발하는 일차 소동이 있었다.

가는 길에 큰딸네를 만나서 수타사를 들렀다. 지난번 가 본 수타사와는 영 다르다. 주차장도 정비되고 입구도 정비되고 수타사 뒤는 산소길이라고 잘 가꾸어져 있었다. 최고로 좋은 길이었다. 쌉싸름한 향기가 코를 간지럽히고 오랜만에 보는 푸르고 맑은 하늘과 흙길은 최고의 둘레길이었다. 잔디도 잘 가꾸어져 있어서 아이들하고 놀기도 좋았다.

큰딸 부부가 산소길을 걷는다고 없는 사이에 갑자기 둘째 손녀 수현이가 옷에 똥을 쌌다. 날씨가 더워서 바지를 벗겨도 되어서 일단 팬티만 입고서 멀리 있는 화장실로 가는데 팬티가 똥 때문에 축 처졌다. 사람들이 보고 웃었다. 화장실에 가서 팬티를 벗기는데 똥이 화장실 바닥에 다 떨어져서 데굴데굴 굴러갔다. 다 주워서 치우고 아랫도리를 씻기고 나오는 이차 소동이 있었다. 요즘 똥오줌을 가리는 수현인데 종종 옷에다 싸는 경우가 있다.

휴양림에 도착해서 숙소 밖에 작은사위가 텐트를 쳤다. 그런데 비가 온다는 예보가 있어서 아이들은 모두 숙소 안으로 들어왔다. 우리는 왜 작은사위가 텐트에서 안 나오나 걱정을 하면서 숙소 안에서 보고 있었다. 조금 있으니까 갑자기 엄청난 돌풍이 불고 폭우가 온다. 작은사위는 비가 멈춘 뒤 나오려고 그러는지 안 나왔다. 그런데 텐트가 뽑히고 넘어지는 것이다. 저러다 날아가서 바로 옆 계곡으로 떨어지면 죽을 것 같았다. 우리는 모두 소리를 지르고 간이 콩알만 해졌다. 작은딸이 놀라서 밖으로 뛰쳐나갔는데 작은사위가 나왔다. 자기 죽는 줄 알았다고 한다. 사건의 연속이다.

비가 멈춘 뒤 숯불구이 삼겹살을 먹는데 갑자기 수현이가 목에 고기가 걸렸는지 숨을 못 쉰다. 우리 온 가족은 또 기절할 듯이 놀라서 모두 달라붙어서 수현이 다리를 거꾸로 잡고 등을 두드렸다. 작은 고기 조각이 톡 튀어나오자 수현이가 드디어 울었다. 울면서 숨이 터진 것이다. 종종 음식을 먹다 질식사하는 경우가 있다는데 순간 엄청 놀랐다. 난리도 이런 난리가 없다.

2017

증거를 찾았다

수현이가 돋보기를 가지고 방바닥을 이리저리 살피더니 "범인의 발자국이 있다." 하는 것이다. 내가 언니 이름을 부르며 "그럼 혹시 범인이 홍채현 아닐까? 홍채현 발자국 같은데?" 했더니 "아니야. 발자국이 작아." 한다. 그래서 "그럼 홍수현 발자국 같은데." 했더니 인상을 쓰면서 "나는 범인이 아니야, 공룡 발자국인가 봐." 하는 것이다. 온 방을 다 돋보기로 뒤지며 범인을 찾고 있다.

그러다가 베란다 유리창에 돋보기를 대더니 "드디어 증거를 찾았다."고 소리친다. "범인은 공룡이다. 유리창을 타고 공룡이 우리 집으로 들어왔다."고 한다.

공룡 발자국이 우리 귀여운 수현이 눈에는 보이나 보다.

그런데 공룡이 무슨 잘못을 저질렀는지 나는 모르겠다.

2017

책 좀 읽을라치면

오후에 한가하게 책 읽을 시간이 나서 《감옥으로부터의 사색》을 손에 잡았다.

책 내용이 참 정갈하다. 〈죄명과 형기〉라는 제목의 글에서 '행티 사나운 심사와 불신의 어두운 자국이 도리어 그 사람으로 하여금 사회와 인간에 대한 관념적이고 감상적인 인식으로부터 시원히 벗어나게 하고 있음을 보거나, 세상의 힘에 떠밀리고 시달려 영악해진 마음에 아직 맑은 강물한 가닥 흐르고 있음을 볼 때에는, 문패처럼 그의 이마에서 그를 규정하고 있는 것들이 그에게 얼마나 부당한 것인가를 알게 됩니다.'라는 문장을 읽었다. 참으로 옳은 말이다.

그게 문제가 아니라 이 문장을 읽는 중에 갑자기 친정 엄마가 다음 주에 수술을 하신다는데 잘 계시는지 궁금해서 방으로 들어가서 전화를 했다. 당구장에서 잘 계셨다. 그 짧은 전화 중에 말씀하시길 아들 승진 때문에 친정에서 난리가 났다고 한다. "똑똑한 아들이 엄마 닮았나 보다."라고 말씀을 하신다. 우리 아들 승진을 친정 엄마가 가장 기뻐하시는 것 같다.

다시 책을 손에 잡는 순간 막내 동서가 암 투병을 하고 있는데 이 더위에 잘 있나 걱정이 된다. 그래서 다시 충전 중인 전화기가 있는 방으로 들어가서 시동생에게 전화를 했다. 이번 주 수요일에 항암치료 받고 토요일에 사진 찍으러 간단다. 힘내라고 위로의 말을 하고 다시 책 앞에 앉았다.

다시 책을 좀 읽다가 갑자기 작은딸이 오늘 아침에 혈당이 높다는 이야기를 한 것이 생각났다. 다시 방으로 들어가서 핸드폰을 열고 혈당이 높으면 어떤 음식을 먹어야 하는지 찾아보았다. 고구마는 혈당화 지수가 낮아서 다이어트 식품이 된다고 한다. 삶은 고구마는 지수가 40으로 아주 낮다고 한다. 그래서 냉장고에서 고구마를 꺼내서 씻어서 삶기 시작했다.

다시 책을 읽었다. 그런데 또 생각이 나는 것이다. 냉장고에 있는 김치 통을 정리하고 김치 통을 씻어야 할 것 같아서 열어 보니 여기저기 거의 빈 통에 김치가 그냥 담겨져 있어서 큰 그릇으로 다 옮겨 담았다.

다시 책을 읽었다. 그러다가 이번에 승진한 아들이 오늘까지 청에 출근하고 월요일부터 새 직장으로 출근하는 게 생각이 났다. 다시 방으로 들어가서 카톡을 보냈다. 《효경》에 나오는 글을 보내며 아들 승진이 부모에게 효도한 것이라며 고맙다고 글을 보냈다. 그리고 '낭중지추(囊中之錐)'라고 보내며 남들보다 일찍 승진했기에 남의 눈에 띌 수 있으니 몸가짐을 조심하라고 했다.

이렇게 나는 한가한 시간에 책을 좀 읽을라치면 왜 그렇게 갑자기 생각나는 것이 많은지 모르겠다.
이제야 책을 읽어야겠다고 자리에 앉았더니 고구마 타는 냄새가 난다.

고구마를 살펴보러 가야겠다. 생각하니 평상시에는 정신없이 살다가 한 가하게 정갈하게 책을 읽을라치면 어미 노릇, 딸 노릇, 형수 노릇이 생각나는가 보다.

다시 책을 마주하고 신영복 선생이 옥중에서 쓴 "사람은 스스로를 도울 수 있을 뿐이며, 남을 돕는다는 것은 그 스스로 도우는 일을 도울 수 있음에 불과한지도 모릅니다. 그래서 저는 '가르친다는 것은 다만 희망을 말하는 것이다.'라는 이라공의 시구를 좋아합니다. 돕는다는 것은 우산을 들어주는 것이 아니라 함께 비를 맞으며 함께 걸어가는 공감과 연대의 확인이리라 생각됩니다."라는 글귀에 공감을 하는 중이다.

그런데 이제는 어린이집에 다현이를 데리러 가야 한다는 생각이 나서 책을 덮는 중이다.

2017

신데렐라

채현이가 입었던 분홍색 드레스를 다현에게 입혔더니 예쁘긴 한데 다현이가 가려운지 긁는다. 그래서 메리야스를 입고 드레스를 입으면 안 가렵다고 했더니 괜찮다고 그냥 입는다고 한다. 계속 "괜찮아, 괜찮아."를 하면서 안 가렵다고 한다. 좀 있으니까 드레스의 망사가 다리에 닿아 가려운지 다리를 긁는다. 아래도 속바지를 입고 입으면 안 가렵다고 했더니 또 계속 "괜찮아."를 한다. 그러면서 옷을 안 벗겠다고 한다. 그러더니 "할미, 나 신데렐라 같지 않아?" 하며 아주 좋아한다.

어린이집을 가려고 나와서 킥보드를 타려는데 다현이가 "할미, 공주님이 킥보드를 타도 돼?" 한다. 그래서 그냥 타고 가도 된다고 했다. 말하는 것이 너무나 재미있다. 가려워도 참고 공주님 옷을 입고 우리 다현이는 신이 나서 어린이집에 갔다.

선생님이 다현에게 "예쁜 공주님 옷을 입고 왔네."라고 하시는 소리가 들린다. 아마 우리 다현이는 또 입이 귀에 걸렸을 것이다.

2017

심장 소리

작은딸이 둘째를 임신했는데 유산 위험이 있다고 해서 지난 일주일 동안 우리는 마음을 졸였다. 매일 아기가 잘 있기를 기도하며 살았다. 우리는 임신인 줄도 모르고 이번 여름휴가를 온 가족이 2박 3일간 서천으로 갔었다. 작은딸네는 비도 오는데 갯벌에 몇 시간씩 엎드려 바지락을 캤다. 그런데 그때 이미 임신 3주였던 것이다.

지난번 아기도 심장이 잘 뛰었는데 어느 날 갑자기 심장 소리가 안 들렸던 가슴 아픈 일이 있었던지라 겁이 덜컥 났다. 그래서 이번에는 남편도 나도 병원에 함께 갔다. 나도 처음으로 진찰실에 함께 들어갔다. 간호사가 나보고 안쪽으로 들어오라고 해서 안으로 들어갔는데 갑자기 엄청 크게 '쿵 쿵' 소리가 나는 것이다. 스피커를 통해 나오는 심장 박동 소리였다. 처음 듣는 엄청난 큰 소리다. 오늘로 임신 7주 4일째라고 한다.

내가 아이를 낳을 때는 초음파가 있었는지 없었는지 기억이 안 나지만 대형 화면으로는 아기집 사진이 크고 선명하게 보이고 있었다. 이것 또한 이렇게 직접 보기는 처음이다. 갑자기 눈물이 나기 시작했다. 닦고 또 닦아도 눈물이 계속 흘렀다. 의사선생님이 하느님 같아 보였다. 그렇게 감사할 수가 없었다.

하느님이 되기 위해서 사람들이 의사가 되고 싶어 하나 보다. 할미는 아기가 건강하게 태어나길 간절히 또 간절히 기도했다.

2017

상추

매월 한 번씩 만나서 탁구를 치고 밥을 먹는 아주 유익하고 재미있는 모임이 있다. 벌써 매월 만난 지가 6년이 넘었다.

회원들이 다 성품이 온화하고 좋으신 분들이라 모일 때마다 웃음이 만발이다. 탁구 실력이 비슷해서 모두 최선을 다해서 치니 신이 나고 재미있다. 그 모임의 회장이신 선생님은 퇴직 후 옥상 정원에서 농사를 지으시는데 매년 상추 농사를 지어서 한 박스씩 선물을 하신다. 자기가 정성껏 기른 농작물을 누구에게 준다는 것은 아주 큰맘을 먹은 것인데 봄에 한 박스 주시더니 가을 상추라고 또 한 박스 주신다. 그 마음이 참으로 고맙다.

선생님들이 출근하시기 전 이른 시간에 내가 근무하는 학교로 직접 가지고 오셔서 주시는데 나한테는 상추가 아니라 정이다. 마음이 담긴, 사랑이 담긴, 귀하고 귀한 상추다. 맛도 좋아서 우리 온 가족이 잘 먹었다.

오늘 저녁밥 반찬과 후식을 먹다 보니 김치는 큰딸 진주 시댁에서 오고, 물김치와 고구마는 며느리 친정에서 오고, 고추조림은 바로 아래 여동생이 보내오고, 생선은 익산 시동생에게서 오고, 쌀은 친정 남동생에게서 오고, 사과는 막내 시동생에게서 왔다. 후식인 곶감은 상주가 고향인 둘째 사위에게서 왔다. 거기다가 상추까지 동료에게서 받았으니 완전히 형제들과 사돈과 지인에게서 받은 음식으로 우리 가족이 살고 있었다.

형제들이 자주 음식들을 해 보내기 때문에 맛있는 음식이 상에 올라오면 아이들이 이것은 누가 만들어 보내 준 음식이냐고 물을 정도다. 먹을 때마다 감사하며 먹으니 최고의 건강식이다. 너무나 받기만 하는 것이 아닌지 모르겠다. 나는 준 것도 없는데 말이다.

2017

포옹

오늘 수영 끝나고 오는데 앞에서 길을 가던 할머니 한 분과 마주 보고 오던 할머니 한 분이 만나더니 두 분이 꼭 끌어안는 것이다. 한 분이 다른 분의 등을 계속 토닥거리고 계셨다. 그것도 아주 오랫동안 아주 따듯하게 포옹을 하고 있었다. 길을 지나가면서 뒤돌아봤더니 포옹을 풀고 한 분이 두 손으로 눈물을 훔치며 이야기를 하고 있었다. 다른 한 분은 이야기를 들어주시면서 서 계셨다. 다시 한번 뒤돌아봤더니 두 분은 다시 깊은 포옹을 나누고 있었다. 역시 한 분이 다른 한 분의 등을 토닥이고 계셨다. 아마도 한 분이 힘든 일을 겪으신 것 같다.

눈물을 흘리시며 하소연하시는 분을 따뜻하게 받아 주시며, 오랜 시간 함께 서 계셔 주시며, 깊은 포옹으로 위로해 주시는, 연세가 아주 많이 드신 그분의 모습이 참 아름다웠고 그 포옹하는 모습이 경건해 보이기까지 했다.

아마도 오늘의 포옹과 등을 토닥이는 그 손길에 힘든 일을 겪으신 그분은 많은 위로가 되셨을 것 같다. 두 분 다 오래오래 건강하시게 행복하게 사셨으면 좋겠다.

2017

희옥 씨

요즘 수영을 무리하게 했는지 어깨가 안 좋아서 물리치료를 받으러 다닌다. 오늘도 물리치료사님의 시원시원하고 씩씩하고 명랑한 목소리가 물리치료실 분위기를 환하게 만든다. 월급을 더 주는 것도 아닌데 환자를 일일이 챙기고 이야기를 하시고 위로를 하시는 그분이 대단하다. 집에서 더 가까운 물리치료실이 있어서 오래 다녔는데 거기서는 한 번도 내 이름을 불러 주질 않았다. 물론 신나하지도 않았다. 그런데 이분은 늘 신나는 사람처럼 사신다. 환자를 자기 부모처럼 자기 자식처럼 대하시니 환자들이 물리치료사 이야기만 들어도 금방 병이 나을 것 같다고 한다.

특히 '희옥 씨'라고 부르는 호칭이 특이하다. 할머니도 아니고 어머니도 아니고 어르신도 아니고 고객님도 아니고 '희옥 씨'라고 크게 부르는데 참으로 듣기에 좋다. 모든 환자의 이름을 다 기억하시는 것도 신기하다. 일부러 이름을 여러 번 불러 주시는데 집에서 훨씬 먼 이 병원을 오게 되는 이유다.

병원장은 이 물리치료사의 공을 알지 모르겠다. 나는 너무 이 사람이 멋져 보여서 나도 비싸서 잘 먹지 못하는 체리를 사다 드린 적이 있는데 오늘도 밝은 에너지로 신나게 일하시는 모습을 보니 뭔가 사다 드리고 싶은 생각이 든다.

훌륭한 사람이 따로 있는 것이 아니라 이런 사람이 훌륭한 사람이고 멋진 사람이라고 생각한다. 자기 일에 최선을 다하고 주변에 행복 바이러스를 전파하는 이분이 오래오래 신나게 이 일을 하셨으면 좋겠다.

2017

큰 사랑 김치

얼마 전 바로 아래 여동생이 감기로 죽도록 고생을 했다. 어제 전화를 했더니 자신은 좀 덜한데 이제는 제부가 지독한 목감기에 걸려 잠도 못 자고 말도 못 한다고 한다.

오늘은 원래 수능 날이라 교사인 딸이 쉬어서 손주들을 돌보지 않아도 되기 때문에 우리 부부가 출근을 안 하기로 한 날이다. 그런데 어제 포항의 지진으로 인해 수능이 일주일 연기되는 초유의 사태가 생겼다. 일단 학교는 재량 휴업을 한다고 해서 우리는 출근을 안 하고 오전에 무를 사다가 무청은 삶아서 시래기를 만들고 무는 썰어서 말리는 일을 했다. 일일이 손으로 썰어서 하느라고 힘이 들었지만 아들이 무말랭이 무침을 좋아해서 기쁜 마음으로 했다. 오후에는 옷을 사러 가려고 생각하고 있는데 언니 김치 가져가라고 여동생이 전화를 했다. 이웃이 배추를 줘서 밤에 절여서 오늘 오후에 김장김치를 담근다고 한다. 마침 우리가 집에 있다고 하니 잘됐다고 오늘 가져가라고 한다.

바빠서 몸이 아파도 쉬지 못하는 동생이 아픈 와중에 언니 주려고 김치를 담았나 보다. 날씨는 춥고 몸은 아프고 힘이 들었을 텐데 일일이 배추를 절여서 언니 김치까지 담아 주는 동생에게 늘 미안하고 고맙다.

동생 가게에 들어서니 저녁 장사 준비하느라고 바쁜 모습이다. 김치를 생각보다 어마어마하게 큰 통에 담아 놓고 언니 다 가져가라고 한다. 엄청나게 많아서 차에 실을 수 없을 정도다. 올해도 집에서 김장을 안 해도 될 것 같다. 해마다 동생이 준 김치를 먹는데 이번 김치도 아주 맛이 좋게 생겼다. 감기 걸려서 죽을 만큼 힘들었다는 이야기를 지난주에 들었는데 세상에 그 몸으로 아마 새벽부터 지금까지 일을 했을 것이다.

동생이 담아 준 김치는 김치가 아니다. 사랑이다. 그것도 큰 사랑. 그 피곤하고 아픈 중에 김치를 버무린 여동생과 제부를 생각하니 코끝이 찡하다. 평생 언니를 위해서라면 물불을 안 가리고 뭐든지 해내는 동생이다. 김치를 먹는 내내 감사기도를 하게 될 것 같다.

사랑하는 여동생이 돈도 많이 벌고 늘 행복했으면 좋겠다.

2017

정신 빠진 할머니가 되어

예전에 일본 아줌마들이 '욘사마' 보려고 한국까지 오는 것을 보고 정신 빠진 여자들이라고 생각을 했었다. 그런 내가 어제도 새벽 3시에 일어나고 오늘도 새벽 3시에 일어났다.

플로리다에서 펼쳐지는 올해 LPGA 마지막 대회 CME그룹 투어 챔피언십 경기를 보기 위해서다. 너무 일찍 연이어 일어나니까 눈이 시었다. 박성현 경기를 응원하기 위해서 경기를 기다리는 것만으로도 지난주 내내 기분이 좋았다. 박성현은 내가 누군지도 모르고 있는데 말이다. 지난주 랭킹 1위를 해서 신이 났었는데 평샨샨에게 일주일 만에 1위 자리를 내주어서 속이 상했다. 그런데 이번 경기만 우승하면 세계 1위, 상금왕, 올해의 선수가 될 수 있는 데다, 렉시 톰슨과 9타 차만 나면 최저 타수상까지 휩쓸 수 있다고 한다. 렌시 로페즈 이후 39년 만의 일이라고 한다. 결과가 나오는 내일을 기다리는 마음에 하루가 빨리 갔으면 좋겠다고 생각했다.

아들이 왔기에 이번에 박성현이 우승하면 18억을 상금으로 탄다고 말했더니 그러면 엄마에게 무슨 이득이 있냐고 한다. 경제적으로 나에게 이득은 없어도 아마 내 기분이 최고로 좋을 것 같다. 사람이 살면서 어찌 꼭 나에게 이득이 있는 일만 할 수 있단 말인가.

팬이라는 것이 이런 것이구나. 그래서 일본 아줌마들이 욘사마 보려고 공항에서 기다렸구나 싶다. 박성현이 꼭 우승해서 우리를 신나게 했으면 좋겠다. 박성현이 우승하고 귀국하면 정신 빠진 할머니가 되어 공항에 나가 손을 흔들어 주고 싶다.

누군가에게 관심을 가진다는 것, 누군가를 사랑한다는 것은 즐거움이자 괴로움이다. 왜냐면 지금 박성현이 자꾸 보기를 하고 있어서 속이 타기 때문이다.

2017

연말에 소주잔을 기울이며

금요일 밤에 우리 부부가 자고 있는데 갑자기 딸이 손녀들과 사위와 함께 "신나는 3박 4일 휴가다." 하면서 들어왔다. 더 웃기는 것은 그다음 날 지난주에 하준이를 낳은 아들이 들어오면서 "하준이 아빠다." 하고 들어온 것이다. 아빠가 되니 참 좋은가 보다. 그래! 자식이 부모에게 주는 기쁨은 말로 표현할 수 없이 감동의 연속이지.

며느리는 하준이 출산 후 인천에 있는 조리원에 있고 우리 온 가족은 하준이 출생 축하와 크리스마스 연휴를 즐기기 위해 우리 집에 모였다. 아들이 케이크를 사 오고 나는 노량진에 가서 방어회를 푸짐하게 떠 왔다. 노량진 수산시장은 지금까지 내가 본 노량진시장 중 가장 사람이 많았다. 3일 연휴라 사람들이 잔치를 많이 하나 보다. 방어회를 먹으면서 우리 가족은 소주잔을 기울였다. 거의 매주 주말마다 벌어지는 장면이다. 연말에 이렇게 행복할 수가 없다. 아들은 아빠가 되어서 싱글벙글하고 작은딸은 둘째가 어미 배 속에서 잘 자라고 있다.

아이들 떠드는 소리에 정신이 하나도 없다. 이 난리 통에 화투를 좋아하는 나를 위해 사위들이 화투를 같이 쳐 주었는데, 화투판에 손주들이 누워 버리는 통에 그나마 화투도 못 쳤다.

화투 하면 생각나는 게 있다. 아들이 어렸을 때 동생들과 화투를 쳐서 내가 잃으면 아들이 화투판에 누워 버린 일, 내가 사위들과 화투를 쳐서 한 번에 많이 땄더니 손녀딸이 방에 들어가서 슬피 울던 일, 예전에 동생네와 함께 엄마를 모시고 간 2박 3일 속초 여행 중에 비가 온다는 예보에 "날이 흐려서 못 나가 놀면 어떡하나." 하고 평소 화투를 즐기지 않는 남편이 걱정을 하니 여동생 말이 걸작이다. "우리는 비가 와서 못 나가도 집에서 하루 종일 심심하지 않게 할 일이 있으니 걱정이 없네요." 이렇게 나에게는 화투에 관한 일화가 많다.

늘 허리가 아픈 내가 화투만 잡으면 허리가 안 아프니 이 또한 신기한 일이다. 어제도 치고 오늘도 치는데 지루하지 않으니 더욱 신기하다. 화투 치는 시간은 신선이 된 것처럼 아무 근심 걱정이 없으니 화투가 신선놀음인 것만은 확실하다. 끝나고 나면 백 원까지 계산해서 돌려주는 화투를 치면서도 화투가 재미있다.

케이크를 자르고 한참이 지난 후에 갑자기 수현이가 자지러지게 운다. 깜짝 놀라서 보니 카펫에 불이 붙어 있었다. 얼른 끄고 수현이를 안아 주었다. 케이크에 함께 온 성냥으로 수현이가 불을 붙인 것이다. 불이 붙으니까 카펫 위에 던져 버린 것이다. 놀란 수현이는 계속 울었다. 수현이는 "할미가 성냥을 안 치워서 할미 잘못이야."라면서 울었다. 할미가 미안하다고 할미 잘못이라고 해도 계속 울었다. 온 가족이 놀라서 거실로 다 나왔다.

집 안이 온통 난리다. 정말 6·25 때 난리는 난리도 아니다. 그 난리 속에 행복이 숨어서 웃고 있었다. 밤늦게 우리 가족은 모두 잠자리에 들었다.

크리스마스트리가 우리 가족이 행복하게 잠든 모습을 반짝거리며 밤새 지켜 주고 있었다. 따뜻한 가족의 모습을 하느님도 기뻐하실 것 같다.

2017

사또

토요일 밤이 되니 손주들이 우리 방으로 다 모여서 놀고 있다. 잠이 안 오는지 엄마 아빠들은 다 자는데 손주들만 안 자고 우리 방에서 재잘대고 있는 것이다. 침대 위에 다 누워서 옛날이야기를 해 달라고 한다.

내가 호랑이와 나무꾼 이야기를 해 줄까 신데렐라 이야기를 해 줄까 했더니 손주들이 콩쥐 팥쥐 이야기를 해 달라고 한다. 그래서 콩쥐 팥쥐 이야기를 하는데 이야기 도중에 내가 조금만 늦으면 옆에서 수현이가 다음 내용을 꼭 말해 줘서 우리 부부는 웃었다.

그런데 내가 이야기 도중에 콩쥐를 잔치에 초대한 사람이 군수라고 했다가 아니 영주인가 했다가 아니 현감인가 했더니 옆에서 수현이가 "사또"라고 한다.

사또라는 말을 듣고 우리 부부는 또 한 번 크게 웃었다. 우리 수현이는 모르는 게 없다. 좀 있으면 이 할미보다 우리 수현이가 더 아는 것이 많게 생겼다.

2017

하준 맞이

오늘은 3주 된 하준이가 용산 집에 처음으로 오는 날이다. 큰딸은 안방 화장실을 청소하고, 둘째 사위는 작은 화장실을 청소하고, 큰사위는 온 방을 다 청소하고 닦고 우리 모두는 하준이 맞이로 분주했다. 이부자리도 다 빨아서 미리 준비해 놓고 우리 온 가족은 하준이를 열렬히 환영했다.

신생아실 창밖에서 한 번 보고 매일 사진으로 동영상으로만 봤는데 하준이는 사진으로 본 것보다 훨씬 이목구비가 또렷한 아주 보기 드문 미남이었다. 우리 모두는 하준이에게 붙어서 한번 만져 보려고 기회만 노리고 있었다. 그런데 작은딸이 하준이 얼굴에서 뭔가 떼어 냈는데 코털이라고 한다. 누구의 코털이 하준이 얼굴에 떨어졌는지 우리가 디엔에이를 분석하자고 하면서 웃고 있는데 며느리가 들어왔다. 우리는 코털 사건은 비밀로 하자고 하면서 크게 웃었다. 며느리는 우리가 왜 그렇게 웃는지 몰랐을 것이다.

다현이와 수현이도 하준이 한번 보려고 모두 손을 씻고 와서 대기 중이다. 살짝 얼굴을 만질 기회를 주었더니 한번 만지고는 아주 좋아한다. 이때 들어온 하준 아비가 깜짝 놀라는 모습이 더 웃겼다. 행여 무슨 일이라도 날까 아들은 노심초사다.

아이들 숨바꼭질 소리에 집 안이 정신이 하나도 없는데 그 와중에도 잠을 잘 자는 하준이를 보고서 아들이 집에서는 걸핏하면 우는데 이상하게 여기서는 잘 잔다고 한다. 수현이는 자기가 하준이 준다고 턱받이를 챙겨서 하비(손주들은 할아버지를 하비로 부른다)에게 주었는데 가져왔냐고 물으니 하비가 모르고 안 가지고 왔다고 대답을 한다. 모두 다 일주일 내내 하준이 생각만 했나 보다. 하준이를 바라보고 있으니 입을 내밀었다가 하품을 했다가 실눈을 떴다가 감았다가 웃었다가 그 표정이 변화무쌍하다. 하준이는 두 시간을 꼬박 자고 나서 젖을 먹고는 또 자고 한다.

큰딸은 책을 가져오고 작은딸은 며느리 해 주라고 족발을 사 왔다. 그런 생각을 한 작은딸네가 기특했다. 삶은 족발을 양념간장에 찍어서 먹으니 맛이 좋았다. 원래는 오늘 며느리 먹으라고 닭을 삶고 닭죽을 끓이려고 했는데 족발 삶은 물에 미역을 넣고 끓이니 구수해서 며느리가 잘 먹었다. 우리가 하준이를 돌보는 동안 며느리는 건넌방에서 침대 위에 전기장판을 깔고 두 시간씩 두 번이나 땀을 흘리며 아주 오랜만에 잘 잤다고 한다. 잠이 많은 며느리가 잠을 제대로 못 자니 그동안 힘이 들었을 것이다. 엄마 아빠 노릇하기가 힘이 드나 자식에게서 받는 기쁨은 말로 표현할 수가 없이 크다는 것을 아이들이 알았으면 좋겠다. 어미 아비가 되는 일은 위대한 일인 것이다.

수현이와 다현이는 하루 종일 사촌 동생 하준이가 자고 있는 아기 방을 들락거리며 예뻐해 주었다. 하준이와 함께한 오늘 하루 우리 온 가족은 참으로 행복했다.

2018

조기구이

둘째 딸네는 늦게 퇴근한다고 해서 우리 부부와 손녀 다현이만 저녁을 먹는 날이다. 다현이는 조금 있다가 먹는다고 해서 우리 부부 먼저 밥을 먹었다.

잠시 후에 다현이 밥상을 차리는데 큰 조기구이 한 마리가 올라오니 조기를 좋아하는 남편이 조기가 있었는데 아까 밥상에는 왜 안 올라왔느냐고 묻는다. 마침 조기가 한 마리밖에 없어서 다현이 먹이려고 우리 밥상에는 안 올렸다고 했다. 다현이도 맛을 알아서 조기가 커서 살이 많고 고소하니까 아주 잘 먹는다.

그러면서 우리 부부는 "이렇게 손주를 키워서 나중에 우리가 큰 덕을 보려나?" 하고 웃었다. 나중에 덕을 보는 것이 중요한 것이 아니라 지금 우리는 다현이 덕에 행복해하면서 웃고 있으니 그것으로 족하다. 맛있게 먹는 다현이를 보니 우리도 절로 기분이 좋아진다.

2018

솔뫼 성지

토요일 서천에서 일박을 하고 다음 날은 당진에 있는 솔뫼 성지를 방문했다. 소나무 숲이 우거져 있다고 해서 지명이 솔뫼라고 한다. 아름드리 소나무들이 많이 심어져 있는 아름다운 곳이었다. 김대건 신부가 태어나신 곳으로 김대건 신부의 생가가 복원되어 있었다. 김대건 신부 가계의 순교자들이 소개되어 있었다. 증조부 김진후, 김진후의 셋째 아들 한현, 둘째 아들 택현이 순교하고 택현의 아들 제준이 순교하고 제준의 아들 대건이 순교함으로써 32년 사이에 4대에 걸쳐 순교자를 낸 집안이었다. 천주교가 이 땅에 뿌리를 내리는 데 이렇게 많은 순교자들의 피가 있었던 것이다.

이곳은 2015년 8월 프란치스코 교황님이 다녀가신 곳으로 더 유명해진 곳이다. 생가는 참 안온하고 평온한 한국의 전통 가옥이었다. 앞마당에 프란치스코 교황이 앉아서 기도하는 모습의 동상이 서 있는데, 동상 앞에는 기도문이 새겨져 있었다.

성 김대건 안드레아 님,
성인께서 태어나신 이 집에서 기도하는 저희를 축복하
여 주소서
저희로 하여금 가정의 소중함을 깨닫게 하시고 가족 간

에 사랑과 기쁨을 함께 나누시며 서로의 근심 걱정을 덜게
하소서

성인의 가족들이 신앙과 복음을 충실히 따름으로써 가
정을 사랑의 천상 보금자리로 만드셨듯이 저희 가정도 그
리스도의 아름다운 향기를 간직하고 떨치게 하소서

사제 안드레아 님 저희를 위하여 빌으소서

기도문이 참 좋다. 요즘 가정을 버려야 교회를 믿는 줄 아는 사람들이 많은데 이 기도문은 오로지 가정을 위한 기도라 마음에 와닿았다. 현직에 있을 때 선생님의 부인이 종교 문제로 시어머니와 갈등이 너무나 심해서 아들인 선생님도 괴로워서 나에게 상담을 한 기억이 있다. 종교를 잘못 믿는 것이다. 어머니도 사랑하지 못하고 가정을 파탄으로 몰고 가는 사람을 하느님이 기뻐하시지 않는 줄을 모르는 것이다. 가족 간에 사랑과 기쁨을 함께 나누고 서로의 근심 걱정을 덜게 하라고 기도하신 것이다.

솔뫼 성지 안에 있는 교회가 참 아름다웠다. 안온하고 정갈하고 편안했다. 스테인드글라스도 화려하지 않고 아름다웠고 낮은 천장도 좋았다. 우리 손주들은 촛불을 올리고 기도를 했다. 나도 하느님께 감사기도를 드리고 헌금함에 헌금했다.

2018

늙음에 대해서

지금 〈가디언〉이란 아주 좋은 영화를 보고 있는데 이런 대사가 나온다. "늙는 거 그리 나쁘지 않아. 멋진 인생을 산 결과물이지." 그 말을 듣고서 늙음을 생각해 보았다.

예전에 내가 성신여대 대학원에 나이 마흔이 넘어서 다닐 때 미혼인 여대생 같은 과 친구들이 내가 '부럽다.'고 했던 것이 기억난다. 무엇이 부럽냐면 결혼했다는 것과 교사라는 직업을 가진 것과 자녀가 있다는 것이다. 젊은이들이 취업을 할 수 있을까 염려하고, 결혼을 할 수 있을까 염려하고, 또 아이를 낳아 잘 키울 수 있을까 염려하는 세상이 되었기 때문일 것이다.

내 동생은 내가 전생에 나라를 구했음이 틀림없다고 하는데 나 자신이 전생에 나라를 구했는지는 몰라도 참 복 많은 사람이라고 생각한다. 이렇게 멋지게 행복하게 늙어 가기가 쉽지 않기 때문이다. 다시 살아 보라고 해도 지금처럼 살 자신이 없다. 노력보다는 받은 복일 것이다.

어느 책에서 읽은 내용이 생각난다. 투병 중인 젊은이가 쓴 글인데 자기가 가장 부러운 사람은 돈이 많은 사람도 아니고 명예가 높은 사람도 아니고 젊은 사람도 아니고 학벌이 좋은 사람도 아니고 늙은 사람이라는 것이다. 할머니가 된 사람이라는 것이다. 늙어서 손주를 보며 할머니가 된 사람이 가장 부럽다고 했다. 그에게는 건강하게 살아서 할머니가 되는 것이 소원이었던 것이다.

종종 거울을 보면 예전의 나는 어디 가고 저렇게 주름투성이의 낯선 얼굴이 거울 안에서 나를 바라보고 있을까 생각을 하기도 하지만 어떤 사람에게는 할머니가 되는 것이 소원인 사람도 있다는 생각에 주름이 훈장처럼 느껴질 때도 있긴 하다. 나처럼 늙어 간다는 보장만 있다면 젊은이들이 늙음에 대한 걱정이 없을 것이다. 나도 이제는 늙음을 즐기려고 한다.

직장을 갖고 치열하게 살면서 무언갈 성취하고자 하는 게 아니라 연금을 타면서 편안히 살고, 자식들 키우며 동분서주하면서 사는 게 아니라 손주를 보살피면서 여유롭게 살고, 돈을 버는 게 아니라 주변인에게 밥 사며 돈을 쓰면서 살고, 험한 산을 오르는 게 아니라 낮은 산을 산책하며 살고, 병을 퇴치하는 게 아니라 병을 친구 삼아 살고, 이웃에게 충고하는 게 아니라 이웃의 말을 들어 주면서 살고, 화를 내는 게 아니라 미소를 지으면서 늙음의 특권을 즐기면서 살고자 한다.

청춘 예찬이 아니라 늙음 예찬이다.

2018

개그콘서트 부부

평상시에 우리 아이들은 아빠가 하는 유머에 잘 안 웃는다. 남편이 말만 하면 크게 웃는 나를 보고 아이들이 그게 그렇게 웃기냐고 한다. 나는 진짜 남편 유머가 재미있는데 말이다. 우리 아이들은 개그 프로그램을 보고 웃는데 나는 저게 웃기냐고 한다. 그러면 아이들은 웃기다고 한다. 나랑 남편은 웃음이 안 나오는데 말이다. 요즘 남편이 나를 웃긴 일들은 이런 것들이다.

개그콘서트 1. 남편이 누워서 오른발을 흔들고 있다. 나는 그게 무슨 뜻이냐고 물었다. 대답을 안 해서 무슨 뜻이냐고 또 물었다. 남편이 "모든 것의 뜻을 알려고 하지 마."라고 한다. 내가 크게 웃으며 개그콘서트 소재로 보내면 좋겠다고 했더니 남편이 수준이 떨어진다고 한다.

개그콘서트 2. 남편이 교통 위반 과태료 딱지를 내밀며 이런 거 본 적 있냐고 한다. 내가 이미 과태료를 냈기에 "냈시유." 그랬더니 남편이 6시라고 한다. "몇 시유?"로 알아들은 것이다. 늙어서 귀도 안 들리는가 보다. 당신이 위반한 것 내가 냈으니 앞으로 한 달간 내 앞에서 다리 흔들기 춤을 추라고 했더니 이상한 춤을 춰서 나를 웃겼다.

개그콘서트 3. 남편이 방귀를 크게 뀌어서 내가 손녀 다현이 말투로 "너무해." 그랬더니 남편이 손녀 수현이 말투로 "화났어." 한다. 거의 다현이, 수현이 수준이다. 다현이는 좀 마음에 안 드는 것이 있으면 "너무해." 그리고 수현이는 "화났어."라고 하는데 그걸 우리가 그대로 평소에 쓰고 있는 것이다. 그래서 내가 "안 웃겨." 했다. '안 웃겨'는 우리 아들이 어렸을 때 주로 쓰던 말을 우리가 수십 년이 지난 지금까지 쓰고 있는 것이다.

개그콘서트 4. 각자 저녁 약속이 있어서 "나는 자연별곡 가는데 당신은 어디 가요?" 했더니 별로 좋아하지 않는 '사랑채'를 간다고 한다. 그래서 당신 건강에 좋은 밥이라고 했더니 "안 좋아." 한다. 하비가 다현에게 "하비 다현 좋아." 그러면 다현이는 "하비 안 좋아."라고 하는 말을 따라 하는 것이다. 요즘 작은딸이 둘째를 낳아서 산후도우미 아줌마를 불렀기 때문에 나는 첫째 다현이를 유치원에 데려다주고 수영하고 바로 집에 온다. 그래서 늘 내가 저녁에 퇴근하는 남편을 맞아들인다. '띠띠띠띠' 소리가 나면 나는 현관문에 서서 들어오는 남편을 안아 주곤 한다. 그러면 남편이 웃는다. 그러면 나는 "그렇게 좋아?" 한다. 남편이 다현이 말투로 "안 좋아." 한다. 그리고 우리는 크게 웃는다.

개그콘서트 5. 우리 신혼 시절에 친정아버지가 편찮으셔서 말이 어눌하셨는데 똥을 싸고 싶다는 말을 꼭 "언똥"이라고 하셨다. 그 후 지금까지 수십 년간 남편이 화장실을 갈 때면 종종 "언똥 싸러 간다."고 한다. 그러면 나는 "언똥 싸고 와."라고 한다. 그러면서 우리는 또 크게 웃는다.

개그콘서트 6. 새벽에 눈이 떠졌다. 다른 때 같으면 바로 다시 잠을 청했을 텐데 요즘《휘파람》책을 낸다고 원고 오타 보는 일이 바빠서 컴퓨터 방으로 가서 작업을 했다. 동이 틀 무렵 갑자기 안방에서 '뻥' 소리가 크게 났다. 잠시 후에 남편이 나 있는 곳을 기웃거린다. 그래서 금방 그게 무슨 소리냐고 했더니 "로켓 발사 소리"라고 한다. 발사 후 추진력을 얻어서 이 방까지 왔다고 한다. 나는 엄청 웃겨서 큰 소리로 웃었다.

개그콘서트 7. 아침에 출근을 하는데 성심여고 학생들이 학교를 가고 있다. 이상하다. 우리 출근길은 학생들이 학교 갈 시간이 아닌데, 오늘 무슨 행사가 있어서 아이들이 학교를 일찍 가나 그렇게 생각하고 우리는 그냥 운전을 해서 갔다. 그런데 가다가 자동차 시계를 보니 7시가 아니라 8시다. 시간을 착각해서 한 시간 늦게 가는 것이다. 이 상황에서 우리는 "이런 변이 어딨나."라고 했다. 현철이 부른 〈사랑의 이름표〉라는 노래에 '이름표를 붙여 줘.'라는 구절이 있는데 우리 아들은 어릴 때 그것을 잘못 듣고서 늘 "이런 변이 어딨나."로 불렀었다. 그 후 우리는 수십 년간 웃기는 상황이 발생하면 "이런 변이 어딨나."라고 하면서 웃는다.

2018

석가탄신일 조계사에서

불교 신자는 아니지만 여행을 좋아하기에 전국 유명 사찰은 안 가본 곳이 없을 정도로 많이 다녔다. 사찰뿐만 아니라 전국의 천주교 순교 성지도, 또 세계적으로 아름다운 성당도 두루 다니면서 그 정갈한 아름다움에 늘 가슴이 따뜻해지면서 마음에서 평화와 감사기도가 절로 나왔다.

오늘은 부처님이 이 땅에 오신 날로 사찰에서 여는 축제도 즐기고 부처님의 탄생을 함께 기리기 위해서 조계사에 갔다.

절 입구에 떡이 있어서 당연히 잔칫날이라 떡을 나누어 주는 줄 알았더니 돈을 받고 팔고 있었다. 바로 옆에서 리본을 달아 주고 있어서 오늘 절에 온 사람을 환영하는 의미로 다 달아 주는 줄 알았더니 역시 돈을 받고 달아 주고 있었다. 돈 없는 사람은 석가탄신일도 축하를 못 하게 되어 있었다.

사람이 엄청나게 많아서 법요식을 하는 단이 잘 보이지 않을 정도다. 연세 드신 신자들은 앉을 곳이 없어서 서 있는데 빈자리가 있는데도 일반 신도는 안에 못 들어가게 줄을 쳐놓고 비워 놓은 앞자리에 온갖 정치인들이 다 들어오고 있었다.

법요식에서 처음으로 반야심경을 따라 했다. 색불이공 공불이색, 공즉시색 색즉시공, 색과 공이 다르지 않고 공이 색과 다르지 않으며 색이 곧 공이요 공이 곧 색이다. 반야심경을 따라 하는데 뭉클하였다. 눈물이 핑 돌았다. 중생과 부처, 번뇌와 깨달음, 색과 공을 차별적인 개념으로 이해하기보다는 대립과 차별을 넘어서 하나임을 말하는 것이다. 색은 물질적 현상이며 공은 실체가 없음을 뜻하는 것인데 색은 공으로부터 생기고 공은 색에 의해서 나타나는 것이다. 즉 이 세상에 존재하는 모든 형체는 공이라는 말이다. 곧 형상은 일시적인 모습일 뿐 실체는 없다는 것이다.

쉬는 날이라 아들이 집에 와 있다고 해서 법요식이 다 끝나기 전에 나왔다. 입구에 돈을 받는 책상이 줄지어 놓여 있는데 그 수가 엄청 많았다. 한 사람당 삼만 원이라고 한다. 여러 대의 코팅기가 쉴 새 없이 등에 달 사람 이름을 코팅하고 있었다. 하루 기도는 얼마, 열흘 기도는 얼마, 일 년 기도는 얼마 이렇게 적혀 있었다. 서민들은 그 귀한 쌈짓돈을 아낌없이 바치고 소원을 빌고 있었다. 책상에서 여러 대의 지폐 계수기가 쉴 새 없이 돌아가고 있었다.

오늘 온 사람만이라도 무료로 리본에 이름을 써 주며 등 대신 줄에다가 소원을 쓴 리본을 줄줄이 달아 준다면 얼마나 좋았을까 하는 생각이 들었다. 부처님이 꼭 등의 가격을 확인하지는 않으실 것이기 때문이다. 그냥 리본에 이름을 써 놓은 것만으로도 수많은 중생들은 위로를 받고 소원을 성취한다고 믿을 것이기 때문이다.

부처님 생일을 맞이했으니 조계사에 오는 모든 이와 동네 사람들에게 감사의 떡을 나누어 주고 절에 오는 모든 이의 가슴에 기꺼이 리본을 달아 주었으면 참 좋았을 것 같다. 그러면 부처님이 보시고 빙그레 웃으시며 잘

했다 칭찬하셨을 것 같다.

부처는 이 땅에 있는 우리들이기 때문이다. 내가 평소에 아주 좋아하는 글 '처처불상 사사불공'이 떠올랐다. 우리가 대하는 모든 곳에 부처가 있고 일마다 불공을 드리는 마음으로 하면 된다는 것이다.

2018

그렇게 바쁘진 않아요

버스 정류장에서 보니 할머니 한 분이 연신 털목도리에 묻어 있는 굳은 덩어리를 손으로 떼어내고 있습니다. 그런데 덩어리가 떨어지는 게 아니라 계속 털이 빠지고 있었습니다. 내가 물티슈를 꺼내서 살살 문지르니 잘 닦여집니다. "점심에 팥 칼국수를 먹으면서 팥물이 떨어졌나 보네." 하시며 할머니가 연신 고맙다고 합니다.

지하철 태릉입구역에서 6호선으로 환승을 하는 중에 할머니 한 분이 나에게 '방 병원'이 어디 있는지 아느냐고 합니다. 할머니께서 태릉입구역 어딘가에 방 병원이 있다고 합니다. 핸드폰을 켜서 방 병원을 찾으니 2번 출구 부근에 있었습니다. 2번 출구로 안내를 하며 나가시면 바로 병원이 있다고 말씀드렸더니 연신 고맙다고 합니다.

김희옥은 언제든지 누가 뭘 물어보거나 누가 어려운 일을 당하면 다음 버스를 타거나 다음 지하철을 타더라도 이런 정도는 기본으로 합니다. 오늘도 지하철 화장실 바닥에 누군가 휴지를 버려놨기에 늘 하던 대로 다 치우고 나오면서 좋아했답니다.

착한 일을 못 할 만큼 인생이 그렇게 바쁘지는 않거든요.

2018

꿈을 꾸다

신기하게도 아주 생생한 꿈을 꾸었다. 익산군 여산이 외갓집인데 나는 어릴 적에 외갓집에서 많이 놀았다. 그곳에서 놀았던 게 거의 육십 년 전 일인데 나는 지금도 아주 생생하게 내가 놀았던 골목들을 다 기억하고 있다. 그런데 어릴 적 그 골목 그대로 내가 찾아가는 꿈을 꾸었다. 인간의 뇌가 참으로 신기하다. 엊그제 일도 기억이 잘 안 나는데 수십 년 전 길이 어제 다녔던 것처럼 지금도 그대로 생각나니 말이다.

내가 놀던 마을에는 자장골이라고 산 너머로 이어지는 길이 있었고, 동네 가운데 아주 큰 느티나무가 있는 공원이 있었고, 논에는 자운영 꽃이 만발해 있었다. 길을 건너가면 냇물이 있었는데 거기서 미역 감고 놀았던 일이 아름다운 추억으로 생각난다. 게 발을 쳐 놓고 밤에 플래시를 켜고 게 잡으러 삼촌과 함께 갔던 일이 그대로 내 머릿속에 들어 있다. 외갓집 마당에 피어 있던 꽃들과 나무들이 아름답게 지금도 내 가슴속에 피어 있다. 앞마당 앵두나무에 가득 연 앵두를 내가 다 땄는데도 외할머니는 꾸중하시지 않았다는 우리 엄마 이야기가 아니라도 외갓집 마당이 엄청 넓었는데 거기서 놀았던 기억이 생생하다.

어느 책을 읽었더니 3세 이전에 학대를 받으면 뇌의 변형이 온다고 한다. 그리고 7세 이전의 문화 경험은 뇌의 어느 곳에 저장되어 평생을 간다고 한다. 특별히 문화 행사가 없던 그 시절에는 앵두 따기, 게 잡기, 자운영 보기, 산책하기, 미역 감기 등이 아마 문화 체험이지 않았나 싶다. 어릴적 아름다운 기억은 뇌의 어느 곳에 저장되어 참으로 아름다운 추억으로 평생 남게 되나 보다. 아버지는 월남하신 분이라 친가가 없었기 때문에 우리에게는 외가인 그곳이 고향이었다. 엊그제 외숙모가 돌아가시고 홀로 남으신 외삼촌을 생각했더니 이런 꿈을 꾸었나 보다.

지금 우리 손주들이 매주 우리 집에 놀러 오는데 나중에 나처럼 늙어서도 매주 안산에 가서 놀았던 일, 월드컵공원에 가서 놀았던 일, 박물관을 내 집처럼 드나들며 놀았던 일, 매주 가족과 여행을 가서 온천에 들어가고 숯불구이하고 놀았던 일을 아름다운 추억으로 기억하려나. 우리 집 베란다에 수영장을 차려 놓고 풍덩 들어가서 놀던 일, 베란다 화분에 봉숭아 씨앗을 심어서 꽃을 피워서 손톱에 봉숭아물을 들였던 일, 우리 집 욕조에서 거품 목욕을 했던 일이 수십 년 동안 뇌의 어느 곳에 저장되어 있다가 어느 날 꿈에 아름다운 모습으로 나타날지도 모르겠다.

2018

더 좋은 곳에 간다

늘 그렇듯이 오늘도 아침 일찍 집을 나섰다. 오늘은 저녁에 일이 있어서 남편과 지하철로 출근을 하는 날이다. 지하철역을 가려면 예쁘게 조성된 경의선 숲길을 지나야 된다. 마침 선선한 가을날이고 해가 안 나는 이른 아침이라 많은 사람들이 산책을 즐기고 있었다. 내가 남편에게 우리는 새벽부터 출근을 하느라 바빠서 이렇게 좋은 날 산책 한 번 못 하는데 저 사람들은 참 좋겠다고 말했더니 남편이 우리는 더 좋은 곳에 가지 않느냐고 한다.

수현이를 어린이집에서 데리고 올 때 손을 잡고 오는데 집에 올 때까지 쉬지 않고 이야기를 하는 것이 그렇게 귀엽다고 한다. 아마 저 사람들은 손주가 없나 보다고 한다. 이런 마음으로 손주를 보살피니 남편의 노후가 참 행복하다.

나 또한 매일 다현네 집 문을 열고 들어가면 입을 크게 벌리고 함박웃음을 짓는 다현이를 보는 기쁨이 그 무엇보다 크다. 나도 다현이를 보러 가는 발걸음이 빨라진다. 이렇게 우리 부부는 매일 아주 좋은 곳에 간다. 새벽 운동으로 건강해지는 것보다 손녀들을 보는 기쁨 때문에 좋은 호르몬들이 나와서 더 건강해질 것 같다.

2018

전기세 나가

남편이 골프를 치러 가서 내가 수현이를 어린이집에 데려다주려고 큰 딸 집에 갔다. 아침 식사로 망고스틴을 주었더니 채현이는 맛있다고 잘 먹는데 수현이는 맛이 없다고 안 먹어서 한 개는 어미가 먹었다. 어미는 이미 출근했는데 수현이는 고구마 핫도그 큰 것을 다 먹고 나더니 망고스틴을 먹고 싶다고 한다.

냉동실 문을 열고 한참을 찾고 있는데 너무 오래 열고 있었더니 '삐삐' 소리가 났다. 거실에서 수현이가 "삐삐 소리 나면 전기세 나가."라고 큰 소리로 말을 했다. 그 말이 너무 웃겨서 아침부터 크게 웃었다. 망고스틴을 찾으려고 냉동실 문을 오래 열고 있어서 소리가 났다고 할미는 잘 못 찾겠으니 수현이가 찾아보라고 했다. 냉동실을 찾아보다가 아이스크림이 눈에 띄니까 아이스크림을 먹겠다고 한다. 맛을 보더니 커피와 초코가 들어간 것 같다고 해서 포장지를 보니 커피와 초코 아이스크림이다. 맛도 아주 잘 구별하는 수현이다. 다 먹더니 냉동실 문에 있는 '짜요짜요'도 먹어야겠다고 한다. 엄청 잘 먹는다.

샤워를 시키고 나서 로션을 가져오라고 했더니 효과가 좋은 것을 가져온다고 한다. "무슨 효과가 좋아?" 했더니 피부 보호 효과가 좋다고 한다.

77

또 한 번 크게 웃었다. 모르는 것이 없는 수현이다.

　머리를 빗겼더니 묶은 머리를 만져 보고는 땋아 달라고 한다. 다 땋았더니 머리띠와 핀을 꽂는다. 그러면서 꾸며야 한다고 한다. 꾸민다는 소리도 할 줄 아는 수현이 때문에 또 크게 웃었다.

　어린이집 가는 길에 내가 계단으로 가지 말고 후문으로 돌아가자고 했더니 왜 그러냐고 한다. 껌이 많아서 더러워서 안 간다고 했더니 수현이가 "계단은 위험하기도 해." 한다. 후문으로 가면서 "이 길은 흙도 있고 나무도 있고 깨끗해서 좋아." 하면서 한 술 더 떠서 장단을 맞춘다. 귀엽고 똑똑한 수현이 때문에 아침부터 엄청 웃었다.

2018

아직 늦지 않았다

수영장에서 함께 수영하는 70대 언니가 젊을 때 즐기지도 못하고 고생만 하다가 이제 좀 즐기고 싶은데 너무나 늙어 버렸다고 하신다. 인생을 즐기기에는 너무 늦어 버렸다고 한다.

공무원 남편 박봉 쪼개서 자식 다섯을 기르느라 맘 편히 돈 써 본 적도 없고 먹고 싶은 것을 먹어 본 적도 없다고 하신다. 도시락 8개 싸고 나면 남은 밥이 없을 때가 많아서 그럴 때는 그냥 고구마로 점심을 때우셨다고 한다. 나도 어릴 때는 고구마로 점심을 때웠었다. 그래도 내가 자식 기를 때는 맞벌이라 경제적으로는 어려움 없이 살았는데 혼자 벌어서 오 남매를 기르셨으니 언제 놀러 한 번 가지 못했을 것이다. 그래서 내가 말했다. 아직 늦지 않았다고, 언니 나이 이제 칠십인데 아직 청춘이라고, 지금부터 신나게 즐기고 살면 된다고. 그동안 고생하셨으니 이제 우리도 즐기며 남은 생 신나게 살면 된다고.

그래. 아직 늦지 않았다. 이 말은 아마 나에게도 하는 말일 것이다. 참으로 순박한 그 언니의 얼굴에 가득한 주름살이 참 아름다워 보였다. 이제 도시락 쌀 일도 없는데 좀 즐겨도 미안하지 않을 나이, 인생을 즐기기 아주 딱 좋은 나이다. 우리의 인생을 관통하고 있는 죽음이라는 열차의 종착역이 언제 올지 모르지만 우리는 그날까지 각자 인생을 열심히 신나게 살면 된다. 그리고 아직 이렇게 걸을 수 있고 이렇게 숨 쉴 수 있고 이렇게 과분하게 수영도 할 수 있고 맑은 공기를 마시며 산책도 할 수 있고 손주도 돌볼 수 있고 여행도 다닐 수 있고 쉴 수 있는 집도 있고 셀 수가 없을 정도로 신나는 일이 많지 않은가.

나중에 햇살 가득한 아름다운 이 세상 소풍 끝내고 가는 날 '아름다웠노라.'라고 말할 수 있으면 된다. 하늘나라에서 가장 좋은 자리는 '이 세상에서 얼마나 행복했느냐, 이 세상에서 얼마나 사랑했느냐.'로 정한다고 한다. 언니, 작은 것에도 행복해하고 사랑합시다. 아직 늦지 않았답니다.

2018

해산 바가지

박완서의 글 《해산 바가지》에 이런 내용이 있다.

시어머니가 그해에 수확한 잘 여문 정갈한 바가지를 준비해서 선반에 올려놓았다가 손주가 태어나서 첫 국밥 끓일 때 그 바가지에 미역 씻고 쌀 씻어서 며느리 머리맡에 놓고 손주를 위한 기도를 드리는 것이다. 아들 선호 사상이 심했던 그 시절, 더군다나 외아들을 둔 홀시어머니가 며느리가 딸을 연속 넷 낳을 때도 전혀 서운한 기색 없이 똑같은 의식을 행했다고 한다. 다섯째로 아들을 낳았을 때도 더하지도 덜하지도 않고 똑같은 의식을 행했다고 하니 사람이 귀한 줄을 아는 시어머니였던 것이다.

나도 이번에 아현이를 맞이하기 위해 경건한 마음으로 수많은 가제 수건을 일일이 다 다림질을 해서 정갈하게 개어서 놓았다. 그리고 우리 아현이가 건강하게 태어나게 해 주십사 기도를 했다. 다섯 번째 손주인 아현이를 맞이하기 위한 나의 의식인 셈이다.

2018

기적이 일어나다

오늘은 10월 8일이다. 둘째가 지난번에 삼성병원에서 CT 찍은 것 결과 보러 가는 날이다. 둘째가 5월 말에 갑자기 열이 심하게 나고 배가 너무나 아팠다. 동네 병원에 갔더니 장염이라고 약을 지어 주었다. 그런데 계속 아파서 인근 병원에 갔다. 거기서도 단순 장염 약을 주었는데 2주일이 지나도 배가 아팠다. 인근 병원에 입원을 해서 CT를 찍었다. 6월 9일 날 인근 병원에서 배에 15cm 정도의 아주 큰 종양을 발견해서 수술을 하자고 했다. 암이냐고 물었더니 아니라고 확답을 못 한다고 했다. 우리 온 가족은 절망에 빠졌다.

우리는 연대세브란스에서 수술을 해서 제거하면 될 것이라는 희망을 가지고 바로 연대세브란스 병원으로 환자를 옮겼다. 연세대에서 조직검사를 하기로 했는데 위험해서 조직검사 자체를 못 한다고 한다. 암은 아닌 것 같다고 했다. 거기서 다시 CT와 MRI를 찍고 진찰을 받은 결과 의사가 평생에 처음 보는 종양이라고 3개월 후에 다시 찍자고 했다. 함부로 할 수 없는 수술이라고 했다.

우리는 그 CT와 MRI를 가지고 다시 삼성병원에 갔다. 삼성병원에서도 만약 수술을 하면 생명이 위험한 수술이라고 했다. 배꼽부터 간까지 복부를 열고 수술을 해야 하고 여기저기 림프관이 연결되어 있어서 위험하다고 했다. 커지지 않으면 평생 조심하며 배 속에 가지고 살아야 할 수도 있다고 했다. 9월 10일에 삼성병원에서 다시 CT를 찍었다. 그리고 드디어 오늘, 한 달 만에 그 결과를 보러 가는 것이다. 종양이 더 커졌는지 지난번 CT와 비교해 보자고 했다. 연세대에서도 그렇고 삼성병원에서도 거의 처음 보는 질환이라고 해서 이번에 안 되면 나는 딸을 아산병원으로 데리고 가려고 생각하고 있었다.

딸이 병원을 드나들며 거의 5개월을 보내는 동안 늘 기도하는 마음으로 살았는데 오늘 작은딸이 병원에 가는 날이라고 해서 나는 무심코 "혹시 그 혹이 없어졌을지도 모르겠다."라고 말을 했다. 처음에는 배가 아파서 아현이 어깨띠도 못 했는데 요즘은 어깨띠를 해도 아프지 않고 거의 한 달 동안 작은딸이 배 아프다는 말을 안 했기 때문이다. 말이 씨가 된다고 선견지명이 있었던가 싶다.

병원에 간 딸에게 전화가 오고 이어서 파일이 왔다. 파일 이름은 '기적'이라고 되어 있었다. 의사 선생님의 말을 녹음해서 보내 준 것이다. 파일을 열어 보니 의사 선생님이 '이런 기적이 일어날 수 있느냐. 이건 기적이다. 그동안 무슨 약을 먹었느냐, 한약을 먹었느냐, 양약을 먹었느냐, 공기 좋은 데 가서 있었느냐.'라고 물어보고 있었다. 이렇게 종양이 없어지는 경우를 보지 못했고 실제로 저절로 없어지는 것이 불가능하다고 여겼는데 이런 기적이 일어났다고 말했다.

파일을 열어서 듣는 순간 눈물이 줄줄 흘렀다. 눈물을 닦고 또 닦아도 계속 흘렀다. 파일을 듣고 또 들었다. 참으로 감사하고 또 감사했다. 의사가 수첩을 꺼내서 특이한 사례로 작은딸의 신상명세를 적었다고 한다. 의사가 태어날 때부터 잘못된 것이라고 했는데 작은딸은 엄마 때문이라고 원망하지도 않았다. 늘 죽음을 눈앞에 두고 아픈 중에도 우리 작은딸은 가족과 함께 여행 다니며 항상 웃으며 살았고 걱정하거나 신세를 한탄하거나 짜증 내는 것을 본 적이 없다. 대단한 딸이다. 이렇게 기적은 항상 일어날 수 있는 것이다.

그동안 나는 매일 작은딸 기도로 하루를 시작했다. 오래전에 예약했기에 다녀온 멕시코 여행 중에도 유명한 과달루페 성모님의 치유의 우물에서 기도를 드리고 촐룰라에서는 토난친틀라 성당의 치유의 성모상을 만지며 기도를 드렸었다. 참으로 감사하다. 우리 가족 모두 다 마음 한구석의 큰 걱정거리를 덜어냈다.

이제 나는 평생 감사하며 살아야 한다. 이번 주말에 작은딸 가족과 여행 계획이 잡혀 있는데 축하 여행이 될 것 같다. 작은사위가 카톡으로 다현이와 아현이가 턱을 손으로 괴고 있는 사진을 보내왔다. 참으로 행복해 보이는 모습이었다. 그동안 늘 아내의 죽음을 마주하며 마음을 졸였을 착한 작은사위가 오늘 밤은 두 다리 쭉 뻗고 마음 편히 행복한 밤을 보낼 것 같다.

2018

어르신

양력으로는 오늘이 만 65세가 되는 날이다. 내가 젊었을 때는 경로 우대를 받으려면 70세는 되어야 한다고 생각했는데 나는 오늘 바로 동사무소에 카드를 신청하러 갔다. 신용카드 겸용은 신한은행에서 발급해 준다고 해서 갔더니 일주일 후에 카드가 나온다고 한다. 지금 나는 일주일이나 카드 없이 다닐 것을 걱정하고 있으니 참으로 어처구니가 없다.

지난주에 일박 이일 강화도 여행에 이어 주례를 서고, 이어서 탁구 시합을 나갔더니 몸에 무리가 왔는지 요즘 허리도 아프고 어깨도 아파서 물리치료를 받으러 다니는데 세상에 오늘은 병원비가 천오백 원이다. 이래서 할머니들이 매일 물리치료실에 출근을 하나 보다. 그래서 나는 오늘 어깨 한 번, 허리 한 번 총 두 번의 물리치료를 삼천 원에 받았다. 어쩐지 미안했다.

카드 하면 웃기는 일이 생각난다. 남편이 어르신 카드를 발급받고서 바로 잃어버렸다. 그래서 재발급을 받으러 갔더니 "어르신, 다음부터는 잃어버리시지 말고 잘 가지고 다니세요." 하면서 마치 아이에게 알려 주듯이 했다고 한다. 그런데 그 며칠 후에 또 잃어버렸다. 그랬더니 이번에는 아주 더 자세히 친절하게 "어르신, 이렇게 자꾸 잃어버리시면 안 돼요. 잘 보관하셔야 돼요." 하면서 아주 잘 타일러서 졸지에 상노인이 됐다고 하는 것이다. 남편에게 이 이야기를 들은 것이 엊그제 같은데 벌써 몇 년이 지났다니 참으로 거짓말 같다. 나도 카드를 잘 보관해야겠다. 남편이 어르신 카드를 발급받은 기념으로 친구들과 지하철을 타고 춘천을 갔다고 했는데 나도 그동안 돈 없어서 지하철 못 탄 사람처럼 지하철을 타고 어딘가 멀리 가 봐야 할 것 같은 마음이 드니 늙긴 늙었나 보다. 어찌 되었든 이제 국가가 우리를 책임지나 보다.

오후에는 동사무소에서 만 65세 어르신 가정방문을 한다고 한다. 간호사와 공익이 와서 혈압도 재고 혈당도 재 주었는데 둘 다 높은 것이 아니라 오히려 낮은 편이라고 한다. 치매 검사도 했다. 그런데 검사를 한다고 올해가 몇 년도냐고 하는데 갑자기 생각이 안 났다. 나도 이런데 노인들은 더 생각이 안 날 수도 있겠다고 생각했다. 결과는 백 점이라고 한다. 우리 친정 식구들 중에 누구도 치매에 걸린 사람이 없다. 이모들도 모두 장수하시다가 노환으로 돌아가셨다. 친정 엄마도 치매 검사를 했는데 단어 세 가지를 말하고 나중에 그것을 말하라고 했는데 잘 생각이 나지 않으셨다고 안타까워하신 것이 생각난다. 아직은 친정어머니도 건강하시다. 독감 예방주사도 무료고 폐렴 예방주사도 무료라고 한다. 여러 가지 혜택이 아주 많은가 보다.

이제 어르신이니 참으로 어르신답게 행동해야겠다. 좀 더 너그럽고, 좀 더 베풀고, 좀 더 참고, 좀 더 지갑을 풀고, 좀 더 감사하고, 좀 더 말을 줄이고, 좀 더 웃고, 좀 더 여유롭게, 칭찬하는 말은 많이 하고, 남에게 충고하려 들지 말고, 욕심 부리지 말고 순리대로 멋지게 늙어 가야겠다.

2018

'성자' 엄마

지하철을 타고 집에 오는데 안암역에서 장애로 보이는 아들이 엄마와 함께 내 맞은편 자리에 앉았다. 타자마자 엄마는 "쉿" 하며 입을 손가락으로 가리고 아들을 바라보면서 아들 귀에다가 대고 조용히 뭐라고 말을 하고 있었다. 아들은 말을 잘 못하는 정신지체 장애아였다. 그런데 엄마의 얼굴이 참으로 편안해 보였다. 지하철에서 만난 대부분의 장애인 엄마들은 그 얼굴이 참으로 힘들어 보였었는데 이 엄마는 모습에 전혀 그늘이 없고 표정이 온화하고 부드럽고 참 좋았다. 아들도 얼굴이 참 부드럽고 선해 보였다. 다 엄마 덕인 것이다. 엄마는 오는 내내 웃음 짓는 얼굴로 아들을 대했다. 종종 아이는 크게 웃고, 이상한 손짓을 했지만 아들이 하는 말에 윽박지르지 않고 부드러운 표정으로 귀에 대고 조용히 답을 해 주고 있었다. 전혀 주변 사람에게 방해가 되지 않고 오히려 감동을 주었다.

지난번 지하철에서 본 가슴 아픈 장면이 생각났다. 장애를 지닌 아이와 할아버지로 보이는 사람이 내 앞에 앉았다. 그런데 그 할아버지는 오늘 복지관 선생님 말을 안 들었다고 집에 가면 가만두지 않겠다고 했다. 그러면서 처음부터 끝까지 너 같은 놈은 죽어야 한다고 하면서 아주 험한 말로 아이를 윽박지르고 있었다. 그러니까 아이가 갑자기 소리를 지르며 할아버지의 목을 조르는 것이었다. 힘으로 아이를 제압하지 못하자 할아버지는 더욱 크게 소리를 질렀다. 정상적인 아이도 그런 사람이랑 있으면 정신이 이상해질 것 같았다. 그 아이가 참으로 안되어 보였다.

마침 그 모자도 효창공원역에서 내렸다. 나오면서 보니 모자지간에 손을 꼭 잡고 가고 있었다. 그 엄마에게 참으로 고맙다고, 참으로 대단하시다고, 멋지다고 말해 주고 싶었다. 내가 고마운 마음이 드니 이상하다. 엄마에게 어떻게 하면 그렇게 부드럽고 편안한 얼굴을 지닐 수 있는지 물어보고 싶었다. 그 엄마가 가는 집에도 웃음이 이어질 것이다. 포근하고 부드러운 엄마의 기운 때문에 아이도 행복하고 그 가족도 행복할 것이다.

엄마가 '성자'였다. 그 엄마에게 힘을 주시고 그 엄마에게 건강을 주시고 그 가족이 오래오래 행복하도록 해 주세요.

2018

어진 며느리

병원에 입원해서 축농증 수술을 하는데 입원실이 없어서 부득이 집중 치료실에서 4일간 있었다. 4인실이었는데 둘은 상태가 심한 환자였다. 내 침대 바로 맞은편 환자는 고관절을 다쳐서 두 번째 입원한 나이 드신 할아버지인데 의사가 움직이지 말라고 했나 보다. 간병인이 수백 번 "움직이지 마세요. 왜 내 말을 안 들어요." 하고 짜증을 내면 환자는 더 크게 소리를 지르는 일이 밤새 계속되었다. 섬망까지 겹쳐서 밤새 잠을 안 자고 이상한 소리만 중얼거렸다. 간병인의 고성과 더 크게 소리치는 환자 소리에 평소에 잠이 아주 많은 나도 잠을 한숨도 못 잤다.

다음 날 아침에 며느리가 왔다. 세상에 며느리가 오니까 환자는 순한 양이 되었다. "누워만 계시느라 힘드시죠? 아버님." 하고 말하는데 목소리가 그렇게 좋을 수가 없다. 그러더니 시아버지의 다친 다리를 보며 "아버님. 이게 뭐예요? 왜 이렇게 되셨어요?"라고 하니까 환자가 넘어졌다고 대답을 했다. "그래서 어떻게 했어요?" 하니까 환자가 "병원에 갔지." 하는 것이다. "응급실에 가셨죠? 병원에 가서 어떻게 했어요?"라고 물으니 "딱 하고 맞추었지."라고 대답한다. "아팠어요?", "아팠지.", "그러면 다시 다치면 또 딱 하고 해야겠네요. 그러면 아프겠네요.", "응.", "그러니까 아버님 일어나시면 또 딱 하고 해야 되니까, 일주일만 일어나지 마세요."라고 했다. 환자가 그러겠다고 대답을 하는 것 같았다. 환자가 순한 양이 되어 아주 딱 하는 소리를 여러 번 냈다. 며느리 목소리가 어찌나 좋고 그 말투가 어찌나 예쁘고 다정한지 마치 어린아이를 어르듯이 순하게 시아버지의 답을 받아 내는 것이었다.

참으로 어질고 현명한 며느리였다. 어제 저녁 밤새 일어나겠다고 소리를 지르던 모습과는 딴판이다. 며느리가 약을 먹이는데 아기에게 약 먹이듯이 한 알을 먹을 때마다. "아유, 아버님, 잘하셨어요." 하면서 아주 다정한 목소리로 말하는 것을 듣고 있으니 작은 일에도 쉽게 감동하는 나는 눈물이 핑 돌았다. 참 좋은 며느리였다.

내가 화장실을 가려고 앞을 지나가니 웃으며 살짝 고개를 숙여 인사를 하는 것이다. 모습을 보니 보통의 아주머니인데 저렇게 사람이 어질 수가 있구나 싶었다. 그 며느리는 하루 종일 시아버지의 시중을 조용조용 들었는데 신기하게도 어제는 잠시도 안 쉬고 소리소리 질렀던 환자가 하루 종일 큰소리 한번 내지 않았다.

밤에는 아들이 간호를 했는데 부부는 닮는다고 아들도 다시없는 효자였다. 직장에 다니면서 밤새 간병하기 힘드니까 밤에는 간병인에게 부탁했는데 아버지가 싫다고 하니까 간병인 대신 저녁에는 교대로 아들이 왔나 보다.

아들이 "아버지, 밥 잡수셔야죠." 하니까 아버지가 "아버지라고 하니 이상하잖아." 한다. "아들이 아버지를 아버지라고 부르지 뭐라고 불러요." 하니까 "아버지라고 부르니 이상해, 우리 큰애 어디 갔어.", "제가 큰애예요." 아버지가 "몇 살이에요?" 하니까 "예순네 살이에요."라고 대답한다. 섬망증이 온 아버지에게 큰소리 한 번 내지 않고 아버지의 말에 일일이 대답을 하며 아버지에게 밥을 드시게 하고 있는 큰아들이었다. 그 부부의 모습을 보고 있으니 내 마음이 참 훈훈해졌다.

만약 우리 시어머니가 살아 계셨다면 나는 오늘 집에 가서 오늘 하루라도 엄청 좋은 며느리가 되고자 다짐을 했을 텐데 좋은 며느리가 되고자 해도 이제는 시부모님이 다 안 계신다. 벌써 돌아가신 지 3년이 되었는데 마치 나랑 어머니랑 살던 일이 엊그제처럼 생각되니 신기한 일이다.

2018

전신 마취

간호사가 와서 일회용 팬티를 주면서 갈아입고 메리야스도 다 벗고 환자복 이외엔 아무것도 걸치지 말라고 한다. 축농증 수술하는데 갑자기 일회용 팬티를 입으라고 하니 겁이 났다. 의사는 보호자가 있냐고 해서 있다고 했더니 수술할 동안에도 보호자가 있냐고 한다. 수술할 때 환자는 잠을 자기 때문에 만약에 무슨 일이 있으면 결정해야 할 환자 보호자가 있어야 된다는 것이다.

나는 갑자기 그러면 수술 도중에 무슨 일이 생겨서 내가 깨어나지 못하고 죽을 수도 있는가 하는 생각이 들었다. 의사는 수술은 두 시간 반 정도 진행되는데 회복까지 하면 세 시간 반 이상 있어야 된다고 했다. 마취과 의사가 와서는 마취를 해야 하기 때문에 만약 자가 호흡이 안 되면 기관 삽입을 해야 한다고 한다. 그러면서 틀니를 했는지 이빨 중에 흔들리는 게 있는지 물어보는 것이다.

나는 처음에는 수술이 별일이 아닌 줄 알고 남편이 중요한 식사 약속이 있어서 당연히 가라고 했다. 남편에게 이런 말을 하니 연말이라 어렵게 잡은 일정이지만 약속에 가지 않고 병원에 있겠다고 한다. 지금은 이름이 생각나지 않지만 유명한 배우가 별거 아닌 병으로 대학병원에서 수술을 하러 걸어 들어갔는데 죽어서 나왔다고 한동안 떠들썩했던 사건이 생각났다. 은근히 걱정이 되기 시작했다.

만약에 내가 마취 후에 못 깨어나면 어떻게 될까. 큰애가 계속 엄마 전신 마취 하느냐고 걱정한 것도 마음에 걸린다. 또 입원할 때 우여곡절이 많아서 아이들이 이 병원은 신뢰가 가지 않는다고 다른 큰 병원 가라고 여러 번 말한 것도 마음에 걸렸다. 침대에 누워서 핸드폰 갤러리에 들어가 사진을 보니 행복한 표정의 무수히 많은 여행 사진이 있었다. 살아온 날들 동안 많이 행복했다고 좀 일찍 소풍 끝내고 오라고 부르실 것 같은 생각이 들었다.

만약 내가 없다면 우리 집안은 엉망이 될 것 같다. 남편은 내가 없다면 살아갈 힘이 없을 것이고 큰딸을 먼저 보낸 친정 엄마도 살 수 없을 것이다. 내 사랑하는 자식도 삶의 균형이 깨질 것이다. 주말마다 모여서 함께 놀던 일이 꿈같은 일이 되어 버릴 것이다. 매일 할미가 보살펴 준 손주들도 더 이상 할미 사랑을 받을 수 없을 것이다. 나는 아직은 꼭 필요한 사람이었다. 그동안의 평범한 일상이 얼마나 감사하고 행복한 일인지 다시 한 번 깨닫게 되었다.

걱정하지 말자. 모든 것이 잘될 것이라고 계속 자식들이 전화하고 있지 않은가. 나는 차디찬 수술방에 누워 수술이 잘되길 기도하고 있었다. "숨을 크게 쉬세요."라는 소리를 들으며 나는 잠에 빠져들었다.

2018

질병은 내 친구

작년부터 종합병원 안과를 다니다가 올해 일월에 눈물샘 수술을 하고, 팔월에 눈물관을 제거했는데 그 후로도 계속 눈물이 흘러서 눈이 짓무르고 눈곱이 껴서 고생을 했다. 나중에는 눈물만 안 흐르면 걱정이 없겠다는 생각이 들 정도였다. 눈물관 때문에 일 년도 넘게 병원을 다녔다. 올 십이월에는 축농증 수술을 했다. 축농증 수술 후 항생제를 쓰다 보니 이상하게 눈물이 밖으로 흐르는 것이 멈추었다. 아마 눈물관 수술 후에 눈물관에 염증이 생겼었는데 축농증 수술 후 항생제를 썼더니 눈물관 염증도 나아 버린 것 같다. 그런데 축농증 수술이 잘못되었는지 도로 누런 코가 나와서 요즘까지 약을 먹고 있다. 하루도 쉬지 않고 운동을 하는데도 일 년 내내 약을 안 먹는 날이 없을 정도로 요즘 여기저기가 아프다.

일주일 전부터 갑자기 검지손가락 마디가 굽혀지지 않는다. 그래서 정형외과에 물리치료를 다니고 있다. 의사 말이 나이에 비해 관절이 좋다고 한다. 그런데 왜 아픈지 모르겠다. 또 어깨가 아파서 동네 병원에 갔더니 회전근개 파열 같다고 하니 큰 병원에 가서 검사를 해 봐야겠다. 나이가 들어가니 여기가 나으면 저기가 아프고 늘 어딘가가 아프다.

TV에서 루게릭병을 앓고 있는 부인을 십 년 동안 지성스럽게 간병하는 남편 이야기가 나왔는데 그 남편에게 소원이 뭐냐고 물으니 둘이서 한번 걸어 보는 게 소원이라고 하는 말을 들으면서 울기 좋아하는 나는 또 펑펑 울었다. 몸을 움직이지 못하는 부인을 하루 24시간 간병하는 모습이 위대하고 또 위대해 보였다. 인간이기에 가능한 것이다. 업고 다니는 촉감을 부인이 좋아한다고 매일 업어 주는 남편의 등 뒤에서 웃는 부인의 얼굴이 아기천사 같았다. 종종 꿈에서 부인과 걷는 꿈을 꾼다는 그분이 언젠가 아니 저세상에서라도 부인과 함께 걷길 소망했다. 나는 그나마 걸을 수 있어서 산책은 할 수 있으니 그분의 평생의 소원을 매일 이루고 살고 있으니 불평하지 말고 그냥 질병을 친구 삼아 지내기로 했다.

손흥민을 좋아해서 손흥민이 골을 넣는 경기를 수십 번 보는데 골을 넣고 난 후에 펄쩍 뛰어오르며 세리머니하는 모습이 너무 멋져서 "저렇게 뛰어오르다니 정말 부럽다." 했더니 남편이 손흥민도 언젠가는 지팡이 짚을 날이 온다고 한다. 자기도 무릎도 안 좋고 손가락도 안 좋다며 우리 자동차가 십 년이 넘어서 이번에 수리를 한 것처럼 우리도 나이 들어 부속을 갈아가며 사는 것이라고 한다. 갈면 다시 새 차처럼 잘 굴러가니 그러려니 하면서 살아가면 된다고 한다. 노후에 질병이 친구가 되었다.

신영복의 《감옥으로부터의 사색》의 〈사소한 것들의 위안〉이라는 글에 나온 내용이다.

그 자리에 땅을 파고 묻혀 죽고 싶을 정도의 침통한 슬픔에 함몰되어 있더라도 참으로 신비로운 것은 그처럼 침통한 슬픔이 지극히 사소한 기쁨에 의하여 위로된다는 사실이다. 큰 슬픔이 인내 되고 극복되기 위해서는 반드시 동

일한 크기의 커다란 기쁨이 필요한 것은 아니다. 작은 기쁨
이 이룩해 내는 엄청난 역할이 놀랍다.

이 글을 읽으면서 공감했던 적이 있다.

요즘은 내가 여기저기 아프고 또 연이은 수술로 인하여 심신이 피곤하
지만 아침에 함박웃음을 짓는 아현이를 보면 나는 참으로 행복해지고 세
상 아무 근심 걱정이 없는 할머니가 되고 만다. 그저 몸이 아픈 것도 잊어
버리고 아현이를 번쩍 보듬고 볼에다 수십 번 뽀뽀를 해 대며 나도 함박웃
음을 짓게 된다.

생각해 보니 나는 삶의 모든 고달픔을 손주들로부터 위로를 받으며 살
아가고 있다. 노년에 주어지는 특별한 보너스다.

2019

태풍이 지나간 용산 콘도에서

아이들이 금요일 저녁에 왔다가 일요일 저녁을 먹고 갔다. 아이들은 우리 집을 용산 콘도라고 부르며 매주 콘도에 놀러 온다. 용산에 갈 생각에 금요일 밤이 가장 즐겁다는 손주들이다.

용산 콘도는 넓은 데다가 무료다. 거기에 맛있는 특식까지 제공한다. 삼 형제끼리 모여서 대화도 나누고 밥 먹으면서 술도 한잔하고 아주 최고의 콘도인 것이다. 그동안에 나는 밥 해 먹이느라 분주했지만 모든 끼니때마다 그렇게 맛있게 먹어 주어서 덩달아 나도 밥맛이 좋았다. 육개장, 갑오징어, 삼겹살, 닭볶음탕, 소고기 미역국, 동태전, 비빔국수 등 음식을 만드느라 냉장고가 깨끗하게 비워졌다. 원래 나는 요리 솜씨가 없는 사람이었지만 아이들 밥 해 먹이면서 요리사가 다 되었다.

다섯 명의 손주들은 또래끼리 놀고 함께 체험학습도 간다. 늘 공동 육아를 한다. 주변에 전쟁기념관, 국립박물관, 남산, 안산, 효창공원, 월드컵공원이 있어서 아이들이 놀기에 참 좋다. 또한 용산구청이 이사 가면서 그자리에 용산 꿈나무종합타운이 들어섰는데 요즘같이 미세먼지가 많을 때는 최고의 실내 무료 놀이공간이다.

용산 콘도 자체로도 아이들에게 신나는 공간이다. 하비, 할미의 특별

서비스로 어린이 TV도 볼 수 있고 핸드폰 동영상도 볼 수 있는 용산 콘도가 좋을 수밖에 없다. 거기다가 같은 또래들이 모여서 쉬지 않고 노니 신이 나는 것이다. 어제는 둘째 사위가 손주 둘을 데리고 꿈나무종합타운에 갔다. 큰손주와 큰딸, 우리 부부는 효창공원에서 산책과 운동을 하러 갔다. 큰사위는 학교에 볼일이 있어서 잠시 학교에 갔고 아들 내외는 결혼식이 있어서 갔다. 작은딸은 아직 걷지를 못하는 딸을 데리고 집에 있기로 했다. 우리 집이 중심가에 있기에 아이들이 각자 볼일을 보기도 좋다.

식사 시간이 되어 아이들이 다 모이니 콘도가 북적인다. 소란하기가 호떡집에 불 난 것 같다. 아현이와 하준이 우는 소리에다가 아이들을 달래는 사위와 아들 소리가 더 크게 들린다. 수현이와 다현이 뛰는 소리와, 뛰지 말라고 외치는 부모들 소리가 더 커서 난리도 이런 난리가 없다. 방은 금방 발 디딜 틈 없이 어질러지고 우리 방문을 닫아도 계속 누군가 열고 들어온다. 나중에는 문을 잠그는 사태에 이르렀다. 그런데 계속 아이들이 문을 열려고 시도하는 소리가 들린다. 정신이 하나도 없다. 옆에서 남편은 사람 사는 것 같다고 이렇게 정신없는 와중에도 웃는다. 하긴 이 상황에서 안 웃는 것이 더 이상하다.

잠시 외출하고 집에 들어오니 여기저기서 손주들 우는 소리에 정신이 하나도 없다. 안마기계에 누워서 마사지를 받으려고 하면 아현이가 쏜살같이 기어와 방해를 해서 마사지도 못 받는다. 실내 자전거를 타려고 하면 또 하준이가 번개같이 달려와 안아 달라고 한다. 티브이를 켜면 다현이가 캐리와 장난감 친구들을 보자고 해서 티브이도 못 본다. 손주들 때문에 내 마음대로 아무것도 할 수가 없다.

그래도 손주들이 매주 또래와 신나게 놀았던 영양분은 두고두고 삶의 자양분이 될 것이다. 그리고 우리 세 자녀들도 매주 함께 조카를 돌보고 형제들이 밥을 함께 먹으며 나누는 대화와 술 한잔이 세상을 살아가는 데 위로가 되고 든든한 버팀목이 되어 줄 것이다. 이렇게 정신없이 살다가 아이들이 다 가고 난 지금 마치 태풍이 휩쓸고 지난 뒤 고요함같이 평온하다. 이런 평온함은 태풍을 겪은 사람만이 느낄 수 있는 특권이다. 옆에서 남편이 우리가 수족을 쓸 수 있어서 자식들에게 밥해 줄 수 있는 지금이 인생의 황금기라고 한다. 그러면서 이렇게 자식들이 주말마다 북적거리는 게 사람 사는 것이라고 한다. 대부분의 사람들은 손주를 보고 싶어도 자식들이 안 와서 명절 때나 한 번 보는데 우리는 매주 자식들과 노니 행복한 줄 알라고 한다.

다음 주는 아이들이 일박 이일 여행을 잡아 놨다고 한다. 대부분의 여행지 리조트가 우리 집보다 작기 때문에 다음 주는 더 큰 태풍을 만날 것이다. 이렇게 우리는 매주 태풍을 만난다. 남편과 나는 아마도 "우리같이 정신이 하나도 없이 시끄러운 집은 전국에 하나도 없을 것이다."라고 하며 또 웃었다.

그 와중에 용산 콘도 주인은 다음 주 저녁 메뉴를 무엇으로 할지 연구하고 있다. 최고로 맛있는 음식을 해 주어야 다음 주에 손님이 또 찾을 것이기 때문이다.

2019

땡큐 언니

　퇴직 후에 종종 동네 목욕탕에서 마사지를 받는 호사를 누린다. 토요일에 모처럼 시간이 나기에 요즘 계속 오른쪽 어깨가 안 좋아서 마사지를 받으려고 목욕탕에 갔다. 세신사는 처음 보는 분이었다. 그동안 가끔 목욕탕에서 마사지를 받아 봤지만 이분처럼 온 정성을 다해서 시원하게 마사지하는 분은 처음 봤다. 그분은 목욕탕 안인데도 땀을 흘려 가며 온몸 구석구석을 한 시간 반 정도 풀어 주었는데 아프기도 했지만 엄청 시원했다. 머리서부터 발끝까지 지금까지 한 번도 받아 본 적 없는 마사지를 해 주셨다. 그렇다고 돈을 더 주는 것도 아닌데 그렇게 열심히 마사지를 하고 있었다. 받으면서 이렇게 공을 들여서 하면 얼마나 힘이 들까 미안하기까지 했다. 외국에 가면 늘 옵션으로 마사지가 포함되어 있어서 많이 받아 봤는데 태국 마사지보다 더 좋았다. 특히 머리를 감기면서 마사지를 해 주는데 압권이었다. 마사지해 주는 언니가 돌아누우라고 해서 돌아누우면 매번 "땡큐."라고 한다. 나는 그 말이 웃겨서 속으로 웃는다.

　오늘도 새벽에 전화를 했는데도 오후 네 시에 예약을 할 정도로 인기가 좋은 언니다. 노래를 흥얼거리며 마사지를 해 주는데 늘 기분 좋은 표정이다. 정성을 다해서 최고의 마사지를 하는데 그 수준이 달인 수준이다.

　목 디스크가 있는 사람은 땡큐 언니에게 마사지를 받으면 다 나을 것이다. 어찌나 시원하게 마사지를 하는지 온몸 마디마디 전체가 완전히 풀어진다. 그렇게 개운하고 편안할 수가 없다. 대기자가 많아서 좀 짧게 해 줬다 싶으면 기어이 마사지 비용을 좀 되돌려 준다. 땡큐 언니는 우리 동네 사람들이 누릴 수 있는 특혜다.

나는 이렇게 자기 분야에서 최선을 다하고 정성을 다하는 사람들이 가장 훌륭하고 멋진 사람이라고 생각한다. 마사지를 받고 나올 때면 나도 모르게 고개를 깊게 숙여 인사를 하고 나온다. 감사와 존경의 표시다. 자기 일에 최선을 다하는 그분이 아름다워 보였다. 갈퀴 같은 그분의 손이 그 어떤 손보다 귀해 보였다. 고맙다고 말씀을 드리며 우유를 다른 분들 몫까지 사 드리고 나왔다.

땡큐 언니가 돈도 많이 벌고 오래오래 건강하고 행복하게 살았으면 좋겠다. 특급 마사지 받으려는 분들은 우리 동네 목욕탕으로 다들 오시기 바랍니다.

2019

수호천사가 받아 올리다

나는 작은딸 집에서 이제 2살 된 아현이 그네를 밀어 주면서 언니 다현이가 유치원 간다고 인사하는 것을 바라보고 있었다. 그런데 그 순간에 아현이가 그네에서 떨어지면서 방바닥으로 완전 나동그라져 머리를 크게 찧은 것이다. 나는 급히 아현이를 보듬었으나 아현이는 온 아파트가 떠나가도록 크게 울었다. 순간 나는 아현이한테 큰 사고가 났다는 생각이 들었다. 모든 것이 끝나 버렸다는 절망감이 몰려왔다. 나는 너무나 놀라서 아무 정신없이 아현이를 보듬고 있었는데 다현이랑 유치원 간다고 나간 어미가 아이 우는 소리가 밖에까지 계속 크게 들리니까 무슨 일인가 하여 다시 집으로 돌아왔다. 그네에서 떨어졌다고 했더니 일단 아이를 진정시켰다. 울음을 그친 아현이를 어미와 내가 살펴보았다. 목도 움직이고 서기도 했다. 장난감 말을 태웠더니 균형을 잘 잡았다. 그제야 다시 어미가 다현이를 데리고 유치원에 갔다.

천만다행으로 아현이는 겉으로 보기에 머리도 이상이 없고 목뼈도 이상이 없고 척추도 이상이 없었다. 나는 아현이를 보듬고 있으면서 감사의 눈물을 줄줄 흘렸다. 목뼈가 다쳤다면 전신마비가 되었을 것이다. 뇌가 다쳤다면 지적장애가 생겼을 것이다. 얼마 전에 뉴스에서 할아버지가 유치원에 데려다주려고 손주를 차에 태워서 가다가 깜빡 잊어버리고 그냥 내려서 회사에 갔는데 아이가 질식해서 죽었던 보도를 본 일이 생각났다. 또 아이가 침대에서 떨어져서 뇌수술까지 했다는 이야기도 생각났다. 속 깊은 어미는 나에게는 아무 말도 안 하고 내가 용산 집으로 온 뒤 병원에 갔나 보다. 지금은 큰 이상이 없지만 며칠 두고 본 뒤 토하거나 이상이 있으면 즉시 병원에 오라고 했다는 이야기를 나중에 들었다. 나는 집에 와서 남편에게 오늘 사건 이야기를 하지 않았다. 손주를 금쪽같이 아끼는 사람이기 때문에 말을 못 했다. 집에 와서 생각하니 아차 하는 순간에 온 집안이 불행해질 뻔한 큰 사건이었다. 만약에 아현에게 무슨 일이 생겼다면 나는 살 수가 없었을 것이다.

나는 앞으로 어떤 일이 있어도 절대 불평해서는 안 된다. 평생 감사하며 살아야 한다. 오늘 아현이를 받아 올린 수호천사가 보고 있을 것이기 때문이다. 매일매일이 기적인 것이다. 오늘의 기적이 우리 가족을 살렸다.

2019

호스피스

햇살이 따뜻한 봄날, 호스피스 병동 입원실 창 밖에는 벚꽃이 만발하였는데 아름다운 바깥세상을 뒤로하고 침대에 얼굴색이 백지장 같은 동서가 누워 있었다.

그 모습을 보고 딱히 위로할 말이 떠오르지 않았다. 간병하느라 힘든 시동생에게 사무실 일은 잘되냐고 물었더니 낮에는 사무실에 나간다고 대답을 했다. 그러자 동서가 입을 달싹거리며 밤에도 일한다고 한다. 나는 각시 병원비 대느라고 밤에도 일하는가 보다고 말을 하다가 왈칵 눈물이 쏟아졌다.

의사 선생님께 동서가 "언제쯤 편히 잘 수 있을까요."라고 물으니 "그건 하느님만이 아시죠."라고 대답을 했다. 너무 통증이 심해서 네 시간마다 모르핀을 투여하고 매일 신경 안정제를 맞고 잠을 청하는데 언제쯤 편히 한 번 잠을 잘 수 있을지 물어보는 것이다. 이 세상이 아닌 또 다른 세상, 고통 없는 저세상으로 건너가서 편히 영원히 안식을 취하고 싶은 것이다. 전혀 못 움직이는 데다가 삼 일 전부터 아무것도 못 먹는다고 한다. 물을 숟가락으로 떠서 겨우 한 숟가락 먹는데 그것도 힘이 드는지 천천히 달라고 한다. 겨우 숨만 쉬고 있었다. 가지고 간 봉투를 슬그머니 내미니 어떻게 올 때마다 봉투를 주냐고 염치가 없다고 시동생이 그냥 가지고 가라고 한다. 일하랴 간병하랴 병원비 마련하느라 입술이 부르튼 시동생에게 내가 할 수 있는 것은 봉투를 내밀어 위로하는 것밖에 없었다. 우리를 배웅하러 나온 시동생에게 동서 배가 불룩 튀어나왔던데 뭐 넣었냐고 했더니 암 덩어리가 커진 것이라고 한다. 무서운 암이었다. 끝없이 분열하고 있는 것이다. 이 달을 못 넘길 것 같다고 한다.

돌아오는 차 안에서 그냥 눈물이 줄줄 흘렀다. 남편과 나는 "누구나 가는 길을 조금 빨리 가는 것뿐인데, 크게 보면 찰나의 순간인데."라고 하면서도 하나밖에 없는 딸 결혼하는 것도 보고 손주도 보고 했으면 좋았을 것을 하고 안타까워했다. 신이 누구는 소풍 빨리 끝내고 오라고 하고, 누구는 더 오래 놀다가 오라고 하고, 누구는 소풍길에 진흙에 빠져 허우적대고, 누구는 오솔길을 걷게 하는지 그건 아무도 모른다.

동서가 내게 늘 하던 말이 떠올랐다. 형님은 전생에 나라를 구했나 보다고. 어쩌면 그렇게 복이 많으시냐고. 나도 모른다. 내 힘으로 머리카락 한 올도 희게 하지 못하는 우리가 아니던가. 내가 사랑을 줄 수 있는 사람에게 지금 이 순간 사랑을 최대한 베풀며 행복하게 살아가는 것. 그것이 소풍길을 끝내고 하늘나라 갔을 때 잘했다 칭찬받을 것이라고 하지 않던가.

금요일에 문병을 다녀왔는데 동서는 월요일 4월 8일에 하늘나라로 갔다. 고통, 질병 다 벗어 버리고 영면에 들어갔다. 올해 첫날에 동서가 새해 인사 전화를 하면서 내년 새해에도 전화할 수 있었으면 좋겠다고 말했었는데 내년 새해 인사를 하기도 전에 먼저 서둘러 가 버렸다. 동서 친정어머니가 "우리 큰딸, 내 강아지 보고 싶으면 나는 어찌할까."라고 하염없이 우셨다.

도스토옙스키의 〈카라마조프의 형제들〉에 세 살짜리 아들을 잃은 어머니가 나온다. 울다가 지친 어머니는 조시마 장로를 찾아간다. 장로가 말한다. "당신한테 필요한 것은 위로가 아닙니다. 위로받으려 하지 말고 그냥 우세요." 다만 눈물이 나올 때마다 아들이 하느님의 천사가 되어 천국에서 어머니의 우는 모습을 내려다보고 그 눈물에 기뻐하고 있으며, 그 눈물을 하느님께 알려 주고 있다는 것을 기억하라고 말한다. 굳이 상처를 덮으려고도, 나으려고도 하지 말라는 것이다. 울음은 상처를 열려고 하는 끊임없는 욕망에서 나오는 것이니 울음이 나오면 울면 되고, 그 울음이 결국에는 하늘에 있는 아들에게 닿고 자비로운 하느님의 마음을 움직이게 된다는 거다. 장로는 위로의 말이 통하지 않는 그녀를 이런 식으로 위로하고 집으로 돌려보낸다.

그러니 동서 친정어머니도 딸이 보고 싶을 때마다 우시는 수밖에. 그러다 보면 눈물이 마르시겠지. 얼마나 우셔야 눈물이 마르실지는 모르겠다. 나도 어디서 그렇게 많은 눈물이 나오는지 종일 시도 때도 없이 눈물이 흘렀다.

신부님 장례 미사 말씀대로 성자님들과 함께 동서가 나란히 앉아서 편안했으면 좋겠다. 동서가 그리도 사랑했던 성모님, 동서 친정 가족의 눈물을 닦아 주셔요. 그리고 시동생과 조카에게 다시 살아갈 의욕을 주셔요. 동서 안녕.

2019

산토리니의 추억

그리스 여행 중 산토리니 자유 일정이 있는 날이다. 가까이 있는 카마리 해변 가를 거닐었다. 아름다운 검은색 작은 몽돌이 가득한 해변이었다. 뜨거운 햇볕이 내리쬐고 있었다. 푸른 하늘과 파도 소리와 바닷바람이 어우러져 환상적이었다. 아직은 오월 초라 바람이 찬데 비치파라솔에서 벌써 수영복만 입고 일광욕을 하는 서양인들이 있었다. 우리도 해변에서 사진을 찍고 놀았다. 해변에서 놀다가 호텔에 돌아왔다. 늘 도전을 두려워하지 않고 용감한 나는 아직은 수영장 물도 차갑고 날도 추워서 남편도 채현이도 안 한다고 하는데 혼자 호텔에 있는 야외 수영장에서 수영을 하고 놀았다. 끝나고 샤워하고 수영복 말리고 놀다가 다시 슈퍼에 나가려고 핸드폰을 찾으니 가방에도 없고 이불에도 없고 방을 다 뒤져도 없다. 내가 해변에서 핸드폰을 꺼내지 않았다고 말하니까 채현이가 내 핸드폰으로 할미 사진을 찍고 나서 나에게 도로 주었다고 한다. 그렇다면 아까 사진 찍었던 그 파라솔에 놓고 왔을 텐데 벌써 한 시간도 넘게 시간이 지났으니 핸드폰이 그 자리에 있다는 것은 불가능한 일이었다. 가지고 있는 핸드폰도 날치기해 간다는 관광지에서 한 시간도 넘게 핸드폰이 있었는데 그것이 그대로 그 자리에 있길 바라는 것은 말도 안 되는 일이었다.

평소에는 지하철이 코앞에 들어와도 뛰지 못해서 놓치는 내가 빛의 속도로 해변으로 뛰었다. 아까와는 달리 수많은 사람들이 일광욕을 즐기고 있었다. 아까 그 자리라고 추정되는 곳에 내가 먼저 도착해서 이리 보고 저리 봐도 핸드폰은 없었다. 이어 도착한 남편과 채현이가 엎드려서 의자 밑을 보면서 계속 찾고 있었다.

그런데 기적 같은 일이 벌어졌다. 키가 크고 멋지게 생긴 남자분이 우리에게 다가오더니 손으로 네모 모양을 그리며 "핸드폰?" 하는 것이다. 그러면서 손가락으로 어디를 가리키는 것이다. 우리가 정확히 모르는 것 같으니까 우리를 인근 가게로 데리고 갔다. 주인이 내미는 핸드폰을 받아 들고 나서 정신을 차리고 보니 감사 인사를 드릴 시간도 없이 그 노신사는 사라지고 없었다. 관광객인지 현지인인지 모르지만 아마도 그분이 주워서 가장 가까운 가게에 맡겨놓지 않았나 싶다. 가게 주인과 대화를 할 정도로 언어가 되지 않아서 우리는 어떻게 된 영문인지 물어볼 수가 없었다. 주인한테 "땡큐."를 계속 할 수밖에 없었다. 마침 점심시간이 되어서 그 식당에서 점심을 시켰다. 아주 맛이 좋았다.

아마도 그 노신사분이 핸드폰을 주워다 주고서도 혹시 잃어버린 사람이 못 찾을까 봐 계속 그 주변에서 서성이셨던 것 같다. 그러니까 우리를 발견했지 싶다. 이렇게 우리는 산토리니 카마리 해변에서 아름다운 사람을 만났다. 오래오래 잊지 못할 것이다. 숙소로 돌아오면서 채현이가 아까 할미의 달리기 속도는 선수급이었다고, 하비와 자기가 나와 보니 벌써 할미가 안 보였다고 해서 웃었다. 기적이 일어난 하루였다.

2019

노래하고 박수 치는 행복 유모차

아현이를 유모차에 눕히고 다현이는 유모차에 바퀴를 달아서 태운 뒤 내가 밀면 둘이 마주 보고 가게 된다. 귀하고 귀한 보배를 둘씩이나 태우고 가는 이 할미는 얼마나 복이 많은 할미인지 뿌듯하다. 예전에 다혜가 둘째를 유산했을 때 유모차에 둘을 태우고 가는 사람들이 부러웠는데 이제는 내가 둘을 태우고 다닌다.

날이 너무나 더운데 유모차에 푹 누우면 더 덥다. 그래서 아현이는 자꾸 내리려고 하는데 걸어가기에는 너무나 먼 거리여서 달래서 유모차에 태운다. 다행인 것은 다현이가 아현이를 보고 노래를 하면 아현이는 짜증을 내다가도 무조건 박수를 치는 것이다. 유모차를 밀고 가면서 언니는 노래하고 아직 말을 못 하는 동생은 박수를 치는 모습이 참 아름답다.

노래를 좋아하는 다현이는 늘 노래를 부르고 다닌다. 목소리도 좋고 음정과 박자가 정확해서 듣기에 참 좋다. 이제 4년 8개월 된 다현이는 그 아름다운 노랫말을 어찌 그리 금방 외우는지 신기할 정도다. 이렇게 아름다운 노랫말을 늘 부르고 다니는 다현이 마음도 참 아름답게 자랄 것 같다. 오늘 아침에 유치원 가는 길에 다현이가 부른 노랫말이 참으로 아름다웠다. 〈아기 다람쥐 또미〉, 〈장미꽃이야〉, 〈나무의 노래〉, 〈'넌 할 수 있어'라고 말해 주세요〉, 〈네잎클로버〉, 〈이렇게 살아가래요〉, 〈열두 살의 꿈〉,

〈여름 냇가〉 등 주옥같이 아름다운 노래를 우리 사랑스런 다현이가 동생 앞에서 부르고 있다.

〈나무의 노래〉

아침 햇살이 찾아들기 전 작은 소리로 노래하는 나무, 아침 햇살이 찾아들면 가슴을 펴고 햇살을 흔들며 노래하는 나무, 오늘은 날씨가 좋아요. 햇살이 눈부셔요. 우리 집 나무가 노래 부르면 이웃집 나무가 대답을 하고, 탐스런 나뭇잎만큼 가득 열린 참새들, 열린 참새만큼 고운 노래 들려주는 나무, 하늘에 그려지는 오선지엔 햇살 한 줌, 내 노래 한 가락.

〈'넌 할 수 있어'라고 말해 주세요〉

'넌 할 수 있어'라고 말해 주세요. 그럼 우리는 무엇이든 할 수 있지요. 짜증 나고 힘든 일도 신나게 할 수 있는, 꿈이 크고 마음이 자라는 따뜻한 말들, '할 수 있어'. 큰 꿈이 열린 나무가 될래요. 더없이 소중한 꿈을 키울 거예요.

〈네잎클로버〉

깊고 작은 산골짜기 사이로 맑은 물 흐르는 작은 샘터에, 예쁜 꽃들 사이에 살짝 숨겨진 이슬 먹고 피어난 네잎클로버, 랄라라 한 잎, 랄라라 두 잎, 랄라라 세 잎, 랄라라 네 잎, 행운을 가져다준다는 수줍은 얼굴의 미소, 한 줄기의 따스한 햇살 받으며 희망으로 가득한 나의 친구야, 빛처럼 밝은 마음으로 너를 닮고 싶어.

〈이렇게 살아가래요〉

나비 등을 타고 꽃밭에 갔더니 내게 꽃처럼 살아가래요. 산새 등을 타고 숲속에 갔더니 내게 산처럼 살아가래요. 그윽한 향기 뿌리고 방긋이 웃음 띄우며 무겁게 앉아 멀리 바라보고 푸르게 살아가래요.

물새 등을 타고 바다로 갔더니 내게 바다처럼 살아가래요. 바람 등을 타고 하늘로 갔더니 내게 해처럼 살아가래요. 가슴에 푸른 물결치면서 진주를 키워 가래요. 온 세상 아름답게 밝혀 주는 해처럼 살아가래요.

〈열두 살의 꿈〉

지금 내 나이 열두 살 아직 작고 꿈도 많아요. 마음껏 뛰어놀고 싶고 가족만큼 친구도 소중해요. 지금 내 나이 열두 살 어리지만 자라고 있어요. 비밀이 많아지기도 하고 생각에 잠길 때도 있죠. 사랑이 필요하지만 혼자 일어설 힘 있어요. 관심이 필요하지만 혼자 하고 싶은 일 많아요. 지켜봐 주세요. 열두 살의 마음. 응원해 주세요. 열두 살의 꿈을.

〈여름 냇가〉

파아란 물속에서 보는 하늘은 요술 도화지, 솜털 구름

울퉁불퉁 기차 바퀴 되어 굴러가네요. 물고기와 함께 놀다 냇가 그늘에 누워 보는 여름. 엄마가 부르는 소리에 숨어 따뜻한 돌에 귀를 대면은 욜랑욜랑 바람이 찾아와 겨드랑이를 간지럽히고 누나가 다니는 학교 풍금 소리에 스르르 낮잠이 듭니다.

참으로 아름다운 노랫말이다. 언니의 아름다운 노랫말을 들으며 동생은 유모차 안에서 박수 치고 유모차를 밀고 가는 할미는 다현이의 공연이 최고라고 함박웃음을 짓는다.

2019

놀라운 자연

시간이 날 때마다 효창공원에 산책을 나온다. 지난주까지만 해도 그렇게 요란하게 울어 대던 매미 소리가 모두가 울지 않기로 약속한 것처럼 일절 들리지 않는다. 지난주에 왔을 때만 해도 땅에 떨어져 있는 매미가 눈에 조금 띄었는데 일주일 만에 모두 죽었나 보다. 한 달 전만 해도 주변 나뭇가지에 온통 매미 허물이 붙어 있었는데 일부러 살펴보아도 하나도 보이지 않는다. 모든 생명체들이 다 자연의 섭리에 맞춰서 살아가고 있는 것이다. 놀라운 자연 현상을 보면서 나는 계속 감탄을 하면서 산책을 했다. 더 놀라운 것은 상사화가 효창공원 전체에 일시에 피었다는 것이다. 지난주에는 하나도 볼 수 없었던 상사화 꽃대가 모두 한꺼번에 다 올라와서 공원을 아름답게 장식하고 있었다. 어쩌면 그렇게 일시에 올라오는지 신기할 뿐이다. 질 때도 일시에 질 것이다. 산책로에 깔아 놓은 멍석 위로 은행도 일시에 수북이 떨어져 있었다. 입구는 국화꽃으로 아름답게 장식되어 있었다. 가을이 온 것이다. 얼마 전까지만 해도 등에 땀이 났는데 오늘은 땀이 나기는커녕 서늘하다.

이보다도 더 감탄을 했던 일이 생각났다. 3월 8일 출근길에 강변북로를 달리다가 본 놀라운 장면이다. 6시 55분경 동쪽 하늘이 아름답게 불그스름하게 물들고 있었다. 동이 트고 있는 것이다.

그런데 하늘을 보니 새까맣게 새들이 날고 있었다. V편대를 지어 선두에 선 오리를 따라 질서 있게 무리 지어 날고 있었다. 강변북로가 이어지는 내내 한강을 따라 수십 킬로에 걸쳐 수십만 마리의 철새가 힘차게 날개를 저으며 날아오르고 있었다. 장관이었다. 일단 선회를 한 다음 방향을 잡고 날아가고 있었다. 오늘이 철새들 모두가 날아가기로 약속한 날인가 보다. 그것도 같은 장소, 같은 시간에 수십만 마리가 날아오르고 있었다. 이런 놀라운 경이로운 광경을 보게 되다니 우리 부부는 감탄에 또 감탄을 했다. 행운이었다.

남편은 운전을 못 할 정도로 눈을 떼지 못한다. 저 많은 철새가 다 어디서 왔을까. 출발은 모두 한강에서 하는가 보다. 오늘 모두 모이라고 명령이 떨어진 날인가 보다. 북쪽으로, 북쪽으로 가는 것이다. 위대한 자연의 섭리다. 수천 킬로에서 만여 킬로를 날아간다니 믿기지 않는다. 날아가는 길은 어미 따라 배워서 가기도 하고 풍경을 익혀서 가기도 하고 뇌의 방향 감각을 따라서 가기도 하고 또 여러 가지 설이 있는데 확실히 밝혀지지는 않았다고 한다. 놀라운 사실은 몸무게를 줄이기 위해서 날아갈 때에는 근육량을 최대로 늘리는 반면 내장 무게는 최대한 줄여서 출발한다고 한다. 도착 후에 내장 무게가 원래대로 늘어난다고 한다. 시베리아는 겨울이 너무 추워서 먹이도 없고 살 수 없어서 우리나라에서 겨울을 나고 다시 따뜻해지는 봄이 오면 시베리아로 날아간다니 놀라울 뿐이다.

한강과 중랑천이 합쳐지는 곳에도 마치 검정깨를 뿌려 놓은 것처럼 끝도 없이 수많은 오리 떼가 날아오르고 있었다. 날고 있는 저 오리들이 모두 무사히 자기 고향으로 날아갔으면 좋겠다. 다음 날 일부러 하늘을 봤더니 철새가 약간 날아가더니 10일 날은 날아가는 새가 없었다. 어떻게 같은 날, 같은 시각에 모두 날아가는지 그 또한 참으로 신기했다.

놀라운 자연이다. 모든 생명체들은 자연의 섭리에 맞춰서 그렇게 살아가고 있는 것이다. 매미도 상사화도 은행도 철새도 말이다. 우리 사람도 자연의 섭리에 맞춰서 살아가는 것이 순리라고 생각한다. 자연을 지배하고 훼손해서는 안 될 것 같다.

2019

영화가 좋아서

영화를 아주 좋아하는 나는 시간이 날 때마다 영화를 본다. 영화를 보는 동안 참 행복하다. 예전에는 영화관에 가서 영화를 봤는데 요즘은 집에서 더 많이 본다. 보통은 자전거를 타면서 영화를 보는데 한 시간이 금방 지나간다. 운동도 하고 영화도 보니 일석이조다. 요즘 발목을 접질려서 집에만 있는 통에 〈어바웃 타임〉, 〈계춘 할망〉, 〈굿바이〉 세 편의 영화를 봤다.

〈어바웃 타임〉을 보면서 또 한 번 감동을 받았다. 아버지가 임종을 앞두고 "제 아들의 아버지가 될 수 있다는 것이 정말 자랑스럽습니다."라고 말을 하는데 가슴이 뭉클했다. 나는 내가 자랑스러운 어버이라는 생각만 했지 내 자식들의 엄마가 된 것이 자랑스럽다는 생각을 못 했는데 이 말을 듣고 보니 참으로 내 자식들의 엄마가 된 것이 자랑스러웠다. 많이 부족한 나를 어머니가 되게 해 주고 삶의 기쁨을 느끼게 해 준 자식들이 참으로 고마웠다.

아버지가 돌아가신 후 주인공 팀은 더 이상 과거로 시간 여행을 하지 않는다. 영화에서 팀은 "우리가 할 수 있는 것은 이 멋진 여행을 즐기는 것뿐이다."라고 하면서 인생의 한 순간, 한 순간이 너무 즐겁다고 말한다. 그렇다. 평범한 오늘이 가장 소중한 날인 것이다. 주인공 팀은 매일매일 그날을 위해 일부러 시간 여행을 온 것처럼 충실하게 산다. 또한 오늘이 특별하면서도 평범한 내 인생의 마지막 날인 것처럼 매 순간 즐길 뿐이다. 우리는 매일 시간 여행을 하는 셈이다. 그러니 이 놀라운 여행을 후회 없이 즐기라는 것이다. 평범한 오늘이 가장 멋진 날인 것이다.

〈계춘 할망〉은 윤여정의 탄탄한 연기력을 다시 한번 보여 준 영화다. 거기다 김고은의 연기와 제주도의 아름다운 풍광이 어우러져 참 잘 짜인 영화다.

계춘 할망이 힘들어하는 손녀에게 하는 말이다. "세상살이가 힘들고 지쳐도 온전한 내 편 하나만 있으면 된다. 내가 네 편 해 줄 테니 너는 너 하고 싶은 것 다 하고 살라. 내가 너 하고 싶은 것 다 하게 해 줄 테니까. 끝까지 네 편 해 줄 테니까." 이 말을 듣는데 눈물이 핑 돌았다. 그래. 끝까지 내 편 해 주는 사람 하나만 있으면 그 어떤 힘든 일이 있어도 견뎌낼 수 있을 것이다. 할머니의 사랑이 듬뿍 느껴지는 말이다. 요즘 우리나라 자살률이 세계적으로 높다는데 그 힘든 사람을 끝까지 편들어 주는 단 한 사람이 있었더라면 그 사람이 그렇게 스스로 생을 마감하지는 않았을 것이다.

일본 영화는 대체적으로 싱거워서 즐겨 보지는 않는 편인데 〈굿바이〉는 몰입해서 봤다. 첼리스트인 주인공은 오케스트라가 해체되고 나서 장례 예식을 하는 곳에 취업을 한다. 일본의 장례 문화를 엿볼 수 있었다. 망자를 정성을 다해서 저승길로 인도하는 것이 인상적이었다. 몸을 다 닦은 후에 정성껏 옷을 입히고 나서 "그동안 수고하셨습니다."라고 작은 소리로 망자에게 말하는 것이 인상 깊었다. 예쁘게 화장을 해서 아주 편안한 얼굴로 저승 문을 열도록 하고 있었다. 우리는 때로 모든 사람이 죽는다는 것을 잊고 산다. 죽음은 누구에게나 오고 장례 지도사는 이승의 문을 넘어 저승의 문으로 가는 길을 배웅하는 사람인데 이 일은 천한 일이 아니라 아름다운 일이라는 것을 깨닫게 된다. 화장장에서 일하는 사람이 자기는 이승의 문을 닫고 저승의 문을 열어 주는 문지기라고 한다.

어머니 생각이 났다. 돌아가시기 전 병원에 입원했을 때는 험한 얼굴이셨는데 입관 전에 뵌 어머니는 예쁘게 화장을 해서 참으로 아름다우셨다. 우리가 보는 앞에서 일일이 예쁘게 옷을 입히고 연꽃 모양으로 온몸을 단장하시고 발끝에 연꽃을 피우시고 계시는 모습이 내 머릿속에 그대로 남아 있다. 참으로 아름다우셨다. 정성스레 염을 하시던 그분이 고마웠다. 〈굿바이〉를 보고 나서 잔잔한 감동이 오래 남았다.

2019

동영상

아침에 일어나 하준이랑 아현이가 나가서 놀고 싶어 해서 바람이 심하게 부는 날이지만 밖으로 나왔다. 하준 애비가 자동차에서 유모차를 꺼내서 펴려고 하는데 펴지질 않는다. 바람이 너무 불어서 유모차를 펼 때까지 기다릴 수가 없어서 일단은 아이들을 데리고 인근에 있는 파리바게트로 먼저 들어갔다. 나중에 들은 이야기로 애비가 계속해서 유모차를 펼치려고 하는데 안 펴지니까 결국은 며느리를 불러서야 펼쳤다고 한다.

집에 들어와서 며느리에게 유모차도 못 펴는 아들이라고 말을 했더니 여러 번 가르쳐 주었는데도 못 한다고 한다. 그러면서 다른 것은 다 잘하는데 이상하게 유모차와 아기 띠만 잘 못한다고 한다. 내가 보기에는 손을 써서 하는 것은 거의 다 잘 못하는 아들인데 며느리는 이 순간에도 다른 것은 다 잘한다고 남편 역성을 들고 있다. 엄마를 닮아 유독 손재주가 없는 아들이니 앞으로는 아들의 눈높이에 맞추어서 무엇이든지 여러 번 연습을 시켜서 익힐 수 있도록 하라고 했다. 옆에서 남편이 초시계를 켜 놓고 얼마나 빨리 폈다 접는지 연습을 시키라고 농담 삼아 한마디 거들었다.

아이들이 자기 집으로 간 후에 우리 부부에게 웃기는 동영상이 왔다. 며느리가 초시계를 들고 "시작" 하면 아들이 재빨리 유모차를 접었다가 펴는 것을 찍어서 보낸 것이다. 며느리가 "시작" 하고 시간을 재니까 일 초 만에 접고, 또 "시작" 하고 시간을 재니까 일 초 만에 펴는 동영상이었다. 동영상에서 아들은 자랑스럽게 카메라를 바라보고 있었다. 우리 부부는 동영상을 보고 또 보며 웃었다.

앞으로 우리 아들은 유모차 접고 펴는 대회가 있으면 출전해서 상을 타올 것 같다.

2019

어머니께 보답하는 길

21개월 된 아현이가 열이 나면서 온몸에 열꽃이 피고 눈이 충혈되고 얼굴이 퉁퉁 붓고 힘드니까 하루 종일 떼를 쓰면서 운다. 어제는 밤에 자다가 일어나 칭얼거려서 새벽 한 시에 데리고 나갔다가 잠들어서 데리고 들어오면서 시계를 보니 세 시가 다 되었다. 할미인 나보다 어미가 몸이 파김치다. 오늘은 일요일인데 일반 병원에 갔더니 가와사키병이 의심되니 대학병원에 가 보라고 해서 연대세브란스 응급실에 갔는데 아침에 간 아이들이 세상에 오후 4시가 넘어서 왔다. 그 사이에 아현이를 보듬고 있느라 애미, 애비는 얼마나 힘들었을까 싶다. 그 어린 아현이도 하루 종일 병원에서 이 검사 저 검사 하느라 엄청 고생을 했다. 아직 두 돌도 안 된 아이가 응급실도 여러 번 가고 입원도 하고 수도 없이 들락거렸다. 유독 아현이 키우기가 힘들다. 집에 아현이가 왔는데 피검사, 오줌 검사, 심전도 검사, 엑스레이 검사에 특별한 이상은 없어서 가와사키병은 아니라고 한다. 어린 것이 하루 종일 검사받느라 얼마나 힘들었으면 기운이 하나도 없이 떼만 쓴다. 집에 온 아현이를 돌보느라 이 할미는 또 정신이 없다.

힘들어하는 내 옆에서 남편이 "손주들을 잘 보살피는 것이 어머니께 보답하는 길"이라고 한다. 그 말을 들으니 코끝이 찡해지며 내가 우리 손주들에게 베푸는 것은 시어머니가 우리 아이들에게 베푸신 것에 비하면 아무엇도 아니라는 생각이 들었다. 당연히 나는 손주들을 잘 보살펴야 되는 것이다. 이미 돌아가시고 계시지 않는 시어머니의 은혜에 보답하는 길이 내가 손주를 보살피는 것이라니, 평소 말이 없는 남편이 어찌 이런 생각을 했을까 싶다. 생각해 보니 나는 한 살, 세 살, 네 살 이렇게 아이가 셋이나 되었고 우리 아이들 세 명 다 오줌을 늦게 가렸다. 그 당시만 해도 일회용 기저귀를 쓰지 않았기 때문에 매일 엄청난 양의 기저귀를 빨아야 했고 특히 똥 기저귀는 늘 삶아야 노란 물이 빠졌다. 퇴근 후에 기저귀 개는 데만도 오랜 시간이 걸렸었던 기억이 난다. 빨랫줄에는 늘 하얀 기저귀가 바람에 날리고 있었다. 지금 만약 어린이집에 아이들이 가지 않는다면 나는 한 명의 손주도 못 볼 것 같은데 그 당시에는 어린이집이 없어서 세 명을 다 손수 하루 종일 보셨다. 또 아들이 백일에 창자를 잘라 내는 큰 수술도 하고 딸이 교통사고로 장기 입원도 하고 참으로 힘드셨을 텐데 한 번도 손주 보느라 힘들다는 말을 하신 적이 없으셨으니 참 대단하신 분이셨다. 지금 어머니 생각을 하니 눈물이 또 핑 돈다.

친정 엄마는 늘 말씀하시길 우리 시어머니는 부처님 가운데 도막이라고 하셨는데 지금 나이 먹어 생각하니 맞는 말이다. 많이 배우지 못하셨어도 인간답게 사는 것이 어떤 것인지 손수 보여 주신 분이다. 어머니의 지극한 사랑 덕분에 자식들이 모두 반듯하게 잘 자랐다. 주변에서 자식들이 부모에게 하는 이야기들을 들어 보면 우리 아이들같이 형제끼리 우애하고 부모에게 잘하고 생각이 바른 자식들도 없는 것 같다. 주말마다 온 가족이 모여서 밥을 먹고 또 사위와 아들은 아버지 모시고 소주잔을 기울이니 절로 가정에 평화가 오는데 이게 다 할머니가 지극정성으로 보살펴 키워서 이렇게 잘 자란 것이다. 아마 우리 손주들도 주말마다 함께 모여 노니 사이도 좋아지고 인성도 좋아질 것이다. 우리 손주들은 금요일이 가장 행복하다고 하는데 왜냐고 물었더니 토요일이 할미 집에 가는 날이기 때문이라고 한다. 그러니 주말에 자식들이 용산에 안 올 수가 없다. 이제는 손주 다섯 명이 함께 논다.

남편이 '손주를 잘 보살피는 것이 어머니께 보답하는 길'이라고 어찌 그런 좋은 생각을 했는지 모르겠다. 나는 한 번도 그런 생각을 해 본 적이 없는데 말이다. 손주를 보살피면서 내가 무슨 큰일이나 하는 것 같은 생각이 들었는데 그 말을 듣고 보니 내가 우리 손주들을 보살피는 것은 당연히 해야 되는 것이었다. 앞으로 우리 손주를 지극정성으로 잘 보살펴서 우리 자녀 셋을 잘 길러 주신 어머니께 보답해야겠다.

2019

나이를 자꾸 잊어버려 손으로 꼽아 보다

연말이 되었다. 그래서 이제 내 나이가 몇인가 생각을 하게 되었다. 그런데 자꾸 내 나이가 몇인가 헷갈린다. 요즘 들어 나이가 생각이 안 나서 나이를 계산하려고 손가락으로 내가 태어난 해 끝자리부터 세어 본 것이 여러 번이다. 연말이 되어 한 살을 더하다 보니 아직 적응이 안 되어서 그런지 어떤 때는 내가 퇴임한 해부터 다시 손을 꼽아서 내 나이를 계산하기도 한다. 벌써 퇴임하고 4년이 지난 것이 믿어지지 않지만 손으로 꼽아 보니 맞다. 지금 이 순간도 내 나이가 헷갈려서 손가락으로 계산을 다시 해봤다. 내가 이상해지거나 치매를 앓아서 그런 것이 아니라 연말에 한 살을 더하다 보니 자꾸 헷갈리는 것이다. 그러면 다시 생년의 끝자리부터 열까지 세어서 내 나이 끝자리 수를 계산하게 된다.

예전에는 어떤 바보 같은 사람이 자기 나이도 모르나 했는데 세월의 빠르기를 우리 생각이 못 쫓아가는 것이다.

친구 딸이 아이가 안 생겨서 걱정을 많이 했는데 세상에 그 사이가 손주가 태어나 벌써 18개월이라고 해서 내 귀를 의심했다. 분명히 얼마 전에 걱정했는데 그게 몇 년 전이라니 도무지 이해가 안 간다. 이러니 내 나이가 헷갈릴 수밖에 없다.

남편이 내 이야기를 듣더니 웃으며 이야기한다. 자기가 회갑을 맞이해서 우리가 설거지를 누가 할까를 정할 때 "환갑 된 내가 설거지하랴?" 한 것이 엊그제 같은데 그게 벌써 십 년도 더 된 일이라고 한다. 나도 남편의 그 말이 생각난다. 그래서 그때 나는 "그러면 현직 교장이 설거지하랴?" 했더니 옆에서 딸이 "내 연봉이 얼만데 설거지를 내가 해야 해?" 해서 결국은 아들이 설거지를 했던 기억이 난다. 꼭 엊그제 같은데 십 년도 더 된 일이라니 믿어지지 않는다. 그러니 세월 가는 것이 정말 놀라울 뿐이다. 그 당시 우리는 회갑이 되어서 엄청 늙은이가 되었다고 생각했는데 지금 생각하니 참 젊고도 젊은 나이였던 것이다. 얼마 전에 정형외과에 치료를 받으러 갔는데 옆에 앉은 분이 나를 보고 "참 젊고 예쁘다."라고 하셨다. 내 어머니 또래의 그분에게는 내가 참 젊고 예뻐 보이는 것이다. 그래. 오늘이 앞으로의 내 인생 중 가장 젊은 날이 아니던가.

지하철을 타고 오다가 앞에 앉은 젊은이를 보고 '내가 다시 젊은 시절로 돌아가면 좋을까?' 하고 생각을 했다. 요즘은 취업을 못 해서 고민하는 젊은이도 있고 또 결혼을 못 해서 고민하는 젊은이도 있을 것이고 또 결혼을 했는데도 자녀가 생기지 않아 고민하는 젊은이들이 많다고 한다. 또 내 주변의 친구들 중에 자녀들이 우울증에 걸려서, 큰 병에 걸려서, 결혼을 못 해서, 아이를 못 낳아서, 취업을 못 해서 고민하는 친구가 많은데 무탈하게 인생을 살고서 노후를 보내고 있는 나보고 다시 젊은이로 돌아가서 살라고 하면 또한 자신이 없기도 하다. 그래도 젊음이 부럽다. TV에 스키 타는 모습이 나오는데 넘어져도 벌떡 일어나는 젊은이들의 모습이 너무나 아름답다. 나는 방바닥에서도 잘 일어나지 못하는데 말이다.

어제는 손주 봐 주기가 하도 힘이 들어서 손주에게 "너 언제 클래, 빨리 커라." 했더니 옆에서 남편이 그러면 우리가 늙어서 안 된다고 한다. 벌써 큰손주가 육 학년이니 우리가 늙긴 늙었나 보다. 마음은 청춘인데 몸이 안 따라 주니 욕심을 버릴 수밖에.

요즘 오른쪽 팔이 아파서 탁구 연습은 못 하고 레슨만 겨우 받고 있다. 옆에서 동료가 하는 말이 "탁구 선수 되려고 해? 이제 레슨 받아도 잘 치긴 틀렸어. 나이 들어서 실력이 늘지도 않아, 이제 놀면서 재미로 쳐." 한다. 그래서 내가 "나 선수 될 거야." 했더니 웃는다. 그런데 아무래도 선수 되긴 틀린 것 같다. 어찌 되었든 올해도 무탈하게 걸어 다닐 수 있음에 감사할 뿐이다.

2019

자랑 들어 주기

얼마 전에 친구 모임이 있었는데 한 친구가 장가 간 자기 아들 흉을 봤다. 대부분의 사람은 자기의 허물을 드러내길 꺼리는데 아들 흉을 보는 그 친구가 참 마음이 순하다고 생각을 했다. 다행히 그것을 들어 주는 친구들도 다 괜찮은 사람들이어서 아무도 아들이 나쁘다고 하지 않고 요즘 젊은 이들은 다 그런다고 대꾸를 했다. 요즘 화젯거리가 없어서 모임이 재미가 없었는데 그 후속 이야기를 듣고 싶어서 다음 모임이 기대가 된다.

내가 더 좋아하는 것은 자랑을 들어 주는 일이다. 엊그제 선후배 모임 중에 손주를 늦게 본 선배가 손주 자랑에 침이 마를 정도였다. 성경 순서를 영어로 다 말을 한다고 하니 아직 학교도 들어가지 않은 아이가 대단하다. 찬송가도 한 번 들으면 다 알고 웬만한 수학 계산은 다 한다고 하니 아마 천재인 것 같다. 우리 손녀에게 "사과 다섯 개가 있는데 두 개를 먹으면 몇 개가 남을까?" 했더니 손가락을 접었다 폈다 하더니 "세 개."라고 답을 해서 박수를 치면서 "아직 학교도 안 들어갔는데 빼기까지 하다니 천재구나."라고 했던 생각이 났다. 그런데 손녀랑 동갑인 이 아이는 거의 초등학교 고학년 수준의 수학을 한다니 놀라운 일이다. 아마도 머리 좋은 할아버지를 닮았나 보다. 중간중간에 감탄사를 넣어 가며, 손뼉을 쳐가며 신이 나서 들었던 것 같다.

옆에서 후배 교사가 학생들이 자기에게 아들 자랑 좀 그만하라고 한단다. 아들이 아직 학교에 안 들어갔는데 구구단을 구 단이 아니라 십구 단까지 왼다는 것이다. 학생들에게 자랑을 못 하니 어디 자랑할 데가 없어서 여동생에게 전화를 해서 십구 단을 왼다고 자랑을 했더니 속이 다 시원하더란다. 자기도 모르는 것을 아직 학교도 안 들어간 아이가 다 외우는 것을 보고 놀랐다고 한다. 나도 여섯 살짜리 손녀가 둘이나 있지만 구구단의 구 자도 모르는데 세상에 십구 곱하기 십구를 다 왼다니 여기 또 천재가 있는가 싶다. 나는 또 한 번 감탄사를 연발하고 박수를 치고 축하를 해 주었다. 자랑을 한 후배 얼굴에 웃음꽃이 만발했다. 다음 모임에 또 그 후속 이야길 듣고 싶어서 기다려진다. 학교에 들어가면 아마 전교 1등을 했다고 자랑하겠지.

나는 현직에 있을 때 우리 직원 중에 아들이 어느 좋은 대학에 들어갔다고 소문이 돌면 그 사람을 만났을 때 모르는 척 "참, 아들이 이번에 수능 봤지?" 하고 물었었다. 그러면 이때다 하고 아들이 어느 대학을 들어갔는지 자랑을 한다. 그 직원은 아마 누가 우리 아들 어느 대학 들어갔는지 안 물어보나 두리번거렸을 것이다. 누가 좋은 곳에 취업을 했다고 소문이 돌면 역시 모르는 척 "요즘 취업하기 힘들다고 하는데 아들 어디 들어갔어?" 하고 물어본다. 그러면 입이 근질근질하던 직원은 얼마나 들어가기 힘든 곳을 얼마나 우수한 성적으로 들어갔는지 신나게 자랑을 한다. 오랜만에 만난 동료가 있으면 예전에 천재 소리 들었던 자녀를 꼭 챙겨서 물어본다. 그러면 그 동료는 또 신이 나서 이야기를 한다. 나는 누가 자랑할 거리가 있다고 하면 찾아가서 자랑거리를 말할 기회를 주며 함께 축하하고 좋아해 주는 것을 참 즐긴다.

　요즘같이 힘든 세상에 자랑을 할 수 있다는 것은 즐겁다는 뜻이고 또 자존감도 있다는 뜻이고 살아갈 힘이 있다는 뜻이어서 나는 자랑하는 사람을 좋아한다. 우리 자식들도 엄마가 자기들 자랑을 들어 주는 것을 좋아한다는 것을 안다. 사무실에서 자랑거리가 있으면 나에게 이야기하면 나는 한 술 더 떠서 더 칭찬을 한다. 자연히 우리 아이들은 자랑을 좋아한다. 나는 자랑을 듣기 싫어하는 사람도 있을 수 있으니 다른 사람 앞에서는 너무 자랑하지 말라고 말을 했지만 자랑할 수 있는 사람은 자랑거리가 없는 사람보다 백번 낫다고 생각을 한다.

　연말이다. 사람들이 아내 자랑, 남편 자랑, 자식 자랑, 부모 자랑, 회사 자랑, 동료 자랑, 나라 자랑, 자기 자랑 뭐든 자랑할 거리가 많은 새해가 되었으면 좋겠다.

2019

우리 집 저녁 풍경

저녁밥을 먹고 나서 딸기와 사과를 내왔다. 세 살 아현, 네 살 하준, 일곱 살 다현과 수현, 5학년 채현이 이렇게 손주들이 모여서 과일을 먹으면서 놀고 있는 중이다. 하준이가 딸기를 정신없이 먹더니 몇 개 안 남으니까 남은 것을 두 손에 다 집어 버린다. 딸기를 먹으려고 손을 내밀었던 아현이가 딸기가 없으니까 울어 버린다. 아이들 더 먹으라고 블루베리를 내왔다. 아현이가 먹다가 손에서 떨어트리니까 하준이가 집어 가지고 도망간다. 아현이가 "아현이, 아현이." 하며 자기를 손가락질하며 뒤쫓아 가며 운다. 아현이 것이라고 달라는 소리다. 하준이 보고 아현이 입에 들어갔다 나온 것이니까 주라고 하니까 그냥 하준이 입에 넣어 버린다. 아현이가 또 울어 버린다. 이 상황이 너무 웃겨서 크게 웃었다. 집이 온통 난리다. 전쟁도 이런 전쟁이 없다.

꿈동산에서 자석 블록을 빌려 온 것이 있다. 그런데 자석이라 잘 떨어져서 바닥에 떨어지면 아주 시끄러운 소리가 나서 감춰뒀는데 어떻게 아이들이 그것을 찾아가지고 와서 놀고 있다. 블록을 수현이가 가지고 다 조립을 해 버리니까, 아현이와 하준이가 가지고 놀 블록이 없다. 그래서 어미가 수현에게 만들었으면 그것을 분해해서 다시 동생들 놀게 주라고 했다. 그랬더니 이번에는 덜썩 큰 수현이가 운다. 할미가 나서서 마사지를 해 주며 겨우 달랬다.

하준이가 다현이 가방에서 작은 인형을 꺼내서 논다. 그것을 보고 다현이가 뺏으려고 하니 하준이가 안 준다. 다현이가 달라고 소리를 지르며 뺏는다. 동생이니까 좀 주라고 조금 있으면 도로 줄 거라고, 너는 가지고 놀지도 않으면서 왜 그러냐고 해도 소용없다. 이번에는 다현이가 운다. 다현이도 아직은 아이인 것이다. 하준 어미가 나서서 겨우 수습을 했다. 네 명 다 어찌나 시끄러운지 정신이 하나도 없다. 돌아가면서 운다. 뛰기는 또 얼마나 뛰는지 아래층에서 뭐라고 할 것 같아서 조용히 하라고 말하는 어른들 소리가 더 크다.

아이들 우는 소리가 좀 잠잠해지나 했더니 하준이가 아주 신나게 웃는 소리가 난다. 가 보니 하준이가 빵 하고 총을 쏘는 흉내를 내면 5학년인 착한 채현이가 이불 위에 뒹구는 것이다. 그러면 하준이는 또 신나게 웃는다. 매주 반복되는 토요일 저녁 모습인데 오늘은 유독 더 난리다. 이런 상황이 웃음만 나올 뿐이다.

아이들이 다 가고 난 뒤 우리 부부는 눈을 찡긋하며 기묘한 웃음을 지었다. 현관문에는 '화목한 가정이 참 좋아 보여요. 조금만 조용히 해 주시면 고맙겠습니다.'라고 아래층에서 붙인 쪽지가 있었다. 유치원 원장을 하셨던 분이시고 아주 사람이 좋으신 분이신데 오죽 시끄러웠으면 이런 편지를 쓰셨을까 아랫집에 미안할 뿐이다. 아이들을 데리고 가서 사과를 드려야 할 것 같다.

2020

햇살 가득한 집에서

오늘 날이 요즘 들어 최고로 춥다. 날이 너무 추우니 딸이 상계동에 오지 말라고 한다. 오랜만에 둘 다 휴가인 셈이다.

일단 새벽에 나가지 않아도 되니 마음이 아주 편안하다. 우리 집은 남동향이라 아침 해가 아주 잘 든다. 오늘은 날은 추운데도 해가 아주 쨍하니 난다. 평소에는 이 시간에 집에 없어서 햇살을 누리지를 못했는데 오늘은 호강을 한다.

오늘은 베란다를 보니 한겨울인데도 이상하게 꽃이 만발했다. 우리 집 베란다는 벌써 봄이 왔는지 철쭉도 화사하게 꽃이 피어 있고 선인장도 화려하게 꽃이 피어 있고 또 다른 화분들도 꽃이 만발해 있다.

나는 베란다 꽃을 보는 것이 큰 낙이다. 요즘은 반려 식물이라고 한다는데 베란다에 반려 식물을 키운다. 매일 아침 눈을 뜨면 잘 잤냐고 맨 먼저 꽃에게 인사를 한다. 이 꽃 저 꽃 살펴보느라 한 시간이 금방 간다. 하루에 한 시간 정도 꽃 멍 때리기를 하게 되는 것이다.

꽃을 보는데 얼굴이 따가울 정도로 햇살이 강하다. 그래서 커피 한 잔을 타서 등을 걷어 올리고 창문 쪽으로 앉아서 신문을 읽었다. 서양 사람들이 일광욕하는 기분을 좀 알 것 같다. 등이 아주 뜨끈하다. 참으로 편안하다. 밖은 춥다고 하나 햇살 가득한 우리 집은 따뜻하고 아늑하다.

프랑스의 과학 철학자이자 문학비평가인 '가스통 바슐라르'는 "집은 인간에게 안정의 근거 또는 그 환상을 주는 이미지들의 집적체이며 우리의 최초의 세계다. 그것은 정녕 하나의 우주다."라고 했는데 그 말을 빌리지 않더라도 우리는 집이 인간의 성장에 얼마나 큰 영향을 미치는지 가늠할 수 있다. 그런데 성장이 멈추었다고 생각되는 이 나이에도 집이 이렇게 큰 영향을 준다. 그래서 인간은 나가 있다가도 저녁이 되면 집에 돌아가고 싶고, 집에 가면 편안하고, 가족이 있는 내 집에 가야 안식을 취하게 되는 것이다.

그저 햇살과 꽃만으로도 지금 이 순간이 참으로 행복하다. 행복은 거창한 것이 아니고 그저 우리가 살아가는 일상이 행복인 것이다. 꽃이 피는 것도 기적이고 봄이 오는 것도 기적이다. 일상의 현상들이 어떻게 저렇게 이루어지나를 생각하니 모든 것이 기적이라는 생각이 들었다.

오늘 이 순간이 내 생애의 최고의 순간이라 생각하며 햇살 가득한 거실에서 일광욕을 하며 커피 한잔을 마시며 나의 안식처인 집에서 참으로 행복한 아침을 즐겼다.

2020

봄이 오고 있어요

오색그린야드 호텔로 일박을 하러 가는 길에 수타사에 들렀다. 날씨가 아주 따뜻하고 하늘은 참으로 파랗고 햇살은 좋았다. 수타사 일대는 공원화가 아주 잘되어 있어서 자주 들르는데 여기저기서 온통 봄이 춤을 추고 있었다. 봄이 춤을 추니 내 몸도 춤을 추고 싶은지 온몸이 근질거렸다.

잔디밭에 깔개를 깔고 누워서 눈을 감고 있으니 몸속으로 따가운 햇살이 들어오는데 여간 기분 좋은 것이 아니다. 누워서 들으니 옆에서는 손주들이 수건돌리기를 하고 있는데 웃는 소리가 봄이 오는 소리처럼 아름다웠다. '참 좋구나, 봄이 이렇게 좋구나.' 생각하며 몸을 봄 햇살에 맡기고 있으니 참으로 행복했다. 온몸이 따뜻해지며 편안해지는 것이 봄이 내 몸속으로 들어온 것 같았다.

온 천지가 봄맞이로 분주했다. 천에서 물 흐르는 소리가 귓가를 즐겁게 하고 온 나뭇가지들마다 새순이 나오고 있었다. 어찌 봄이 오는 줄을 알고 그 언 땅에서 이렇게 연약한 순들이 다 나오고 있을까 신기하고 또 신기했다. 원추리들이 모두 새순을 내밀고 나오고 있는 모습이 참 아름다웠다.

오늘은 아침 일찍 일어나서 봄이 우리 아파트에도 왔는지 구경을 나섰다. 우리 아파트는 오래된 아파트인 데다가 조경이 아주 잘되어 있어서 꽃

피는 큰 나무들이 참 많다. 울타리 전체에 개나리가 만발해 있었다. 매화도 피어 있고 살구꽃도 참 예쁘게 피어 있었다. 진달래도 하늘하늘 춤을 추고 있었고 산수유도 노랗게 예쁘게 피어 있었다. 산수유 비슷한 히어리도 피어 있고 목련이 아주 예쁘게 피어 있었다. 아파트 아래에 목련길이 있는데 천천히 걸으면서 보니 완전히 피지 않고 하늘을 향해서 꽃봉오리를 약간 펼치고 있는 목련의 모습이 보고 또 봐도 좋았다. 나이 들수록 꽃을 더 좋아하게 되는지 머리를 젖히고 한참을 바라보았다. 봄이 우리 아파트에도 와 있었다. 너무 좋아서 점심때 손주를 데리고 꽃 이름을 알려 주며 다시 한번 돌았다. 손주는 꽃보다 주변의 강아지에게 더 신경을 쓰긴 했지만 봄 냄새를 맡았을 것이다.

엊그제 단비가 내려서 대지가 물을 흠뻑 먹어서 그런지 나무들이 모두 다 성성하고 건강했다. 벚꽃도 양지바른 담벼락 옆에서는 벌써 피었다. 벚꽃 구경을 좋아하는 나는 올해도 여의도로 수안보로 안산으로 남산으로 돌아다닐 것이다.

사랑스런 봄 아가씨, 두 팔 벌려 환영합니다. 어서 오세요.

2020

남자, 여자

다현이 하원 길에 마중을 나가서 보니 코로나로 인해 돌봄 교실만 문을 열기 때문에 아이들이 몇 명만 나오고 있다. 그런데 하필이면 나오는 아이들이 모두 남자아이들이다. 며칠 전에는 여자아이가 몇 명 등원을 해서 아주 좋아했는데 이제 그 친구도 나오지 않는다고 한다. 요즘 다현이는 친구가 없어서 유치원에 가기 싫다고 하여 점심때 데리고 온다. 데리고 오면서 오늘은 누가 나왔냐고 했더니 이름을 부르면서 여자는 한 명도 안 나오고 남자만 나와서 재미가 없다고 한다. 내가 남자와도 친하게 지내는 것이라고 말을 하며 할미는 남자가 더 좋다고 말을 했다. 할미가 가장 좋아하는 하비도 남자고, 엄마가 사랑하는 아빠도 남자고, 이모가 가장 좋아하는 이모부도 남자고, 외숙모가 가장 좋아하는 외삼촌도 남자가 아니냐고 말을 했다. 남자 중에 잘생긴 친구 없냐고 했더니 남자아이 이름을 대며 가장 잘생겼다고 한다. 그래서 그 아이랑 친하게 지내라고 했더니 웃는다. 잘생긴 그 친구를 좋아하냐고 물었더니 "아니야."라고 한다. 그러면서 부끄러운지 웃는다.

언젠가는 우리 다현이도 누군가를 사랑하게 되어 남자를 데리고 오겠지. 생각해 보니 참 신기하다. 어떻게 때가 되면 누군가를 보면 가슴이 뛰고, 누군가를 보면 기분이 좋아지는지, 그런 사람이 다 생긴다는 것이 참 신기하다. 그 사람이 잘생긴 것도 아니고, 키가 큰 것도 아니고, 집이 부자인 것도 아닌데 다 가슴 뛰는 사람을 만나서 평생을 살아가게 되는 자연의 섭리가 참 신기하다. 그런 감정이 생기지 않는다면 아마 인류는 멸종했을 것이다.

요즘 결혼을 안 하고 사는 사람들이 많아서 인구 문제가 아주 심각하다고 하는데 그 사람들이 아무것도 따지지 않고 오직 사랑에 눈이 먼 그런 남자, 그런 여자를 만나지 못했다는 것은 안타까운 일이다. 남자는 여자를 만나고 여자는 남자를 만나서 미래를 함께하고자 한다는 것은 생각할수록 대단한 일이다.

미래의 두려움을 사랑이 다 덮어 버리고 인생이란 거친 파도를 함께 헤쳐 나가려고 하는 그 용기가 참 멋지다.

2020

친정 엄마

엄마, 엄마는 세상에서 제일 훌륭한 분이십니다. 지금 생각하니 엄마 마흔한 살에 아버지가 편찮으시기 시작했고 그때 자식은 세 살짜리부터 줄줄이 팔 남매가 있는, 상상도 할 수 없이 어려운 일인데 힘들다는 말씀도 없이 모두를 이렇게 잘 키우시고 오늘날까지 이렇게 건강하게 복을 누리고 계시니 참으로 대단하신 멋진 위대한 분이십니다. 존경하고 사랑합니다. 오래, 아주 오래오래 건강하게 사십시오. 제가 늘 기쁘게 해 드리겠습니다. 저는 엄마 덕에 잘 자라서 이렇게 큰 복을 누리고 잘 살고 있습니다. 엄마, 참으로 감사합니다.

어버이날을 맞이해서 엄마에게 드린 편지글이다.

우리 친정 형제들은 엄마를 중심으로 지금도 아주 화목하게 잘 지내고 있다. 매주 모이지만 이번 어버이날에도 온 형제가 모여서 엄마를 모시고 밥을 먹고 축하를 했다. 그리고 친정 엄마는 지금까지 아주 건강하게 잘 지내고 계시고 당구장에 늘 나가셔서 노시는데 요즘 코로나 때문에 못 나가셔서 TV를 즐겨 보신다고 한다. 당구 실력이 아주 프로급이시다. 요즘 전화를 드리면 지금 아주 재미난 프로 〈미스터 트롯〉을 보고 있다고 하시는데 얼마나 정정하신지 목소리가 쇳소리가 난다.

내가 나이 먹어 생각하니 엄마 젊으실 때 아버지가 아프셨으니 자식은 여덟이나 되고 힘이 드셨을 텐데 사시면서 힘들어하시거나 불평을 하시거나 아버지를 함부로 대하시는 것을 본 적이 없고 씩씩하게 늘 웃으며 열심히 잘 사셨으니 아주 대단하신 분이다. 자식도 그 시절에 다 가르치셔서 모두 자기 위치에서 성공해서 지금 잘 살고 있으니 참으로 훌륭하신 분이다.

아마 요즘에 태어나셨다면 한자리하실 분이다. 영리하시고 부지런하시고 리더십도 있으시니 무슨 일을 해도 성공하실 분이시다. 우리 형제들은 모두 성격이 원만하고 잘 웃고 착한데 이 모든 것이 엄마가 가정 교육을 잘 시키시고 우리가 본 대로 자랐기 때문일 것이다.

이 세상 그 누구보다도 내가 존경하고 사랑하는 분이 우리 친정 엄마다. 인생은 이렇게 자기가 어떻게 생각하느냐가 중요한 것이다. 어려움을 어려움이라 생각지 않으시고 늘 자식을 품고 사랑으로 기르시며 열심히 인생을 산 엄마가 계셨기에 오늘날 형제들이 참으로 화목하고 엄마를 모두 사랑한다. 특별히 많이 배우신 바가 없어도 어떻게 사는 것이 인간답게 사는 것인가를 몸소 보여 주신 분이시다. 우리 엄마를 바라보면 참으로 장하시다는 생각이 든다. 그 연세에 지금도 매일 운동을 하시니 놀라운 일이다. 예전에 노래방에 모시고 가서 엄마가 노래하고 우리는 춤을 추는 장면을 동영상으로 찍어서 보내 드렸는데 그것을 수십 번 보고 또 보신다고 한다. 그게 그렇게 재미가 있으시다니 지금 이 나이에도 자식 노는 것 보는 것이 가장 재미있으신 것이다. 엄마 모시고 장기자랑 나가서 엄마는 노래하고 나이 든 사위와 딸들이 춤추고 했는데 일등을 해서 상품을 많이 받았는데 그렇게 좋아하셨다.

나도 이제 손주가 다섯이나 되어서 내 후손을 꾸리기에도 바쁘지만 앞으로 자주 전화 드리고 자주 여행을 시켜 드려야겠다. 엄마가 언제까지 이렇게 정정하신 모습으로 계실지 모르겠다. 우리 형제들에게 마음의 고향인 엄마가 계시기에 언제나 구심점이 되고 있어서 그 존재 자체만으로도 우리 마음이 따뜻해진다.

종종 하신 말씀을 또 하시는데 우리 형제는 아까 말했다고 하지 않고 그냥 들어드리기로 했다. 많은 엄마들이 다 아프서서 요양원에 계시는데 건강하시게 말씀을 하시는 것만도 얼마나 귀하고 귀한지 모르겠다.

엄마, 사랑하고 또 사랑합니다. 존경하고 또 존경합니다. 오래오래 건강하게 지내시길 기원합니다.

2020

참 착한 내 친구

중학교 고향 친구 몇 명이 정기적으로 만나 여행을 가는 모임이 있다.
익산 사는 친구가 있는데 마침 서울에 올라올 일이 있다고 해서 이번에는
서울에서 만나기로 했다. 아직은 생활 속 거리두기 기간이라서 바깥나들
이가 자유롭지 못해서 효창공원에서 간단히 산책을 한 뒤 우리 집에서 놀
려고 효창공원역에서 만나기로 했다.

친구와 효창공원역에서 만나서 공원에 가는 길인데 친구가 누군가의
전화를 받았다. 친구가 전화를 받는데 옆에서 들으니 계속 "무리하지 마
세요."라고 말한다. 궁금해서 무슨 전화인지 물었더니 삼 년 전에 시동생
에게 돈을 빌려줬었는데 돈을 갚는다고 전화가 왔단다. 그래서 무리하게
갚으려고 하지 마시라고 말을 했던 것 같다. 큰돈 아니라고 하는데 얼마냐
고 물어보니 제법 거금이다. 나 같으면 빌려줄 엄두도 못 낼 금액이었다.
그런데 빌려줄 당시 그냥 줘도 된다는 생각으로 빌려줬다고 한다. 세상에
이런 형수가 어디 있나 싶다. 그것도 돈을 준다는데 계속 무리하지 마시
라고 하다니. 나 같으면 맘 변하기 전에 빨리 받고 싶었을 텐데 말이다. 좀
있다가 핸드폰으로 입금액이 떴나 보다. 시동생이 그동안의 이자까지 보
냈나 보다. 이자는 돌려보내야겠다고 하는 친구를 다시 바라보았다.

공원 입구에 들어서자 "참 좋다."를 계속 한다. 사실 더 좋은 공원도 많이 가 봤을 텐데 친구는 숲이 좋아서 걷기에 좋다고 계속 말하며 참 좋아한다. 다른 사람 같으면 생각보다 좁다고 했을 것이다. 산책 후 집에 와서 콩국수를 먹었는데 오랜만에 집에 온 친구에게 겨우 콩국수를 대접하는 것은 성의가 없는 편이었는데 친구는 아주 맛이 좋다고 오랜만에 먹어 보는데 자기도 집에 가서 해 먹어야겠다고 연신 좋아한다.

마사지기 위에 누워서 마사지를 받으면서 발 마사지가 시원하다고 좋아하고, 베란다를 나가 보더니 꽃이 예쁘다고 좋아한다. 베란다 페인트가 낡아서 언제 다시 칠하려고 생각하고 있었는데 친구는 베란다 페인트 색이 참 예쁘다고 한다. 그래서 다시 한번 페인트를 바라봤더니 신기하게도 옥색 페인트가 참 좋아 보였다. 화장실에 다녀오더니 화장실이 건식이라 좋다며 언제 리모델링했냐고 참 좋다고 한다. 모든 것을 좋게 보는 눈을 가진, 따뜻한 마음을 가진 친구다. 집이 높아서 경관이 좋다고 하는 친구다. 다른 사람 같으면 지대가 높아서 걸어 올라오려면 힘이 들겠다고 할 텐데 말이다. 아까 오는 길에 슈퍼에서 커피 사 온 것을 아는 친구가 집에 커피가 있는데 왜 또 사 왔느냐고 한다. 집에 있는 것은 믹스커피라서 블랙커피를 사 왔는데 작은 것에도 크게 고마워하는 친구다. 내 허벅지를 보더니 허벅지 굵기가 수명과 관련이 있다며 허벅지가 실해서 참 좋겠다고 별것을 다 칭찬한다. 이것도 다른 사람 같으면 살 좀 빼라고 했을 것이다.

친구들과 모임이 끝나고 다들 돌아간 뒤 친구가 얼마나 괜찮은 사람인지 한참을 생각했다. 친구는 일찍 여동생이 저세상으로 가자 어린 조카를 십 년 넘게 기르면서 우리에게 조카를 돌보면서 얼마나 큰 기쁨을 느끼고 있는지를 종종 말했는데 그 조카는 이제 아주 잘 커서 아빠에게 가서 고등학교에 다니고 있을 것이다. 지난번 친구들 여행에 삼송 사는 친구가 딸이 만든 디퓨저를 선물했는데 차량에 놓으면 좋다고 했다. 나는 향이 너무 진하다고 생각을 했는데 익산 친구는 향이 참 좋다고 하면서 우리가 타는 차에 바로 설치를 해 놓고 참 좋아했던 생각도 났다.

예전 여행 중에 잠실 사는 친구가 자기 동료가 고향에서 농사를 짓는데 앞으로 수확이 잘되면 판매도 할 생각이라며 이름 모를 과일 비슷한 농작물을 가져와서 친구들에게 먹어 보라고 주었다. 나는 단맛이 없어서 판매하면 잘 안 팔릴 것 같다고 했더니 익산 친구는 달지 않아서 살찔 염려도 없고 아주 먹기 좋다고 했던 것도 생각이 났다.

나는 내가 괜찮은 사람이라고 생각했는데 이 친구들 앞에서는 어떻게 살아야 인간답게 사는 것인지 늘 배우게 된다. 삼송 친구도, 잠실 친구도 평생 화를 낼 줄 모르고, 늘 친구의 의견을 먼저 물어보고, 마음이 참 너그럽고 배려심이 많다. 나는 참 좋은 친구를 두었다. 참 아름다운 사람들이다.

내 결혼식 사진을 보니 이 친구들이 활짝 웃고 있다. 그렇게 우리의 자식 결혼식에 갔고 부모 장례식에 갔다. 나이 70이 다 되어서까지 다툼이나 의견 충돌이 없이 좋은 관계가 이어지는 것을 보면 아마 우리가 사는 날까지 좋은 친구가 될 것 같다. 이렇게 아름다운 마음으로 산 사람이 내 친구란 것이 자랑스러웠다.

2020

고맙습니다

새벽에 눈을 떠서 창문을 여니 놀라운 풍광이 펼쳐졌다. 지저귀는 새소리, 쏴쏴 파도 소리, 맑고 투명한 하늘, 넓고 푸른 잔디밭, 꽃이 만발한 정원, 연못과 정자가 어우러져 지상낙원을 이루고 있었다. 덥지도 춥지도 않은 날씨에 새소리와 파도 소리를 들으며 맞이하는 제주도 칼 호텔에서의 새벽은 그야말로 최고였다. 어제 비가 온 뒤로 오늘은 상쾌하고 공기도 좋고 기온도 선선했다.

아침 식사를 하고 나서 산책을 하는데 안개가 끼어서 해변이 더 아름다워 보였다. 둘레길 6코스와 7코스를 걷고 숙소에 들어와서 사우나와 수영을 한 뒤 저녁에 맥주를 마시며 건배를 했다. 웃기게도 둘 다 건배사로 동시에 "고맙습니다."를 외쳤다. 그러고 보니 오늘이 결혼 40년이 되는 날이다. 40년이 이렇게 빨리 올 줄 몰랐다. 40년 동안 참 많은 일이 있었다. 둘째가 5살 때 교통사고를 크게 당해서 의사가 다리를 잘라야 된다고 했을 때 절망적으로 울었던 일, 다행히 다리는 자르지 않았으나 40일 넘게 힘들게 병원 생활을 했던 일, 백일도 안 된 셋째가 전신 마취를 하고 장을 잘라내는 큰 수술을 했던 일, 큰애가 아장아장 걸을 때 약물을 잘못 먹어서 응급실에서 급히 위세척을 해서 생명을 건졌던 일 등 세 아이를 낳아서 기르면서 힘든 일도 많았다. 그동안 시부모님과 함께 자식 셋 키우고 사느라

가지 많은 나무 바람 잘 날 없었는데 지금은 다 결혼해서 자식 낳고 잘 살고 있으니 감사한 일이다. 지금도 걸핏하면 손주들이 입원을 하는 등 늘 바람이 불지만 흔들리며 이렇게 세월이 갔다.

내가 결혼해 사는 그동안에 시부모님과 친정아버지는 돌아가시고 친정 엄마만 잘 계신다. 북에 모든 가족을 두고 홀로 내려오신 친정아버지는 종종 〈삼팔선을 헤맨다〉는 노래를 부르시며 우셨지만 그렇게 그리워하던 가족을 끝내 만나시지 못하고 돌아가셨다. 그래서인지 나는 지금도 자식들을 끔찍이도 사랑했던 친정아버지 생각이 나면 〈삼팔선을 헤맨다〉는 노래를 하면서 가슴이 아파서 운다. 장하신 친정어머니는 자식들에게 효도 받으시면서 아주 건강하시게 잘 계셔서 우리를 즐겁게 하고 계신다. 우리 세 아이를 잘 키워 주신 참으로 어질고 좋으신 시부모님도 이제는 다 돌아가셨으니 강산이 여러 번 변한 것이 맞다. 천지연 폭포에 다녀오는 길에 기원의 다리와 삼복상이 있었다. 원앙, 잉어, 거북이 삼복상이 있는데 동전을 던지며 소원을 빌면 이루어진다고 한다. 남편이 동전을 던지니 거북이 위에 딱 올라갔다. 무엇을 빌었냐고 물었더니 더 이상 바랄 것이 없어서 "이것은 서비스입니다." 하고 던졌다고 한다. 더 이상 무엇을 바란다면 과욕이다.

우리는 아름다운 제주에서 파도 소리, 바람 소리, 새소리를 벗 삼아 서로에게 고마워하며 맥주잔을 기울였다.

2020

에어컨

얼마 전에는 오래된 현관문 잠금장치를 새 것으로 교체해야겠다고 며느리가 말을 하더니 다음 날 기사가 최신식 잠금장치로 교체해 놓고 갔다. 기사가 말하길 삼성에서 나온 최신식 기계로 아주 고가이고 자기도 처음 시공한다고 한다.

그러더니 오늘 어버이날은 에어컨이 배달되었다. 기사 세 분이 왔는데 올해 나온 최신식 고급 무풍 에어컨이라고 한다. 조금 있다가 아들이 외출하고 나와서 잠깐 보고 갔는데 기사가 오늘이 어버이날인데 선물로 아들이 에어컨을 해 주는가 보다고 한다. 아들이 기왕에 해 드리는 것 최고로 좋은 것으로 했다고 한다. 며칠 전에 며느리가 에어컨을 바꾸어 드린다고 해서 나는 무슨 돈으로 봉급쟁이인 너희들이 그렇게 돈을 많이 쓰냐고 했더니 아들, 며느리가 합창으로 자기들 돈이 많다고 한다. 봉급을 얼마나 많이 받는지 자세히 말해 주는데 시어머니에게 돈 많이 번다고 말하는 며느리가 어디 있나 싶어서 웃었다.

나는 내 부모에게 이렇게 잘하지 못했는데, 아이 기르는 젊은 시절은 항상 돈이 부족했는데, 이 아이들은 우리를 위해 매번 큰돈을 쓰니 놀라울 뿐이다. 자기들도 쓸 일이 많을 텐데 어쩌면 부모를 위해서 이렇게 통 크게 하는지 대단한 아이들이다. 며느리가 더 주도적으로 하는 것 같다. 설치된 에어컨을 보고 아들, 며느리가 더 좋아하는 것 같다. 아들은 아직은 날도 덥지 않은데 덥다고 에어컨을 틀고 있다. 인공지능이라서 전기세가 별로 안 나온다고 마음껏 틀라고 한다. 나는 처음으로 안방에 벽걸이 에어컨을 달았다. 아마 우리 사는 동안 다시는 에어컨을 바꿀 일이 없을 것 같은데 우리는 시원한 에어컨 바람을 쐬는 내내 아들, 며느리가 자랑스러울 것 같다. 남편은 전기세 아끼느라 에어컨을 안 트는데 나는 아들이 시원하게 살라고 사 준 에어컨 전기세도 많이 안 나온다니 이제 내 마음대로 켜고 살 것이라고 했다.

딸들이 먼저 취업을 해서 딸들에게는 벌써 십 년도 전에 차를 사는 데 큰 금액을 딸들이 부담을 하는 등 많이 받았는데 벌써 아들이 자립하고 일가를 이루어 큰 선물을 주니 자랑스럽다. 집 안을 둘러보니 자식들이 해 준 것으로 가득하다. 집 안의 모든 전등, 냉장고, 김치 냉장고, 세탁기, 컴퓨터, 텔레비전, 청소기, 선풍기 등 모든 가전제품을 자식들이 해 준 것이다. 화장실 비데도, 이번에 베란다 타일을 바꾸는 것도 자식들이 다 해 주었다. 나는 살 엄두가 나지 않아서 못 사는 고가의 거실 쓰레기통조차도 자식들이 해 준 것이다.

나는 그저 매주 주말마다 우리 집에 오는 아이들 밥만 해 주면 된다. 그것도 우리 집 요리사 남편과 함께하고 치우는 것은 아이들이 하니 크게 힘드는 것도 없다. 주말인 오늘도 우리 집 거실은 손주들이 떠드는 소리로 난리다. 매주 전쟁을 치르지만 우리 부부는 이런 소리가 사람 사는 소리라고 하며 웃는다.

2020

꿈마다 너를 찾아

아침에 밥을 먹다가 남편이 배가 부르다고 밥 한 숟가락을 못 먹고 남겼다. 나는 그것이 아까워서 옛날 우리 어렸을 적에 쌀밥 한 숟가락이 얼마나 귀했는데 우리가 이렇게 남겨서 버리면 되냐고 하며 손으로 남은 밥한 술을 집어 먹었다. 귀한 쌀 한 톨 이야기를 하다가 그 옛날, 자식은 8명이나 되고 고만고만한 자식들이 잘 먹을 나이에 매 끼니 어떻게 자식을 다먹여 키웠을까 하고 참으로 빈곤했던 시절의 우리 부모 이야기를 하게 되었다.

남편은 어린 시절이 잘 기억이 나지 않는다고 하며 아버지에게 들은 이야기를 해 주었다. 6·25 전쟁이 나서 인민군이 익산까지 쳐들어온다는 소식에 이북에서 넘어와 익산에 정착하신 아버지는 어머니와 두 돌 된 아들인 남편을 데리고 피난을 갔다고 한다. 그때 남편은 장티푸스에 걸린 상태였다고 한다. 그래서 동네 한약방에 데리고 갔는데 열이 너무 심해서 곧죽게 될 아이니까 버리고 피난 가라고 했다고 한다. 시부모님은 열이 나는 아이를 그냥 들쳐 업고 피난 가다가 순천에 도착해서 냄비를 걸고 밥을 해먹으려고 하는 순간 총소리가 나서 피난민들이 혼비백산 냄비를 두고 다도망갔다고 한다. 그래서 산길로 피난을 가는데 여기저기 흰 옷 입은 사람들이 즐비하게 누워 있었다고 한다. 다 죽었던 것이다. 죽는다는 아이는 명이 길었던지 피난길을 거쳐 살아남아서 부산까지 내려갔다고 한다. 아버지가 철도 공무원이었기 때문에 피난지 부산에서는 철도 사택에서 살았다고 한다. 부산 생활 이야기를 들은 것은 기억이 나는 것이 거의 없고 이제 말을 배우기 시작한 남편이 학도병 노래를 따라 불렀다고 한 이야기만 기억이 난다고 한다. 부산에서 공터에 학도병을 모아 놓고 훈련시키며 군가를 불렀는데 하도 많이 들으니까 노래를 따라 불렀다고 한다. 그렇게 죽음의 문턱에서 살아남아 그 어려운 시절을 부모님은 견뎌 냈다고 한다.

이북에서 남편을 임신한 채로 부부가 내려온 이야기와 그 후 살아온 이야기를 시어머니가 구술을 하고 그것을 둘째 딸이 받아 적어서 제법 두툼한 글이 만들어졌는데 그것이 어디론가 사라져 버렸다. 시부모님의 살아온 역사, 우리 어버이 세대가 살아온 아주 귀한 자료가 사라져 버려서 참으로 안타깝다.

우리 친정아버지도 이북에서 내려온 분인데 월남하시기 전에 아버지가 어떻게 살았는지 월남 후 어떻게 사셨는지 아버지와 제대로 이야기를 한 적이 없다. 월남 후 친정 엄마 옆집에 하숙을 한 청년인 아버지가 하숙집 옆집 딸인 엄마와 결혼했다는 것만 알고 있다. 지금도 친정아버지 생각을 하면 가장 생각나는 노래가 있다.

아, 산이 막혀 못 오시나요/아, 물이 막혀 못 오시나요/
다 같은 고향 땅을 가고 오건만 남북이 가로막혀 원한 천 리
길/꿈마다 너를 찾아, 꿈마다 너를 찾아 삼팔선을 헤맨다.

아버지는 자주 이 노래를 하시고 우셨던 기억이 난다. 나는 지금도 아버지 생각이 나면 이 노래를 부르면서 운다. 기가 막힌 삶을 살아온 분이시다. 꿈마다 삼팔선을 헤맸을 아버지를 생각하면 참으로 눈물이 난다. 먼저 내려가 있으면 며칠만 지나면 만난다고 했는데 그것이 평생 이별이 되어 버렸으니 얼마나 꿈마다 가족을 찾아 울면서 삼팔선을 헤맸을까. 절절히 가슴이 아려 온다. 시부모님과 친정아버지의 그 기막힌 삶 이야기를 더 들어드렸더라면 좋았을 것을 하는 생각을 나이 들어서 하게 된다. 그러나 다 돌아가셨다.

지금 내 앞에 양가 자손들의 가족사진이 있는데 팔십여 명은 족히 되는 것 같다. 지금 생각하니 이분들이 진정 위대한 분들이시다.

2020

응원

《지선아, 사랑해》의 지선 씨가 TV에 나와서 인터뷰를 하고 있었다. 그동안 잊고 있었는데 아주 잘 지내고 있었다. 교수님이 되어 있었다. 인터뷰를 하는 내내 뭉툭해진 손을 아무렇지 않게 움직이며 말을 하는 모습이 감동이었다. 지선 씨는 웃으며 말하고 있었는데 나는 끝날 때까지 울면서 보고 있었다.

인간의 존엄성을, 인간의 위대함을 몸으로 보여 주고 있었다. 뉴욕에서 마라톤을 완주했다고 한다. 처음에는 전혀 완주할 생각이 없었다고 한다. 조금씩 가다 보니까 조금 더, 조금 더 해서 가게 되었다고 한다. 전기 화상 사고로 두 팔을 잃고 중환자실에서 만났던 사람도 함께 뛰게 되었는데 그 사람이 "지선아, 중환자실 때보다는 안 힘들어, 할 수 있어." 하는 소리에 다시 용기를 내어 가게 되었다고 한다. 그러다가 35킬로 지점에 이르러서는 이제는 도저히 안 되겠다고 포기하고 있는데 놀랍게도 처음 보는 한국인 여자분이 '이지선, 파이팅!'이라는 팻말을 들고 기다리고 있었다고 한다. 그 여자분의 응원을 받고 나서는 신기하게도 다시 새로운 힘이 생겼다고 한다. 그 응원의 힘으로, 해가 다 졌고 결국 꼴찌나 다름없었으나 7시간 넘어서 완주할 수 있었다고 했다. 이렇게 누군가의 응원이 그 사람에게 다시 일어설 힘이 되는 것이다. 자신을 응원해 주는 수많은 사람들이 있었기에 지금 이 자리까지 오게 되었다고 한다. 이제는 반대로 자신이 사람들에게 그동안 받은 응원을 돌려주는 역할을 하고 있는 것이다. 지금 상처받고 힘든 모든 사람들이 지선 씨를 보고 힘을 냈으면 좋겠다. 별것 아닌 것 같아도 서로에게 등을 두들겨 주는 것이 엄청난 힘이 된다는 것으로 인터뷰는 끝났다. 걸핏하면 잘 우는 나는 감동의 눈물이 계속 흘렀다.

남편이 골프를 마치고 들어왔다. 오늘 잘됐냐고 물었더니 "그럭저럭"이라고 한다. 평소에 자랑을 하지 않는 사람이라 그렇게 말하면 아주 잘한 것이다. 저녁밥을 먹는데 남편이 오늘 평소와 달리 과하게 힘을 썼더니 피곤하다고 한다. 캐디가 말하길 얼굴은 육십 대로 보이는데 드라이브 비거리가 젊은 사람보다 더 엄청 많이 나간다고 대단하다고 했다고 한다. 그래서 힘이 나서 과하게 쳤다고 한다. 오늘은 버디도 하고, 오랜만에 친구들보다 타수가 잘 나왔다고 한다. 칠십 대인 남편에게 캐디의 칭찬과 응원이 자기도 모르게 큰 힘이 되었던 것이다. 이렇게 누군가의 말 한마디가 사람에게 없던 힘을 내게 하는 큰 힘이 되는 것이다. 참 놀라운 일이다.

나는 남편 옆에서 응원이 얼마나 큰 힘이 되는지 오늘 본 이지선 이야기를 하다가 또 울컥 눈물이 나왔다. 남편이 민망한지 고개를 숙이고 바라보지 않고 있었다. 이렇게 우리는 살아가면서 누군가에게 힘이 되고 누군가에게 힘을 받고 살아가는 것이다. 지선 씨는 중환자실에서 자기를 응원하는 수많은 사람 때문에 버틸 수 있었지만 응원받지 못하는 중환자실 사람이 많이 있었다고 한다. 혼자 사는 사람은 없다. 오늘도 어두운 구석에서 울고 있을 누군가에게 우리 사회가 응원을 한다면 얼마나 좋을까 생각했다.

  나는 저녁 내내 남편에게 "어이, 젊은이. 힘 좋은 젊은이, 비거리 많이
나가는 젊은이." 하고 놀려 댔다.

2020

재미있으니까요

〈순간 포착! 세상에 이런 일이〉 프로그램에서 8살짜리가 줄넘기 2단 뛰기를 하는데 한 번에 2,263개를 넘고 있었다. 신주호라는 아이인데 놀라웠다. 줄넘기로 체력 단련을 한다는 격투기 선수에게 2단 뛰기를 하라고 했더니 자기는 청년인데 8살 아이보다는 잘하지 않겠느냐고 하더니 4분을 못 하고 주저앉는다. 주호는 20분을 넘게 하고 있었다. 주호에게 인터뷰를 하면서 힘들지 않냐고 물었더니 "재미있어요."라고 한다. 집에서도 줄넘기를 하고 집에서 시끄럽다고 못 하게 하면, 주차장에 나와서 혼자 줄넘기를 했다. 힘들지만 줄넘기를 하면서 얻는 즐거움이 힘든 것을 넘어서는 것이다. 누가 혼내 가면서 열심히 하라고 했다면 절대로 이런 기록이 나올 수가 없었을 것이다. 재미가 있어서 이렇게 계속 줄넘기를 하는 것이다. 그러니 불가능을 가능하게 하는 힘이 나오는 것이다. 인터뷰하는 내내 주호는 웃고 있었다. 줄넘기가 그렇게 재미가 있는 것이다.

엊그제 〈극한직업〉 프로그램에서 본 장면이 생각났다. 자동차 경주 팀이 나왔는데 김진표 감독이 이끄는 팀을 취재했다. 300km 이상의 속도로 달리는 자동차 경주 선수와 미케닉과 감독이 한 팀이 되어 0.01초의 시간을 다투는 자동차 경주 팀이었다. 김진표 감독은 선수 시절 지금까지 우리나라에서 난 자동차 경주 사고 중 가장 큰 사고를 당했다고 한다. 그런데 놀랍게도 그렇게 큰 사고를 당한 그 순간도 자동차 경주를 그만둔다는 생각은 한 번도 해 본 적이 없다고 한다. 기자가 어떻게 그럴 수 있냐고 물으니 답이 '재미있으니까요.'였다. 그래서 지금은 나이가 들어 자동차 경주팀 감독을 하고 있다고 한다. 재미가 있어서 평생 이 일을 한다고 한다.

또 생각나는 것이 있다. 이창호 바둑기사가 어렸을 때 인터뷰하던 장면이 지금까지도 기억에 남아 있다. 이창호는 바둑을 쉬지 않고 20시간 이상 둔 적이 있다고 한다. 나는 그 말을 듣고 '얼마나 힘이 들었을까.' 생각을 했다. 자기 자신을 위해 얼마나 채찍질을 하면 그렇게 극한으로 버틸 수 있었을까 안쓰러워 보이기까지 했다. 그러나 내 예상은 완전히 빗나갔다. 기자가 "그렇게 오랜 시간 계속 바둑을 두셨다니 정말 힘드셨겠네요."라고 말을 하니 이창호는 "전혀 힘든 줄 몰랐습니다. 지금까지 바둑을 두면서 바둑이 힘들다고 생각해 본 적이 단 한 번도 없었습니다. 언제나 바둑을 두는 것은 재미가 있었으니까요. 전혀 시간 가는 줄 몰랐습니다."라고 답을 했다. 세상에 단 한 번도 힘들다고 생각해 본 적이 없다니, 지루하기는커녕 시간이 금방 지나갔다니 참으로 놀라웠다. 나는 그 인터뷰를 보면서 '자기가 좋아하는 일, 재미있는 일을 하면서 사는 사람이야말로 행복한 사람이구나.'라고 생각을 하였다. 아주 오래전 일인데 지금까지 선명하게 생각나는 것을 보면 아주 강한 인상을 받았기 때문일 것이다. 사람은 자기가 재미있어 하는 것을 하면 초인적인 힘이 나온다는 것을 이창호 말을 듣고 알았다.

우리 친정어머니는 수십 년간 당구를 치셨는데 하루 종일 당구장에 나가 계신다. 당구를 안 배우셨다면 요즘같이 나이 들어 무슨 재미로 살았을까 싶다고, 당구가 참 재미있다고 말씀을 하신다. 자식들은 그 연세에 하루 종일 당구장에서 서 계시는 것이 건강에 안 좋으니 좀 쉬시면서 당구장에 다니면 좋겠다고 했지만, 재미있는 당구를 치는 것이 친정어머니의 즐거움이자 건강 비결이었던 것이다.

2020

폭우 속에서

오래전에 아이들이 이박 삼일 오색그린야드 리조트를 예약 해 놓았다. 그런데 요즘 전국에서 홍수가 나고 산사태가 나서 상황이 나쁘다. 그래도 예약금도 주고 13명이나 되는 가족이 모든 일정을 비워 놓고 기다렸기 때문에 가기로 했다.

다행히 우리가 가는 날은 비가 안 와서 낙산해수욕장에서 해수욕도 하고 잘 놀았다. 파도가 치는 가운데 다현이는 아빠가 잡아 주는 튜브 위에 누워서 신나게 파도를 즐기며 놀았다. 사위의 젊음이 아주 든든했다. '아빠는 참으로 위대하구나, 아빠는 아이들의 생명줄이구나.'라는 생각을 했다. 매주 함께 밥을 먹고 한 달에 한 번은 일박 여행을 갔지만, 13명이나 되는 가족이 이박 삼일간 함께 놀고, 밥 먹고, 자고, 온천도 하니 가족의 유대가 더욱 단단해졌다. 며느리와 사위들이 늘 모이기를 좋아하니 감사할 뿐이다. 두 돌 지난 손주가 둘이나 되어서 걸핏하면 울고 싸우는 통에 정신이 없긴 했다.

이박 삼일 여행을 마치고 집으로 오는 길에 갑자기 폭우가 쏟아졌다. 여행을 자주 가는 우리 가족이기에 부모님을 자기 차로 모신다고 카니발을 산 사위 덕에 고맙게도 이제 나이가 들어 운전하는 것을 싫어하는 남편과 나는 여행길에 늘 사위가 운전하는 차를 타고 다닌다. 사위가 운전하는 카니발에 우리 부부와 딸과 두 손녀가 타고 오는데 앞이 안 보일 정도로 폭우가 쏟아지고 있었다. 그런데 차 안에서 심심한지 두 손녀가 노래를 부르고 율동을 하고 놀고 있었다. 그 모습을 보면서 앞 운전석에 앉아 있는 사위의 어깨가 그렇게 든든할 수가 없었다. 밖은 아무리 비바람이 몰아쳐도 아이들은 아빠의 보호 아래 전혀 걱정 없이 안락한 차 안에서 이렇게 즐겁게 노래를 부를 수 있는 것이다. 젊은 아빠가 참으로 위대해 보였다. 늙은 부모인 우리와 어린 자녀가 사위가 운전하는 차 안에서 이렇게 평화롭게 쉴 수 있는 것이다. 엄마도 위대하지만 아빠도 엄마 못지않게 위대한 것이다.

하준이네도 아빠가 이 빗속에 운전을 잘해서 잘 집에 갔고 채현네도 아빠의 안전 운전 속에 잘 집에 도착했다고 문자가 왔다. 모두가 아빠의 보호 속에 폭우를 뚫고 안전하게 집으로 잘 간 것이다.

우리 눈으로 보면 자식들이 아직도 못 미더운 점이 있어 보이지만 이미 장년이 된 자식들이 부모가 되어 이렇게 든든하게 자기 자식들의 울타리가 되어 주며 부모와 자녀를 품에 안고 이 험한 세상을 헤쳐 나가고 있는 것이다.

자식들이 참 든든하다는 생각과 함께 부모는 참 위대한 존재라는 것이 새삼 느껴졌다. 우리 부부가 나이가 들긴 들었나 보다.

2020

큰 우산

아침부터 비가 주룩주룩 내린다. 손녀 둘을 어린이집과 유치원에 데려다주어야 하는데 걱정이다.

둘 다 우비를 입히고 장화를 신겨서 데리고 나왔다. 비가 너무 많이 와서 우비로는 안 돼서 우산을 써야만 되겠기에 큰손녀는 우산을 혼자서 들게 하고 작은 아이는 이제 삼십 개월이어서 우산을 들 힘이 없기에 내가 큰 우산을 들고 나왔다. 아현이는 처음에는 내가 우산을 받쳐 주는 줄 모르고 잘 가다가 고개를 들고 위를 보더니 할미의 큰 우산이 받쳐 주고 있는 것을 알고서는 계속 우산을 치우라고, 우산을 안 받겠다고, 떼를 쓰며 빗속으로 뛰쳐나가며 계속 울었다. 우산 밖은 비가 억수로 쏟아지고 있는데 말이다. 정작 나는 아현이의 보조에 맞춰 우산을 받쳐 주면서 뛰느라고 비를 다 맞고 말았다.

그러면서 이런 생각이 들었다. 아현이의 삶은 어미, 아비의 큰 우산이 받쳐 주고 또 할미, 하비의 큰 우산이 받쳐 주었기 때문에 무탈하게 살 수 있었던 것이다. 아무것도 모르는 아현이는 우산을 안 쓰겠다고 억수같이 쏟아지는 빗속으로 울면서 뛰어갔지만 부모는 큰 우산을 들고 비를 다 맞으며 아이를 비 맞지 않게 하려고 뛰어갔던 것이다. 아현이가 부모의 보살핌 없이 단 하루라도 살 수 있었을까.

우리 모두의 삶도 누군가의 큰 우산 아래에서 살아가고 있는 것이다. 살아가면서 우리도 모르는 우산 아래서 살고 있었던 것이다. 아현이가 할미의 큰 우산이 받쳐 주는 것이 싫다고 억수로 쏟아지는 빗속으로 울면서 뛰어갔듯이 나도 그렇게 뛰어나갔겠지만 누군가 나를 따라오며 우산을 받쳐 주었기 때문에 지금의 내가 있을 것이다. 부모라는 큰 우산이 받쳐 주고 있는 줄도 모르고 지금까지 살지 않았을까 하는 생각도 들었다. 나의 수호천사가 나를 받쳐 주고 있는데 아무것도 모르는 나는 그것이 싫어서 밖으로 울며 뛰어나가지 않았을까 하는 생각도 들었다.

　이 험한 세상에서 우리가 잘 살아온 것은 누군가가 내 앞의 눈을 쓸어 주었기에, 누군가가 억수같이 비가 오는 날 우산을 받쳐 주었기에 가능했을 것이다. 단 하루도 나 혼자의 힘으로는 살 수 없었을 것이다. 이제 나도 누군가의 큰 우산이 되어야겠다. 늙으신 엄마의 큰 우산이 되어 드리고 어린 손주의 큰 우산이 되어 주어야겠다.

2020

새벽에 책을 읽으며 눈물 흘리다

매일 새벽에 우리 부부가 딸 집으로 출근하는데 오늘은 남편이 일박 이일 여행을 가는 날이라 다른 날보다 한 시간 더 일찍 나를 딸 집에다 데려다주고 갔다. 아이들이 자고 있어서 가지고 간 잡지를 읽었다. 그런데 나는 책을 읽으면서 계속 눈물을 닦았다.

첫 번째 이야기. 두 아이의 엄마가 추운 날 아이들 하굣길에 마중을 나갔는데 이제 좀 컸다고 엄마가 손을 잡으면 쑥 빼는 큰아이 때문에 마음이 좀 헛헛했다. 집에 와서 소파에 누웠다가 깜빡 잠이 들었는데 추웠다. 그때 큰아이가 양말에 입김을 불어 넣더니 엄마에게 신겨 주는 것이었다. 그 양말 덕에 온몸에 온기가 돌았다는 이야기를 읽으면서 눈물이 핑 돌았다. 앞으로 아이는 어른이 되어 독립하겠지만 그 엄마는 발을 감싸 준 아이의 입김을 잊지 못할 것이다. 아이들은 그렇게 커가는 것이다. 나도 심한 기침으로 힘들어하던 추운 날 생강을 사다가 껍질을 벗겨서 생강차를 끓여 준 아들이 생각났다. 아들의 정성이 깃든 생강차를 먹으며 감동을 했었다.

두 번째 이야기. 카페에서 아르바이트를 하던 젊은이가 쓴 글이다. 청각장애인 손님에게 주문받은 자몽에이드를 건네며 수어로 '고맙습니다.'라고 했더니 손님이 웃으며 수어로 답을 해서 기뻐서 웃음이 실실 나왔다는 이야기다. 그 젊은이는 그 순간 참 행복했다고 한다. 행복은 이렇게 가까운 데에 있는 것이다. 젊은이의 아름다운 맘 때문에 눈물이 핑 돌았다.

세 번째 이야기. 하숙하는 대학생이 외로운 마음에 잠을 못 자고 뒤척이는데 달그락달그락거리는 소리가 끊이질 않아서 '아주머니가 뭘 하시나?' 하고 또 물도 한잔 마실 생각에 주방으로 갔다. 주방에 나가서 아주머니께 "밤늦게까지 뭐 하세요?" 하고 물었더니 아주머니께서 "내일 네 생일상 봐주려고 준비한다."는 소리에 아주머니를 부둥켜안고 눈물을 흘렸다는 이야기를 읽고서 찡했다. 지금까지 오빠 생일 이틀 뒤에 생일이라서 항상 오빠 생일날에 함께 생일상을 차렸기 때문에 오빠가 촛불을 끈 뒤 두 개를 빼고 다시 불을 붙인 뒤 껐다고 한다. 처음으로 단독 생일상을 받아 감사했다는 이야기에 나도 눈물이 핑 돌았다.

네 번째 이야기. 쇼핑 회사에 근무하는 피디가 고객서비스 팀에서 찾는다는 연락에 또 가시 돋친 고객의 전화인 줄 알고 가슴이 철렁했는데 너무 좋은 음식을 보내 주셔서 고맙다는 전화를 받고 옥상에 올라가 한참을 꺽꺽거리며 울었다는 이야기에 나도 함께 눈물을 흘렸다. 그 한 통의 감사 전화가 힘든 것을 이겨 내고 오늘도 힘차게 큐 사인을 주는 원동력이 되었다고 한다.

이 나이에 이렇게 사소한 것에도 눈물을 흘리니 민망한 적이 한두 번이 아니다. 말을 하다가도 목이 메고, 전화를 하다가도 목이 메고, 책을 읽다가도, TV를 보다가도 목이 멘 적이 한두 번이 아니다. 교사를 할 때도 힘든 학생의 이야기를 들어 주다가 학생보다 내가 먼저 눈물을 흘려서 몰래 눈물을 훔친 적도 많았다. 교장 재직 시에도 교사와 이야기를 나누다가 교사보다 내가 더 눈물이 나서 힘들었던 적이 많았다. 젊었을 적에는 나이 들면 감정이 메말라 눈물도 마를 줄 알았더니 오늘 새벽에도 나는 잡지를 읽으며 눈물을 계속 줄줄 흘리니 더 성숙해야 하나 보다.

2020

자가 격리

요즘 코로나 19가 우리나라에서 심상치 않게 번지고 있는 가운데 오늘 갑자기 작은딸이 선별검사소로 가라고 연락을 받았다. 같은 구청에서 함께 근무하는 사람이 코로나 양성 확진을 받았다는 것이다. 마스크를 쓰긴 썼지만 그 사람이랑 작은딸이 수다를 떨었다고 한다.

검사를 끝내고 작은딸이 집에 오고 있다고 전화를 하는 중에 전화가 뚝 끊어졌다. 다시 전화를 거니 신호만 가고 전화를 받지 않는다. 나는 순간 작은딸이 교통사고가 났는지 아니면 쓰러졌는지 별별 생각이 다 들었다. 금방 전화하다 끊어졌는데 계속 전화를 해도 받지 않고 신호만 가니 애간장이 녹았다. 잠시 후 작은딸이 마스크를 쓴 채로 들어왔다. 들어오는 순간 그렇게 감사할 수가 없었다. 왜 전화 신호는 가는데 받지 않았느냐고 하니 전원이 나갔다고 한다. 그런데 내가 전화를 하니 이상하게 전원이 꺼졌다고 하는 게 아니라 계속 신호가 가는 것이다.

결과는 내일 나오는데 결과가 나올 때까지 격리하라고 했단다. 그래서 검사소에서부터 걸어왔다는 것이다. 지하철도 버스도 못 타게 되어 있다고 한다. 우리는 어린 자녀들이 둘이나 있어서 아이들 눈에 띄면 격리 자체가 불가능하다는 생각에 여러 궁리를 하다가 방 하나에 작은딸을 격리하기로 했다.

작은딸에게 작은방에다 이불을 깔고 일단 피곤하니 누워서 자라고 했다. 아이들이 이모 집에 가 있어서 아이들 오기 전에 밥을 먹으려고 급히 저녁밥을 하는데 갑자기 아이들이 4명이나 우르르 들어왔다. 엄마는 병원에 가서 내일 온다고 했다. 그런데 아이들이 숨바꼭질하고 놀다가 하필이면 작은딸이 숨어 있는 작은방에 숨었다. 미처 작은방 문을 잠그지 못한 상황에서 아이들이 갑자기 왔기 때문이다. 나는 급히 가서 아이들을 꺼내고 문을 잠갔다. 다행히 방이 어두워서 아이들이 누워 있는 엄마를 발견하지 못한 것 같다.

만약에 작은딸이 양성 반응이 나온다면 문제가 심각하다. 어제가 하준이 생일이라 우리 세 자녀 가족이 모여서 생일 축하를 하면서 거하게 먹었는데 온 가족이 다 걸렸을 것이다. 아들에게 상황을 설명하고 내일 둘 다 출근하면 안 된다고 했다. 큰딸네도 둘 다 내일 출근 안 하기로 했다. 세 부부가 모두 공무원이고 교사니 일이 커지면 큰일이다. 아들은 어제 처갓집도 갔을 것인데 그쪽까지 걱정이다.

저녁을 해서 아이들 먹이고 나서 내가 아이들하고 노는 사이에 큰딸이 작은딸 방에 밥을 넣어 주었다. 나중에 밥을 가지고 나오면서 웃으면서 하는 말이 밥은 다 먹었다고 한다. 우리는 이 난리 통에 밥을 다 먹은 작은딸이 웃겨서 웃음이 나왔다.

다현이와 아현이는 저녁때가 되니 엄마를 찾는다. "엄마 보고 싶어, 엄마 보고 싶어." 하고 계속 칭얼거린다. 평소에도 엄마가 앞에 있어도 "엄마 보고 싶어."라고 하는 아이들인데 점심때부터 엄마가 없어졌으니 보고 싶을 것이다. 큰딸네는 돌아가고 다현이와 아현이를 데리고 있는데 아이들이 엄마를 찾기에 TV를 보여 주었다. 〈브레드 이발소〉와 〈콩순이〉를 보여 주니 잘 놀았다.

엄마를 찾다가 지친 다현이는 슬며시 내 무릎에서 아직 8시인데 잠이 들었다. 그래도 다현이는 다 컸다. 그런데 아현이가 문제다. 불을 끄고 방에 가 누워서 한 시간 정도 엄마를 찾다가 잠이 들었다. 엄마가 아이들한테는 하느님인 것이다. 부모는 존재 자체로 아이들에게 안정감을 주고 아이들을 행복하게 하고 아이들을 잠들게 하는 것이다. 엄마는 위대한 것이다. 칭얼거리는 아현이를 달래려고 〈곰 세 마리〉 노래를 불렀더니 칭얼거리는 중에 아주 큰 소리로 따라 부르고 노래가 끝나면 또 칭얼거렸다. 아기는 아기다. 그러다가 잠이 들었다. 아마 꿈속에서도 아이들은 엄마를 찾을 것이다. 아현이는 자다가도 여러 번 엄마를 찾으며 칭얼거렸지만 아침까지 잘 잤다. 아침 일찍 눈을 떠서 가장 먼저 또 "엄마는 어디 있어?" 한다. 엄마가 좀 있으면 지하철 타고 올 것이라고 달랬다. 다현이는 거의 13시간을 잤다. 피곤했었나 보다. 아현이와 다현이 아침밥을 먹이고 놀아주는 중에 어미 밥을 남편이 가져다주었다. 작은딸한테 일어났냐고 물으니 밥을 기다리고 있었는지 바로 문을 열었다고 한다. 우리는 그 와중에도 웃었다. 작은딸은 아침도 다 먹었다.

오늘은 월요일인데 우리 자식들이 모두 자율격리를 해서 출근하지 못하고 아이들도 모두 학교, 유치원, 어린이집에 못 갔다. 다현이와 아현이는 유치원과 어린이집 안 가서 좋아한다. 엄마를 찾기에 엄마가 빨리 오면 바로 유치원에 가야 한다고 했더니 안 찾는다. 아이들과 씨름하다 보니 점심때가 다 되었다. 한시도 쉴 사이가 없다. 아이가 불안하니까 안 싸던 오줌을 바지에 계속 싼다.

12시가 다 되어서 작은딸이 연락을 받았는지 방에서 나왔다. 음성 판정이 나왔다고 한다. 만약 양성이 나왔다면 어찌 되었을지 생각만 해도 아찔한데 참으로 다행이었다. 이번 검사 결과 같은 과에서 세 명이 확진 판정이 나왔다고 한다. 작은딸은 밥 먹을 때만 빼고 한 번도 이불 밖으로 안 나왔다고 하니 정말 웃긴다.

식구가 많다 보니 하루도 조용할 날이 없다. 늘 난리 통이다. 작은사위도 해외 파견 근무 가고 없는데 그 사이에 별일이 다 일어난다. 나는 삶 자체가 버티기라고 생각한다. 수많은 일이 일어나지만 잘 버티고 이겨 내고 그 순간에도 감사를 하면서 오늘을 사는 것이라고 생각한다. 그래서 이번에도 실제로 걱정은 하지 않았다. 닥치면 그때 걱정하고 어떻게든 되겠지. 내가 복이 많은 사람인데 미리 걱정할 필요가 없지. 두 손녀들과 씨름하느라 사실 걱정할 시간도 없었다.

이번 일을 겪고 나니 예전에는 코로나에 걸린 사람을 역적으로 몰곤 했는데 사실 그들도 다 피해자였다는 생각을 했다. 그들 잘못이 아닌 것이다. 누구나 코로나에 걸릴 수 있는 것이다. 우리나라가 그동안 코로나에 걸린 사람을 인적 사항을 다 공개하고 마치 죄인 취급 했는데 그것은 후진국 발상이었다는 것을 깨닫게 되었다. 어떤 일이 있어도 인권을 존중해야 한다는 생각을 하게 되었다. 요즘 이가 계속 아파서 병원을 가야 하는데 만약 격리 중에는 병원을 어떻게 가는지 그것도 궁금하다. 격리 중에 심하게 화상을 입었거나 하면 또 어찌하나 그동안 생각지 못했던 일들이 현실이 되니 그동안 많은 사람들이 힘들었겠구나 하는 생각을 하게 되었다.

어찌 되었든 빨리 코로나가 종식되어야겠다. 우리는 그래도 가족이 있고, 경제력이 있어서 버틸 수 있지만, 하루하루 버티기가 힘든 자영업자들, 실업자가 된 수많은 사람들, 홀로 사는 사람들, 원래 아픈 사람들은 이 어려운 시기를 어떻게 버티는지 걱정이 되었다.

모두 이 힘든 시기를 잘 버티고 미국은 백신을 맞기 시작했다니 머지않아 우리나라도 백신을 맞게 될 것이다. 마스크 없이 사는 세상을 상상하며 희망을 가지고 잘 견뎌 냈으면 좋겠다.

2020

폭설 예보

원래 다현이네를 월요일 아침에 우리가 상계동에 데려다주는데 일요일 밤부터 폭설이 내린다고 모든 차량 운행을 자제하라고 한다. 우리 차는 후 륜구동이라 눈길에서는 잘 미끄러져서 운전을 못 한다. 그래서 아침에 눈 을 뜨자마자 창밖을 보니 아직 눈이 오지 않고 있다. 그래도 방송에서는 계 속 월요일에 폭설이 내린다고 한다. 우리는 깊은 잠에 빠져 있는 작은딸을 깨웠다. 아침밥을 빨리 먹고 폭설이 오기 전에 가자고 했더니 작은딸이 지 금 바로 가자고 한다. 밥은 자기 집에 가서 먹는다고 한다. 자칫 아빠가 돌 아올 때 폭설이 올 수 있기 때문이라고 한다. 우리는 아이들이 먹을 아침밥 과 미역국과 생선을 챙겨 가방에 넣고 아이들 옷을 입혀서 급하게 출발을 했다. 눈이 살짝 왔는지 아파트 앞길은 미끄러웠으나 큰길은 괜찮았다.

언제나 어디서나 자식들이 부르면 번개처럼 나타나는 늙고 뚱뚱한 번 개맨인 남편은 요즘 무릎이 안 좋은데도 손주들 일이라면 무릎이고 눈길 이고 상관하지 않는다. 아이들은 하비가 운전하는 안전한 차 안에서 다시 깊은 잠에 빠졌다. 사람들이 차를 안 가지고 나왔는지 도로에 차가 적어서 상계동에 도착했는데도 아직 폭설은 내리지 않았다.

도착하자마자 우리 부부는 모두 싱크대 앞에 서서 가져온 국을 데우고 보리차를 끓이고 생선을 구웠다. 돌아갈 길이 바쁜 우리 부부가 모두 싱크대 앞에 서서 급히 손주들 밥 먹일 준비를 하다가 나는 눈물이 핑 돌았다. 친정 엄마, 아빠가 얼마나 따뜻한 이름인가, 친정 부모가 얼마나 포근한 존재인가, 친정 부모 외에 누가 이렇게 둘 다 오자마자 부엌에 서 있을까를 생각하다가 나도 모르게 그 아름다움에 눈물이 돈 것이다.

원래 이런 때 눈물은 딸이 흘려야 되는데 우리 딸은 아직 젊어서 그렇진 않을 것 같다. 그래도 돌아가신 할머니 생각을 하며 눈물을 줄줄 흘렸다는 우리 딸이다. 그 사랑의 손길이 아직도 손주들 마음에 남아 있는 것이다.

계속 싱크대 앞에 서 있으니 자기가 챙겨서 먹을 테니 눈 오기 전에 빨리 가시라고 한다. 보통 한 시간씩 걸리는 길인데 올 때도 참으로 오랜만에, 아니 처음으로 뻥 뚫린 길로 금방 왔다. 집에 도착하니 전화벨이 울린다. 상계동엔 지금 폭설이 쏟아지는데 무사히 도착하셨냐고 묻는다. 우리는 또 눈길에 아이들이 유치원에 갈 걱정을 했다. 딸은 우리 걱정을 하고 우리는 손주 걱정을 한다.

우리 집에도 창밖으로 눈이 내리기 시작했다.

2021

다큐 3일

TV를 켜니 ROTC 여후보생 기초 군사훈련을 취재한 〈다큐 3일〉 프로그램이 나온다. 2주간 훈련을 무사히 마쳐야 정식 후보생 자격이 주어진다고 한다. 이제 갓 스무 살이 된 대학 2학년 여학생들의 검정 칠을 한 얼굴이 화장한 얼굴보다 더 아름다워 보였다. 눈밭에서 포복하고 진흙탕에서 기어서 철조망을 통과하는 각개전투 훈련을 8시간 동안 묵묵히 견뎌내는 그들의 모습이 장하고 대견해서 나도 모르게 눈물이 핑 돌았다. 예쁘고 날렵한 하이힐보다 투박한 군화가 더 아름답고 소중하다는 후보생들이 멋져 보였다. 밖에서야 다이어트한다고 일부러 식사를 거르기도 하지만 이 젊은이들은 밥을 먹고 나면 바로 배가 고프다고 한다. 밥시간만 기다렸다고 한다. 군인이셨던 아버지의 영향으로 군인의 길을 걷고자 지원했다는 한 후보생은 인터뷰 도중 여기 와서 고된 훈련을 받으니 아버지 생각이 더 난다며 울먹거렸다. 그동안은 몰랐는데 아버지가 훌륭해 보인다고 한다. 이제 어른이 되어 가고 있었다.

3㎞ 달리기가 있는 날이다. 한 후보생이 맨 꼴찌로 들어오고 있었다. 그런데 카메라에 비친 젊은이는 다리를 절고 있었다. 어떻게 절며 3㎞를 달렸냐고 물었더니 지난번 각개전투 훈련을 하다가 다리를 다쳤는데 참고 뛰었다고 한다. 그래서 그 젊은이도 시간 내로 들어와 달리기를 합격

했다. 아마도 이 젊은이는 앞으로 어떤 난관이 닥쳐도 이겨 낼 수 있을 것이다. 달리기에서 일등 한 젊은이는 자신의 능력과 리더십을 발휘할 기회라고 생각한다고 했다. 모두가 최선을 다하는 모습이 참으로 아름다웠다. 이제 이들은 여대생에서 군인으로 변모해 가는 중일 것이다. 장교로서 자질을 갖추게 될 것이다. 완전군장을 하고 30㎞를 행군하는 날, 눈 덮인 험한 산길은 얼어붙어 있었다. 맨몸으로도 걷기 힘든 얼어붙은 가파른 비탈길을 완전군장을 하고 30㎞를 행군하는 모습에 진한 감동이 밀려왔다. 힘들지 않느냐고 마이크를 댔더니 "이것이 끝나면 어떤 힘든 일이 있어도 잘할 수 있을 것 같습니다."라고 외쳤다.

살아가다 보면 군장보다 더 무거운 삶의 무게를, 언덕보다 더 가파른 인생의 무게를 잘 견딜 수 있을 것이다. 그 길의 끝에 더욱 단단해진 젊은이들이 서 있었다. 행군을 끝내고 들어오는 후보생들을 선배들이 박수를 치며 맞아들이고 있었다. 감동적이었다. 박수를 받을 자격이 충분하였다. "군인은 울지 않는다지만 지금은 잠시 울어도 좋습니다! 뜨거운 감정이 차오릅니다! 기뻐서 흘리는 눈물입니다!"라고 외치는 그들의 말에 나도 눈물을 훔치며 박수를 쳐 주었다. 행군하기 전날 밤에 소대장이 "눈물로 씻는 눈만이 세상을 볼 수 있다."고 했다고 한다. 행군을 무사히 마친 후보생들은 "그 말을 지금 뼈저리게 느끼고 있습니다."라고 눈물을 흘리며 외쳤다. 아마도 그들은 오늘 흘린 눈물로 더 나은 세상을 보고 더 넓은 세상을 볼 수 있는 새로운 눈을 얻었을 것이다.

왜 이런 험한 길을 택했느냐고 물었더니 "이 일이 가슴이 뛰기 때문입니다."라고 한다. 심장이 시켜서 하는 일이라면 더 이상 무슨 말이 필요할까 싶다. 그들이 앞으로 멋진 장교가 되어 대한민국의 귀한 보배들이 되길 기원했다.

2021

비틀즈, 김광석, 김현식과 보낸 하루

아침에 신문을 보니 전 인류가 가장 많이 들은 노래가 〈예스터데이〉라고 하는 기사가 있었다. 요즘은 오랫동안 미루어 두었던 일본어 공부를 시작해서 바쁜 하루를 보내고 있고 또 자전거를 타면서 영화를 보는 것을 하루 일과로 삼고 있는데 오늘은 그 모든 것을 잠시 내려놓고 비틀즈에 빠져 보고 싶다.

비틀즈, 기억도 까마득한 젊었을 때의 이름이다. 그때 팝송을 부르면 좀 있어 보였는데 말이다. 〈예스터데이〉를 수십 번 들으며 옛 추억을 떠올렸다. 오랜만에 부르니 왠지 낯설고 음도 맞지 않지만 수십 번을 들어도 지루하지 않고 거북하지도 않으니 참 좋은 노래인 것만은 틀림없다. 더불어 〈렛 잇 비〉도 수십 번 들었더니 〈예스터데이〉보다는 빨리 불러진다. 아직도 내 마음에 감성이 남아 있는지 들으면서 참 행복했다. 나이는 들어도 마음은 늙지 않는가 보다.

비틀즈를 듣다가 김현식과 김광석 노래도 듣고 또 들었다. 하루 종일 노래를 틀어놓고 있었더니 남편이 자기의 특허를 내가 따라 하냐고 한다. 클래식부터 팝송까지 매일 듣는 것이 취미인 남편이다. 평소에 무슨 재미로 매일 노래를 들을까 했는데 오늘 들어 보니 참 재미있다. 김광석의 〈어느 60대 노부부의 이야기〉 노랫말에 곱고 희던 그 손으로 넥타이 매어 주던 때가 있었는데 세월은 그렇게 흘러 여기까지 왔다고 한다. 젊었을 때 넥타이를 매어 준 기억은 없지만 아이들 세 명을 데리고 전국 유람을 다니며 지리산 칼바위를 오르고 노고단에서 눈꽃 가득한 길을 거닐던 일, 한라산 어리목 길을 등산하던 일, 성인봉 정상에서 안개 속에 서 있었던 일, 이 산 저 산을 날아다녔던 일이 엊그제 같은데 벌써 지팡이를 짚고 다니는 황혼에 기우는 나이가 되었다. 머물러 있는 청춘인 줄 알았는데 눈 깜빡하는 순간에 저 멀리 달아나 버렸다.

부인이 먼저 세상을 떠났는데 다시 못 올 그 먼 길을 어찌 혼자 가려 하냐고, 왜 한마디 말이 없냐고 하는 노래를 들으니 내 가슴이 먹먹했다. 다행히 나는 아직 함께 살아가고 있는 행운을 누리고 있지만 한쪽이 먼저 간다면 그것은 견딜 수 없는 큰 슬픔일 것이다. 그 노래에 너무 공감하여 노래를 따라 부르는데 나도 모르게 눈물을 훔쳤다.

김현식의 〈내 사랑 내 곁에〉는 심금을 울리는, 가슴이 아리는 노래였다. '약속했던 그대만은 올 줄 모르고 애써 웃음 지으며 돌아오는 길은 왜 그리도 낯설고 멀기만 한지.' 어찌 그리 잘 표현했는지 낯설고 먼 길을 애써 웃음 지으며 돌아오는 청년의 애절한 모습이 그대로 그려졌다. '힘겨운 날에 너마저 떠나면 비틀거릴 내가 안길 곳은 어디에.' 절절한 노랫말에 나도 함께 노래를 흥얼거리며 김현식에게 빠져들었다. 아마도 안길 곳이 없어서 김현식은 그 젊은 날에 다시 올 수 없는 먼 곳으로 서둘러 갔는지도 모르겠다.

오늘 하루는 노래를 듣다가 옷을 입은 채로 그냥 잠들 정도로 노래에 빠져서 살았다. 아! 비틀즈와 김현식과 김광석과 함께한 행복하고 또 행복한 하루였다. 내 안에 있는 젊은 날의 나에 빠져서 보낸 아름다운 날이었다. 몸은 나이 들어도 내 안에 있는 또 다른 나는 여전히 청춘이었다.

2021

중학생이 되는 채현에게

채현아, 채현이가 벌써 중학생이 되다니 할미는 믿어지지 않는구나. 채현이가 태어나 우리 온 가족이 감동과 흥분의 도가니에 빠졌던 날이 엊그제 같은데 말이다. 증조할머니, 하비, 할미, 이모, 삼촌이 항상 채현이를 둘러싸고 앉아 있던 모습이 눈에 선하다. 채현 교주님의 시대에 우리 온 가족은 채현이랑 함께 놀고 웃고 춤추고 박수를 치며 즐거워했었단다.

채현이는 생각이 안 날지 모르겠지만 우리는 다 기억하고 있단다. 첫 여행지는 어성전이었는데 그때가 백일이었지. 그 후로 우리는 셀 수도 없이 많은 곳으로 채현이랑 여행을 다녔단다.

채현이를 안고 마니산에 오르고 부산 해운대, 안성, 서천, 수안보, 설악산, 오색, 유명산, 남산, 오대산 월정사, 평창 메밀꽃 축제, 전국 휴양림, 변산 채석강, 고창 선운사, 전주 한옥마을, 익산 미륵사지, 군산으로 여행을 다니고, 인천 중국거리, 송도, 제주도 둘레길, 안동 하회마을, 진주 촉석루로 여행을 다니고, 해외로도 할미와 여행을 다녀왔지. 사이판으로 세부로 그리스로 터키로 아마 그 나이에 이렇게 여행을 많이 다닌 아이도 없을 것이다. 이 모든 것이 채현이의 가슴 어디엔가 새겨져 감성이 풍부하고 멋진 아이로 자라게 했을 것이다.

채현이가 수건 발레부터 시작해 모든 발레를 해서 우리를 기쁘게 했고, 〈핫도그 아저씨〉부터 시작해 〈열두 살의 꿈〉까지를 불러 우리를 기쁘게 했고, 첼로 연주로 우리를 기쁘게 했고, 덜썩 큰 지금까지도 춤을 추라면 춤을 추고 노래를 하라면 노래를 해서 할미, 하비를 기쁘게 했지. 최근에는 〈아모르파티〉 멋진 춤으로 이모할머니들까지 참으로 행복하게 해 드렸지. 수많은 숲을 다니며 '바람 살랑살랑 햇살은 반짝' 등으로 아름다운 시를 읊어 우리를 기쁘게 했고, '농부의 땀' 기도문을 읊어 우리를 기쁘게 했고, 우리 온 가족은 채현과 함께한 그 모든 것이 기쁨이었단다.

아주 잘 자란 채현이가 자랑스럽고 또 자랑스럽다. 어진 마음을 지니고 밝고 맑은 심성으로 늘 웃는 얼굴을 하고 있으며 날씬하고 예쁘게 자란 채현이가 대견한데 거기다 끈질긴 노력으로 공부까지 잘하니 할미는 더 이상 바랄 것이 없구나. 어릴 적에도 떼 부리는 것을 본 적이 없는데 커 가면서도 험한 말을 하는 것을 본 적이 없구나. 아마도 평생 그렇게 예쁜 심성으로 살 것이라고 본다. 복 많은 우리 채현이는 이 모든 것을 자양분으로 삼아서 앞으로도 멋진 삶을 살 것이다. 몸 안에 내재되어 있는 아름다운 것들이 평생 우리 채현이의 앞날을 비춰 줄 것이다.

사랑하고 또 사랑하는 채현아. 할미, 하비와 엄마, 아빠는 앞으로도 채현이 때문에 많은 감동을 할 것이다. 채현이의 삶에 할미, 하비, 엄마, 아빠는 늘 응원을 하고 박수를 쳐 줄 것이다. 이제 중학생 교복을 입은 그 모습이 얼마나 예쁠지 상상을 해 본다. 사랑하는 채현아, 늘 몸과 마음이 건강하고 멋진 행복한 중학생이 되길 바란다.

2021

차 안에서 김밥을 먹이며

오늘은 월요일이라 우리 집에서 재운 손주들을 하비가 태우고 상계동 어린이집에 데려다주는 날이다. 용산에서 상계동은 멀어서 일찍 출발해야 어린이집과 유치원에 지각을 하지 않는다. 아현이는 일찍 일어나서 아침밥을 다 먹였는데 다현이는 잠을 못 이겨서 늦잠을 자는 통에 아침밥을 먹일 시간이 없다. 나는 급히 김밥을 쌌다. 말이 김밥이지 밥만 구운 김에 돌돌 말아서 물과 함께 가방에 넣어 가지고 차를 탔다.

차 안에서 다현에게 김밥을 먹이면서 남편과 나는 딸들 고등학생 때 차 안에서 김밥 먹였던 이야기를 했다. 그 당시 우리 부부는 매일 아침 도시락 5개를 쌌다. 아이가 셋인데 둘은 고등학생이라 점심과 저녁 도시락을 쌌기 때문에 매일 5개의 도시락을 쌌던 것이다. 지금 부모들은 모두 급식이라 세상 편하겠지만 나 때는 아직 급식이 없을 때였다. 도시락 5개를 싸서 아이들 데려다주고 나서 우리 부부도 출근을 했기에 그 당시 아침 출근은 매일매일이 전쟁이었다. 매일 아침에 밥하고 돈가스를 튀기고 소시지를 굽고 얼마나 바빴는지 아침에 집 안에서는 걸어 다니질 못하고 미끄럼을 타고 다녔던 기억이 난다.

우리는 아이들이 아침밥 한 끼 안 먹으면 큰일이 나는 줄 알았다. 그래서 한 번도 빈속으로 보낸 적이 없다. 딸들이 아침밥을 미처 못 먹고 나가는 날은 남편이 운전하는 차에 내가 함께 타고 가면서 옆에서 밥을 구운 김에 돌돌 말아서 먹였던 기억이 떠올랐다. 그때 했던 일을 오늘, 딸의 딸에게 똑같이 하고 있는 것이다. 지금도 손주들 밥 한 끼 안 먹으면 큰일이 나는 줄 아는 우리는 손주들도 꼭 아침밥을 먹여서 어린이집과 유치원에 보낸다. 손주들이 밥을 천천히 먹어서 밥 먹이는 데 엄청난 시간이 걸리지만 빈속으로 보낸 적은 없다. 딸에게 했던 것 그대로 딸의 딸에게까지 똑같이 하고 있는 것이다. 오늘 같은 날도 다현이가 바로 유치원에 가기 때문에 차 안에서 김밥을 먹이는 것이다. 다현이는 김밥을 차 안에서 다 먹었다. 안 먹으면 큰일이 나는 사랑의 김밥인 것이다.

책 제목은 생각이 안 나는데 그 책의 서평에 이런 글귀가 있었다. '자식들이 무슨 사고를 치고 와도 매 끼니 밥을 짓고 삼겹살을 굽는 엄마다. 이 소설은 엄마 때문에 몹시 아름답다. 엄마는 그냥 밥만 해 주는데, 가족들은 그 밥만 먹고도 삶을 지탱해 나간다.'

자식들이 엄마 밥만 먹고도 삶을 지탱해 간다고 하니 엄마 밥의 힘은 실로 대단한 것이다. 우리 자식들도 다 결혼해서 살지만 매주 가족이 모이고 엄마 밥을 먹으며 또 삶의 힘을 얻고 위로를 받았을 것이다.

나에게 밥은 밥 이상의 것이다. 생각하니 내가 밥에 대하여 꼭 지킨 것이 또 하나 있다. 우리 시어머니 절대 끼니 거르시지 않게 하기였다. 원래 온후하신 성품에 화를 내실 줄 모르시던 어머니시라 나이 드신 후에 종종 노인정에서 속이 상하신 일이 있으시거나 하면 저녁에 밥맛 없다는 것으로 표현을 하셨다. 손주들이 방에 들어가서 잡수시라고 해도 안 드신다고 하며 방에서 안 나오신다. 최종으로 언제든지 내가 들어간다. "입맛 없으시면 물 말아서 그냥 한 술만 잡수셔요." 하면 못 이기시는 척 나오신다. 그러면 한 그릇 다 잡수신다. 일단 밥을 잡수시면 어머니도 모든 게 풀리신다. 이 한 술 작전은 한 번도 실패한 적이 없다. 그러면서 밥 잡수시는 것을 보고 나는 자식들 앞에서 의기양양해했고 스스로 참 좋아했다. 그래서 어머니도 끼니를 거르시게 한 적이 없다.

나에게 밥은 단순한 밥이 아니라 생명인 것이다.

2021

동학사, 갑사, 마곡사

청남대와 동학사, 갑사, 마곡사, 대청호를 둘러보기로 했다. 학교를 공주에서 다녔기 때문에 공주에 있는 동학사, 갑사, 마곡사는 우리의 놀이터였다. 물론 졸업 후에도 여러 번 와 봤지만 올 때마다 새롭다. 내가 삼불봉으로 관음봉으로 날아다녔던 때가 엊그제 같은데 어느 사이 50년이 흘러가 버렸다. 동학사에서 남매탑으로 날아다녔던 시절이 나에게도 있었던가 싶게 지금은 아주 천천히 걷는 할머니가 되었다. 남매탑은 갈 엄두도 못 내고 주차장에서 동학사까지 천천히 벚꽃 길을 걸었다. 그 당시에는 이렇게 작은 풀꽃들이 아름다운 줄 몰랐는데 나이가 들수록 길가의 풀 한 포기, 나무 한 그루가 그렇게 예쁘고 소중할 수가 없다.

아마도 50년 전의 나는 젊어서 그 순수한 마음과 풋풋함과 젊음의 끓는 피가 멋있었겠지만 지금의 나는 늙어서 또 멋있을 것이다. 또 내 옆에 함께 천천히 걸어가는 내 오랜 벗인 남편도 잘 살아온 세월만큼 중후한 멋이 있을 것이다. 젊은이들은 우리처럼 노후를 맞이하는 것이 꿈이 아닐까 싶다. 70년 인생을 이렇게 살아간다는 보장만 있다면 젊은이들은 인생을 살아갈 희망이 있을 것이다. 비록 지팡이는 짚고 천천히 걷지만 마음으로 푸른 하늘의 아름다움에 감탄하고 맑은 물소리에 귀 기울이며 코를 간지럽히는 풀꽃 향기에 일일이 인사를 하며 걷는 길은 참 아름다웠다.

산사에서 맛있는 대추차를 마시며 쉬니 참으로 평안하고 행복했다. 나한테 주어진 인생이란 선물은 참으로 고맙고 귀했다. 살면서 힘들고 어려운 일도 많이 겪었지만 꼭 나쁜 것만은 아니란 생각이 들었다. 신은 그 시련 뒤에는 항상 더 좋은 것을 준비하고 계신다는 것이 오랜 경험으로 얻은 나의 철학이다. 늘 더 좋은 일이 일어났다. 다만 우리 인간이 신의 위대한 뜻을 알지 못하고 괴로워하고 불안해하고 불평하는 것이다.

우리 마음에는 약방의 서랍처럼 많은 서랍이 있다고 한다. 사람들은 걸핏하면 하루에도 수십 번씩 각종 불행을 종류별로 담아 놓은 서랍을 꺼내 놓고 불길한 상상을 한다고 한다. 오지 않은 미래의 일을 미리 걱정하며 괴로워하는 것이다. 나는 그래서 감사의 서랍, 희망의 서랍, 꿈의 서랍을 열기로 했다. 지금 여기에 감사하며 즐기며 살면 되는 것이다.

산책로 주변엔 족히 오백 년 동안 그 자리에서 모든 것을 지켜봤을 것 같은 낙락장송들이 많았는데 나무 아래에 수많은 돌탑이 올려져 있었다. 늘 그러하듯이 나도 돌을 올리며 기도를 했다.

남편이 무슨 기도를 했냐고 하기에 일일이 자식과 손주들 이름 부르며 건강과 행복을 기원했고 친정 엄마와 동생들 이름을 부르며 그 가족의 건강과 행복을 기원했다고 했더니 자기 동생들 기도는 안 했냐고 한다. 생각해 보니 그동안에 동서도 아프고 시동생도 아프고 시누이도 아프고 할 때는 가는 곳마다 한 번도 안 빠지고 돌탑에 돌을 올리며 늘 시누이, 시동생, 동서들을 위한 기도를 했는데 안타깝게 동서가 세상을 떠난 뒤로 마음이 너무 아파서 건강을 기원하는 기도를 안 한 것 같다. 그래서 다음 낙락장송 아래 돌탑에서 다시 돌을 올리며 일일이 남편 형제들의 이름을 부르며 그 가족의 건강과 행복을 기원했다.

나중에 내가 저세상으로 간 뒤에도 저 노송들은 그 자리에 꿋꿋이 서서 수많은 사람들의 기도를 듣고 있을 것이다. 그리고 내가 올린 탑도 오래오래 그 자리에 있을 것이다.

이번에는 우리 부부의 젊은 날의 아름다운 추억이 서려 있는 마곡사로 갔다. 내가 이십 대에 남편과 마곡사에 놀러 와서 찍은 참 젊은 날의 풋풋한 사진이 아직도 눈에 선하다.

오늘 유독 날이 아주 화창하고 경내에는 꽃들이 만발해서 참으로 기분이 좋았다. 육십 대 후반으로 보이는 딸이 거의 구십이 다 되신 부모님을 모시고 다니는 모습이 참 보기에 좋았다. 얼굴이 닮은 것을 보니 아마도 친정 부모님을 모시고 나온 것 같다. 노부모님은 기분이 좋으신지 안내판도 일일이 다 읽으시며 관람을 하고 계셨다. 나도 수년 동안 시어머니를 휠체어에 모시고 다녔던 기억이 났다. 그 모습을 보고서 다음 주에는 친정어머니를 모시고 나들이 나가자고 남편과 이야기를 했다. 친정어머니는 아직은 정정하셔서 잘 걸으시니 참으로 감사한 일이다. 우리 부부도 좀 있으면 가까이 사는 큰딸 지혜가 데리고 다닐 것이라는 이야기를 했다. 점심을 먹으려고 식당에 갔는데 아까 그분들이 우리랑 같은 식당에 들어서고 있었다. 식당이 맛집인지 사람이 참 많았다. 부모님께 맛있는 음식을 대접하며 모시고 여행을 다니는 딸이 멋져 보였다.

2021

어버이날 받은 귀한 선물

꽃이 활짝 핀 베고니아 화분을 하준이가 들고 들어오더니 "할미 하비, 어버이날 축하합니다." 하고 우리에게 준다. 어미가 미리 연습을 시켰나 보다. 아들이 어버이날 선물이라고 봉투를 내밀었다. 열어 보니 축하금과 함께 사진이 한 장 있었다.

선명하게 아기집이 찍힌 초음파 사진이었다. 생각지도 않았던 귀한 선물이었다. 그렇게 둘째를 기다리고 또 기다렸는데 드디어 임신을 한 것이었다. 하준이를 인공수정으로 얻은 뒤 둘째가 들어서지 않아서 오래 기다렸기에 나는 눈물이 핑 돌며 목이 메었다. 며느리는 좀 더 안정된 다음에 알려 드리자고 했나 본데 우리 아들이 이 기쁜 소식을 빨리 엄마에게 전해 주고 싶어서 사진을 가지고 왔나 보다. 이보다 더 기쁜 일이 있을까 싶다. 축하한다는 말을 하려고 했는데 목이 메어 말이 나오지 않았다. 지난번에 꾼 꿈이 생각났다. 그게 태몽이었나 보다. 하준이 때는 황소가 우리 거실에 들어와서 나랑 노는 꿈을 꾸었는데 이번 꿈은 땅을 바라보고 있으니까 땅속에서 무엇인가가 머리를 내밀고 나오고 있었다. 나는 거북인가 아니면 개구리인가 보고 있었다. 몸에 흙이 묻어 있었는데 물결이 한번 싹 밀려오고 나니까 깨끗한 몸이 나타났다. 아주 몸집이 좋고 크고 건강한 개구리가 떡하니 나를 바라보고 있었다. 두꺼비인지도 모르겠다. 꿈이 선명해서 자다가 일어나서 바로 인터넷을 뒤져 봤다. 큰 개구리가 나오는 꿈은 대표적인 길몽으로 운세가 상승기를 맞아 가정은 평안하고 경제적으로도 안정되며 가족 중에 누가 결혼을 하거나 출산을 하는 등 경사가 있을 꿈이라고, 장수, 재물, 권위, 권력, 건강의 복을 갖는 아이가 태어나는 태몽이라고 나와 있었다. 그러더니 임신을 한 것이었다. 아들네가 매주 주말에 우리 집에 오기에 그다음 주말에 나는 축하금과 함께 아래와 같은 편지를 써서 아들에게 주었다.

사랑하고 또 사랑하는 아들, 며느리에게.

이번 어버이날 선물이 어찌나 감사하고 감격이던지 코끝이 찡하고 목이 메었단다. 이보다 더 귀한 선물이 어디 있겠느냐.

하준이 가질 때는 낳는 날까지 심장이 빨리 뛰었고 마음을 졸였으나 이번에는 자연임신인 데다가 첫째를 건강하게 낳은 후 가지는 둘째이기에 훨씬 마음이 편하구나. 태몽 풀이를 보니 나중에 크게 이름을 떨칠 아이를 얻는 꿈이라고 하는구나. 걱정하지 말라고 이런 길한 태몽까지 주셨나 보다. 아주 길한 보배를 가졌으니 마음 편히 태교를 하면 되겠구나. 참으로 신기하게도 며칠 전에 아버지하고 내가 마치 둘째가 태어난 것처럼 딸 이름과 아들 이름을 서로 지었었는데 이런 소식을 들으려고 그랬나 보다. 한 아이를 키우는 것은 우주를 만들어 내는 일이라고 한다. 우주를 생성해 가는 위대하고 위대한 엄마가 된 것이다. 참으로 귀한 일을 하는 것이다.

　건강한 아이 출산하게 해 주십사, 매일 할미 하비가 기도할 것이다. 늘 몸조심하고 먹고 싶은 음식 잘 먹고 좋은 생각만 하고 즐겁게 살거라. 축하하고 또 축하한다.

2021

지하철에서 철봉 하는 할머니

지하철을 타고 가는 중에 나도 나이 든 사람으로서 부끄러운 장면을 봤다. 내 앞에 있는 할머니가 계속 지하철 손잡이를 잡고 매달려 다리를 들어 올리는 운동을 하고 있는 것이다. 매달려서 무릎을 들어 올려서 의자위로 올라오도록 하는 행동을 쉬지 않고 하고 있었다. 이렇게 나는 건강하다고 팔 근력을 자랑하려고 그러는지 아니면 정신 기운이 좀 이상한지는 모르겠다. 옆 할아버지는 의자에 앉아서 계속 발차기를 해서 주변 사람들의 눈살을 찌푸리게 만들고 있었다. 몸은 건강해질지 몰라도 마음은 병이 들어가는 것 같다. 심지어 핸드폰 음악을 스피커를 통해서 크게 틀고 듣고 있는 노인도 있었다.

지난번 지하철에서도 부끄러운 장면이 있었는데 어떤 할머니가 내 뒤에서 나오면서 나를 툭 치고 앞으로 지나가더니 미안하다고 말하기는커녕 뒤도 안 돌아보고 가는 것이다. 에스컬레이터를 타고 올라가는데 원래 뛰거나 걷지 말라고, 계속 방송이 나오는데도 좁은 에스컬레이터를 빨리 올라가려고 툭툭 치며 비키라고 아주 큰 소리로 말하는 사람 역시 뒤돌아보니 할아버지였다. 세상에 뭐가 그리 바쁘다고 사람을 툭툭 치고 지나가고 비키라고 소리칠까 과연 저분을 어른이라고 할 수 있을까. 급하고, 험한 말 잘하고, 미안한 줄도 모르고 조금만 자기에게 불리하다 싶으면 소리

소리 지르는 등 오히려 나이 들어 이상한 행동을 하는 사람들이 더 많은 것 같다.

나이가 들면 더 원숙해지고 세월의 향기가 나는 것이 아니라 아집이 세지고 남에게 피해 주는 것을 아무렇지도 않게 생각하는 사람들이 많다. 염치가 없는 것이다. 아무리 철봉을 하고 싶어도 어떻게 지하철에서 할 생각을 할까 참으로 신기했다.

나도 혹시 나이 먹어 염치없는 행동을 한 적이 없는지 한번 돌아보는 계기가 되었다. 그 할머니 모습을 보면서 지하철에 타고 있는 수많은 젊은 사람들은 아무 말도 안 하고 있었다.

그 노인네는 내가 내릴 때까지도 계속해서 매달리기를 하고 있었다. 아마 기록을 갱신하려고 하나 보다. 오늘만 그러지 않았을 것이다. 지하철을 탈 때마다 지하철 손잡이에 매달려 몸을 들어 올리고 있었을 것이다.

한때 젊은 날에는 자식들을 위해서 몸 바쳐 일했을 분들이고 지금의 우리나라를 일군 주역들이셨을 분인데 말이다. 그 희생과 수고로 자식들을 다 가르치시고 허리 한 번 못 펴고 사셨을 훌륭한 분이셨을 분들이 왜 그렇게 변해 가시는지 안타깝다. 나이를 곱게 먹고 나이만큼 자기감정을 다스릴 줄 알고 참을 줄도 알고 남을 배려할 줄도 알면 얼마나 좋을까 싶다. 좀 천천히 여유 있게 양보도 하면서 사는 진정한 어른이 되면 좋겠다.

할미, 하비들이여. 우리 모두 좀 더 멋지게 나이 들어가면 안 될까요? 정신 기운 놓지 마시고 꽉 잡고 강건하게 버팁시다.

2021

수현이의 이빨 요정

수현이가 우리 집에서 잤는데 아침에 눈을 뜨자마자 울기 시작한다. 왜 우냐고 했더니 이빨 요정이 다녀가지 않았다는 것이다. 알고 보니 어제 저녁에 이빨이 빠졌는데 그 이빨을 머리맡에 두고 자면 밤사이 이빨 요정이 가지고 간다는 것이다. 그런데 아침에 일어나 보니 이빨이 그냥 있다고 하면서 운다. 내가 할미 집이라 이빨 요정이 집을 못 찾아서 오늘 너희 집에 가서 자면 찾아올 것이니 울지 말라고 했다. 딸한테 전화를 해 보니 웃으며 원래 그동안 이빨이 빠지면 잠잘 때 선물을 사다가 머리맡에 놓아 주고 이빨 요정이 이빨을 가져가고 선물을 주고 갔다고 했다고 한다. 한마디로 이빨이 중요한 게 아니라 아침에 선물을 받고 싶었던 것이다. 그래서 어젯밤에 내가 예전에는 이빨을 지붕 위로 던졌다고 하니까 한사코 아니라고 이빨 요정이 가져간다고 했던 것이었다. 딸이 전화해서 이빨 요정이 무슨 선물 가지고 오면 좋을 것 같냐고 물어본다. 결국 이빨 요정은 그 물건을 사 줄 수밖에 없을 것이다. 다음 날 우리 집에 놀러온 수현이는 웃으면서 이빨 요정이 선물을 주고 갔다고 자랑을 했다.

2021

글로벌 시대

주말마다 열세 명이 북적이던 집이 요즘은 둘째네가 베트남으로 파견 근무를 갔고 셋째네는 제주도 살기를 가서 첫째네 가족하고만 모이니 조용하다.

둘째 사위가 늘 해외 파견을 가고 싶어 했는데 베트남 하노이 국제학교 파견 근무에 합격했다고 하더니 딸도 육아휴직을 하고 아이 둘을 데리고 갔다. 살던 집 살림을 모두 정리하고 집을 비운 뒤에 베트남에 가서 모든 살림을 다시 준비하고 아이 둘 학교 입학시키고 베트남에서 살고 있다. 대단한 아이들이다. 나에게서 멀어지니 한동안은 걱정이 많았다. 그러나 기우였다. 아이들은 다 잘 살고 있다.

요즘 젊은이들은 이렇게 하고 싶은 것을 하고 살고 있는 것이다. 두려움보다 호기심이, 용기가 많은 것이다. 여기에서 수영을 한 번도 배운 적이 없는 손녀는 매주 베트남 호텔 수영장에서 놀더니 물에서 자유자재로 놀고 있었다. 수영하면서 바닥에 떨어진 물건을 줍기가 어려운 것인데 손녀는 자기의 키보다 훨씬 깊은 바닥에 떨어진 물건을 잘 줍고 있었다. 활짝 웃는 손녀의 모습이 매일 동영상으로 오고 있다. 언제 또 이런 경험을 해 보랴 싶다. 건강하고 신나게 잘 살고 돌아오기만을 바랄 뿐이다.

셋째인 아들 부부가 다 육아휴직을 한다기에 처음에는 '참 배부른 소리를 하는구나.'라는 생각이 들어서 돈 많이 벌어났냐고 했었는데 아들도 이제 한 가정의 가장이고 아들의 생각을 존중해 주어야 한다는 마음이 들었다. 나는 아이 셋을 기르면서 아이 낳기 전날까지 근무하고 아이 낳고 온몸이 퉁퉁 부어서 신발이 안 들어가는 몸으로 딱 한 달 쉬고 출근을 했었던 생각이 났다. 그 당시에는 휴직은 상상도 할 수 없었는데 지금은 삼 개월을 산휴로 쓰고 몇 년씩 육아휴직도 하는 좋은 세상이 왔으니 누려도 되지 싶다. 더구나 그동안 중 1때부터 지금까지 대학 입시에, 편입에, 취업에, 승진에 쉴 사이 없이 아주 열심히 살아온 아들이기에 꼭 휴식이 필요하겠다는, 휴식이 약이 되겠다는 마음이 들어 적극 찬성하기에 이르렀다. 아들과 며느리 둘 다 육아휴직을 하고 제주도에 가서 살고 싶다고 하더니 제주도에 아파트 전세를 얻었다. 우리라면 감히 엄두도 못 냈을 일인데 물건을 보지도 않고 전세를 얻었다니 요즘 젊은이들은 우리와 다르다. 제주도에서 잠깐 살아도 모든 살림을 다시 장만해야 할 텐데 대단하고 용감한 아이들이다.

차를 택배로 보내고 물건도 택배로 보내고 하더니 제주도에 도착했다고 아파트 내부 사진을 찍어서 보냈다. 제법 사람 사는 곳 같다. 그러더니 제주도 여행지에서의 사진을 매일 카톡에 올리고 손주가 노는 동영상을 우리에게 보내 준다. 영상통화에서 늘 즐거운 표정의 손주를 보는 것이 큰 낙이 되고 있다. 힐링하고 있는 아들, 며느리, 손주의 모습이 참 좋아 보였다. 그래. 그렇게 하고 싶은 것을 하고 살아 봐야지 싶다. 며느리가 보내주는 사진 속 제주도의 하늘과 제주도의 바다 색깔이 참 아름다웠다. 제주도의 휴양림 나들이를 하고 있는 손주의 즐거운 모습이 참 보기에 좋았다. 아들과 며느리와 손주가 제주도 살기를 신나고 건강하게 보내고 돌아오기만을 바랄 뿐이다.

요즘 우리는 글로벌 시대에 살고 있다. 새로운 경험을 하려면 알을 깨야 하는 것이다. 며느리가 둘째를 가졌기에 이제 가족이 열네 명이 되어서 우리 집에서 다시 주말마다 북적일 날을 기대한다. 아이들이 갈 때 벽에다 줄을 그어 손주들 키를 재 놨는데 돌아오면 얼마나 컸을지 기대가 된다. 나는 아이들이 간 지 얼마 안 됐는데 돌아올 날만 기다리고 있다. 다른 세월은 엄청 빨리 지나가는데 이 세월은 잘 안 간다.

신세대 할미라고 생각하고 있었는데 혹시 글로벌 시대에 적응 못 하는 할미인지도 모르겠다.

옆에서 손주가 난센스 퀴즈를 낸다고 하면서 반성문을 다른 말로 해 보라고 한다. 모르겠다고 하니 '글로벌'이라고 한다. 크게 웃었다.

2021

나이 들어 누리는 호사

요즘은 날이 더워서 아침 일찍 산책에 나선다. 시원한 바람이 솔솔 불고 햇살은 뜨겁지 않아서 좋다. 산책을 하고 나면 산책로 끝부분에 스타벅스가 있다.

요즘 우리는 산책 후 종종 시원한 스타벅스에 가서 달달하고 입에서 살살 녹는 크림 케이크와 커피 한잔을 마시며 넓은 공간에서 편안하고 행복하게 여유를 즐기는 재미에 푹 빠져 있다. 창밖에 보이는 아름드리 메타세쿼이아와 멋지게 자란 소나무와 엄청나게 많은 꽃을 피운 배롱나무는 항상 그 자리에서 우리를 반긴다.

그동안에는 출근하고 퇴임 후에는 손주 돌보느라 평일 아침에는 시간이 없었는데 나이 들어 누리는 호사다. 붙임성이 좋아 어른을 편하게 모실 줄 알고 처가 쪽도 두루 살피는 큰사위가 경품에 당첨됐다고, 설문조사에 응했더니 받았다고, 누군가 선물로 보내 주었다고 하면서 매번 보내 주는 커피 쿠폰을 쓰는 것이다. 집에서도 둘이서만 살기 때문에 커피를 마시면서 특별히 할 이야기가 없을 것 같은데도 매번 새로운 이야기를 하느라 시간 가는 줄 모른다.

오늘 이야기는 남편 나이가 시아버지가 돌아가신 나이이고 내 나이가 그 당시 시어머니 나이와 같다는 이야기를 했다. 두 분이 참으로 사이가 좋으셨는데 평소에 병원 한 번 가신 적 없이 아주 건강하셨던 시아버지께서 밤에 주무시다가 갑자기 의식을 잃으신 뒤 그 후에 의식을 회복하지 못하고 돌아가셨기에 시어머니가 얼마나 힘드셨을까 이야기를 하며 가슴이 찡 했다. 그때만 해도 우리는 젊었고 나는 직장 다니며 세 자녀를 돌보느라, 남편은 회사의 정리해고 시기로 힘들었을 때라 홀로 남겨진 어머니 심정을 헤아릴 여유가 없었는데 이제 우리가 딱 그 나이가 되니 내가 지금 그런 일을 겪는다면 도저히 감당할 수 없는 아픔이었을 것이라는 걸 이제야 알게 되었다. 우리는 사람은 자기가 직접 겪어 보지 못한 일은 알지 못한다는 이야기를 나누었다. 물론 지금 그런 일이 일어난다면 우리 자식들도 내 마음을 헤아리지 못할 것이다.

요즘 우리가 즐겨 보는 TV 프로에 밴드 경연 프로가 있는데 거기서 나왔던 출연자 '예지'의 노래가 커피숍에서 나오고 있었다. 어찌나 노래를 잘하는지 듣고 있으니 참 좋았다. 노래를 듣고 심취하여 좋아하니 마치 젊은 사람이 된 것 같았다.

창밖으로 날씬하고 세련된 예쁜 젊은이가 커피를 사 들고 지나가고 있었다. 우리는 그 모습이 좋아 보였다. 아마도 열심히 일하고 사는 젊은이일 것이다. 어쩌면 힘든 회사 생활의 스트레스를 이 한 잔 커피로 위로받고 있는지 모르겠다. 아니면 숨 막히고 눈앞이 캄캄한 현실을 이 달콤한 커피 한 잔을 마시며 다시 살아갈 힘을 얻고 있는지도 모를 일이다. 코로나로 힘든 요즘, 어쩌면 저 젊은이가 오늘은 재택근무 중인지도 모르겠다.

예전에는 젊은이들이 월급이 얼마나 된다고 비싼 커피를 왜 사서 마시나, 일회용 자판기에서 사 먹으면 되지 했는데 지금은 자기를 위해서 한 번쯤 이런 분위기, 이런 여유와 편안함을 누려도 좋지 않나 싶다. 우리 부부는 예전과 다른 따뜻한 눈으로 그 젊은이를 보고 있었다. 사람은 자기가 경험해 봐야 상대방을 이해하나 보다.

2021

법주사 템플스테이를 다녀와서

동생네 4명과 큰딸네 4명과 우리 부부까지 열 명이 난생처음으로 휴식형 템플스테이를 일박 이일로 가는 날이다. 날이 전형적인 가을날로 청명하고 기온도 적당해서 나들이하기에 아주 좋았다. 가는 길에 청남대에 들러서 산책을 한 뒤에 법주사에 3시에 도착했다. 템플스테이 참가 차량은 안쪽까지 들어가게 되어 있었다. 세 번씩이나 입장권을 보여 주면서 통과를 했다.

상당히 큰 규모로 숙소가 있었다. 방을 열어 보니 깨끗하고 화장실도 따로 있고 샤워도 할 수 있게 되어 있었다. 이부자리도 정갈하고 좋았다. TV가 없어서 오랜만에 조용히 지낼 수 있어서 더 좋았다. 참가자가 40명이 넘는 것 같았다.

4시에 스님이 법주사 투어를 해 주셨다. 맨 처음 마주치는 문이 일주문이었다. 일주문에는 호서제일가람 편액이 걸려 있었다. 신성한 가람에 들어서기 전에 세속의 번뇌를 불법의 청량수로 말끔히 씻고 일심으로 진리의 세계로 향하라는 상징적인 가르침을 주는 문으로서 기둥이 한 줄로 되어 있어 일주문이다. 두 번째로 통과하는 문이 금강문으로서 사찰의 대문에 해당한다. 불법을 훼방하려는 세상의 사악한 세력을 경계하고 사찰로 들어오는 모든 잡신과 악귀를 물리친다는 금강역사가 지키고 있었다. 마지막 문이 천왕문이다. 법주사 사천왕상은 우리나라 최대의 걸작품으로 평가받고 있다. 동서남북을 지키는 방위신이 지키고 있었다.

사찰 안에 들어서니 우리 사찰 고유의 안온하고 정갈함과는 어울리지 않는 엄청난 크기의 황금색으로 빛나는 불상이 있었다. 오히려 예전에 있었다는 청동불상이 더 어울릴 것 같았다. 오랜 역사를 자랑하는 법주사에는 엄청나게 많은 국보와 보물이 있었다. 국보 55호 팔상전은 그 위용이 대단했다. 전통 5층 목탑으로 내부에 부처의 일생을 그린 팔상도가 있었다. 아주 독특하고 멋지게 생겼다. 범종각이 있었고 약사전이 있었다. 국보 제5호인 쌍사자 석등은 신라 석등으로 성덕왕 19년 720년경에 만들어진 것으로 추정된다고 한다. 오랜 역사가 느껴지는 걸작품이었다. 국보 제64호 석련지도 신라시대에 조성되었는데 연꽃이 떠 있는 느낌의 멋진 석조물이었다. 보물 제 1417호 석조희견보살입상, 보물 제916호 원통보전, 보물 제1361호 목조관음보살상 좌상, 보물 제15호 사천왕 석등, 보물 제915호 대웅보전 등 많은 국보와 보물을 지니고 있었다. 아주 멋진 당간지주도 있었다.

스님이 설명을 하시면서 예전에는 법주사에 엄청나게 사람들이 많이 오고 스님들만도 천 명 넘게 계실 때가 있었다고 한다. 지금 70살쯤 되신 분들은 신혼여행지로도 많이 왔다고 한다. 생각해 보니 우리도 신혼여행 때 속리산관광호텔에 묵었다. 그 호텔은 지금도 그 자리에 있었다. 41년 전 일인데 신혼여행 왔던 기억이 새록새록 났다. 참으로 젊었던 시절 법주사 앞 잔디밭에서 전속 사진사가 찍어 줬던 예쁜 투피스를 입은 사진 생각이 났다. 출발은 2명이었지만 지금은 14명 식구가 되었다.

아름다운 소풍길이 아직 끝나지 않았지만 남은 소풍길도 가족과 함께 라면 아름다울 것 같다. 모두 다 신의 가호가 있었기 때문에 가능했음을 알기에 기적 같은 하루하루에 감사하며 살 뿐이다.

저녁은 구내식당에서 먹었는데 뷔페식이었다. 고추조림, 김치, 들깨 토 란탕, 산나물 절임, 두부, 당근전, 야채전 등 반찬이 아주 잘 나왔는데 모 든 음식이 다 맛이 좋았다. 아주 깨끗하게 싹싹 먹고 나서 설거지는 각자 해서 건조기에 넣었다.

산속이라 금방 해가 졌다. 숙소에 와서 동생네 요즘 살고 있는 이야기 를 듣는데 아주 재미있었다. 돈은 잘 벌어 좋은데 감당하기 힘들 정도로 일감이 많다고 한다. 어찌 되었든 돈을 잘 번다는 이야기를 들으니 기분이 좋았다. 건강을 생각하면서 일을 좀 줄이고 나만의 휴식 시간을 가지라고 말을 했다. 사실 우리 사는 목적이 돈은 아니라는 생각이다.

밤에 별을 보려고 나왔더니 구름이 끼었는지 보이지 않았다. 남편과 손 을 잡고 경내를 산책하는데 서늘한 기운이 기분 좋은 감촉이었다. 불 켜진 색색의 등이 빛나는데 참 아름다웠다. 어디선가 계곡 물소리가 들리고 귀 뚜라미가 계속 울고 있었다. 이 순간만으로도 참가한 보람이 있었다. 내 일 새벽 4시 예불에 참석하려고 일찍 잠자리에 들었다.

새벽 4시에 옆방에서 부스럭거리는 소리에 잠이 깼다. 딸이 나랑 함께 가려고 깼나 보다. 밖에 나와 보니 세상에 별이 하늘 가득 쏟아지고 있었 다. 밤새 이슬이 내렸는지 잔디도 축축했다. 열 명 정도 되는 참가자가 스 님을 따라갔다.

멀리서 청아한 종소리가 들렸다. 딸과 나는 범종각 앞에 두 손을 모으고 서 있었다. 가장 먼저 스님이 법고를 두드렸다. 젊은 스님과 나이 드신 스님 두 분이 번갈아 치셨다. 조용한 산사에 울려 퍼지는 북소리를 눈을 감고 듣고 있었다. 무음의 부처님 소리로 소리공양을 하고 있는 것이다. 삼라만상을 온갖 고통과 번뇌에서 깨우는 소리일 것이다. 이어서 범종이 울렸다. 멀리멀리 울려 퍼지는 이 소리로 모든 중생이 깨어나겠다는 생각이 들었다. 다음은 대웅전으로 줄지어서 가는데 나는 두 손을 흔들며 가다가 보니 다른 이들은 모두 손을 모으고 가고 있었다. 손을 모으니 훨씬 경건해졌다.

대웅전에 엎드리기는 난생처음이다. 가운데에 비로자나불, 왼쪽에 노사나불, 오른쪽에 석가모니불이 모셔져 있었다. 아래에는 세계평화라고 쓴 글이 있었다. 열 분 정도의 스님이 앉아 계셨다. 인쇄된 반야심경이 방석 앞에 있었다. 힘들지 않게 따라 할 수 있었다. 바라는 것이 없어서 '감사하고 또 감사합니다.'를 되뇌었다. 스님들이 먼저 나갔는데 '한 번쯤 우릴 보고 웃어 주는 인간미가 있었으면 좋을 텐데.'라는 생각을 했다. 나오면서 보니 망자 두 분의 사진이 있었다. 딸이 나오면서 며칠 기도에는 얼마라고 쓰여 있다고 말해 주었다. 기도를 오래 한다고 더 좋은 곳으로 가진 않겠지만 저렇게 함으로써 자손들이 위로를 받는 것이라는 생각이 들었다. 절에서 마음에 안 드는 것 중 한 가지가 작은 등은 얼마, 한 달 등은 얼마로 크기와 기간에 따라 돈이 다르고 제를 지내는 기간에 따라 돈이 다른 것이다. 설마 부처님이 큰 등이라고 더 복을 주시지는 않을 것이다.

그러니까 생각나는 것이 있다. 우리 아들이 공무원 시험을 합격했을 때 직장 동료에게서 문자가 왔는데 자기들 둘이 절에 가서 우리 아들 이름으로 등을 달고 백팔배를 하고 왔다는 것이다. 놀라운 일이었다. 직장 상사를 위해 말도 없이 등을 달고 백팔배를 하다니 그 마음이 참으로 고마웠다. 누군가를 위해 기도한다는 것은 아름다운 것이다. 그 기원이 우리 아들 시험에 함께했기에 백 대 일의 경쟁률을 뚫고 합격을 했을 것이다.

이어서 아침 식사가 있었다. 역시 엄청 잘 나왔다. 콩자반, 호박볶음, 김치, 깻잎김치, 배, 멜론, 자몽, 표고버섯국이 나왔다. 다 맛이 좋았는데 특히 호박볶음은 환상적이었다. 식사 후에 남편과 세조길을 걸었다. 문장대로 가는 길과 세조길로 가는 길이 갈라졌다. 문장대 하니 젊었을 때 일이 생각났다. 대학생 때 문장대 등반대회에 참가한 적이 있는데 내 등산 이력 중에 가장 힘든 등산이었다. 숨이 차서 죽을 뻔했던 대회로 중간에 포기하려고 했으나 동료들의 응원으로 정상에 올랐던 기억이 났다. 김제 여고 우리 반 학생들이 수학여행을 문장대 등반으로 했는데 문장대라고 새겨진 비 앞에서 찍은 참으로 젊었던 시절 사진이 생각났다. 그때 학생들은 붉은색 체육복에 흰색 보건가방을 멘 학도호국단 복장이었다. 이제는 문장대는 포기하고 세조길로 가기로 했다.

그동안 법주사는 여러 번 와 봤지만 세조길은 처음이었다. 그런데 그렇게 아름다울 수가 없다. 오솔길을 조금 걸어가니 호수가 나왔다. 호수가 너무도 맑아서 숲이 그대로 투영되어 한 폭의 아름다운 그림을 보는 것 같았다. 그 모습이 환상적이었다. 옆에서 남편이 〈옛사랑〉이란 노래를 휘파람으로 불고 있는데 이 분위기와 잘 어울렸다. 이 좋은 날에 이렇게 아름다운 길을 걸을 수 있다니 감사하고 또 감사했다. 동생에게서 늦잠을 자느라고 밥을 먹지 못한 우리 손주들 밥을 챙겨 왔다고 전화가 왔다. 나는 전혀 생각지 못했는데 살림 잘하는 동생이라 생각하는 게 다르다.

숙소로 돌아와서 아이들은 아침을 먹고 우리는 절에서 준비해 준 연잎차와 뽕잎차를 툇마루에 나와서 마시는데 차 맛이 좋고 한가하고 편안해서 이게 바로 행복이지 뭐가 행복이겠나 싶었다. 딸 부부와 나는 일정을 따라서 법주사 안에서 올라가는 수정봉을 올라가기로 했다. 입구부터 경사가 엄청 심했다. 둘레길만 걷는 요즘 이런 등산은 오랜만이다. 다행히 아직은 뒤처지지 않고 올라갈 만했다. 땀을 흘리며 정상에 올라가니 참나무 한 그루가 서 있는데 그 밑에 도토리가 우수수 떨어져 있었다. 부처님이 주신 효도 도토리라고 하며 사위가 열심히 주웠다. 우리 친정 엄마가 묵 만들어서 자손들 주는 것을 낙으로 삼으시는데 이 도토리를 할머니 가져다 드리는 것이 효도라는 것이다. 착한 사위다. 내려오는데 사위의 수련복 조끼 호주머니가 불룩해서 웃겼다. 엄마가 도토리를 받으시고 엄청 좋아하실 것 같다. 내려와서 샤워를 하니 개운했다. 바로 점심시간이다. 점심은 짜장밥이 나왔다. 고기를 넣지 않은 짜장 소스가 이렇게 맛이 좋다니 신기했다. 매끼 다른 메뉴를 내놓는데 맛도 영양도 좋았다.

이렇게 해서 대가족 일박 이일 휴식형 템플스테이가 끝났다. 원래 집에서도 밥을 6시 30분에 먹는 우리같이 일찍 자고 일찍 일어나는 사람들에게 딱 맞는 일정이었다. 정신적, 육체적으로 참 좋아서 오길 잘했다는 생각이 들었다. 나오면서 바라 본 법주사는 구름 한 점 없는 파란 가을 하늘과 어우러져서 더욱 안온하고 정갈하고 멋있었다.

2021

돼지꿈

어마어마하게 큰 흑돼지가 방에 들어와 있었다. 새끼를 낳았는지 아기 돼지들이 방에 돌아다니고 있었다. 새끼를 낳은 어미 돼지가 예민해져 있었다. 위험해서 칸막이라도 해야 하지 않나 하고 엄마를 부르려다가 깼다. 꿈이었다. 시계를 보니 새벽 두 시다.

처음 꾸는 돼지꿈이라 인터넷에서 해몽을 검색해 봤더니 엄청난 재물이 들어오는 꿈이라고 한다. 로또를 사면 당첨될 꿈이라고 한다. 마치 로또가 당첨된 것 같은 기분이 들었다. 로또가 되면 무엇을 할까 생각하니 잠이 안 왔다.

여행을 좋아하는 우리 부부는 비좁은 일반석을 타고 여행을 다니면서 비즈니스석을 타고 다니는 사람들이 부러웠는데 앞으로는 로또 덕에 비즈니스석을 타야겠다고 생각했다. 요즘 자두가 엄청 비싼데 앞으로는 손 떨지 않고 자두를 살 수 있겠다고 생각을 하며 입맛을 다셨다. 당첨금을 쓸 생각에 잠 못 이루다가 날이 샜다.

벌써 로또에 당첨된 것처럼 아침부터 목욕탕에서 마사지를 받고 나서 부근에 있는 복권 판매점에 갔다. 사실 난생처음으로 사는 복권이라 복권의 가격도 모르고 종류도 몰랐다. 한 장에 오천 원 하는 것을 4장을 샀다. 여섯 자리 숫자가 다 맞아야 한다는데 돼지꿈을 안 꾼 사람들은 복권을 안 사는 것이 좋을 것 같았다. 원래 밥 사는 것을 아주 좋아하는 나는 주인에게 좋은 꿈을 꿔서 복권을 사는데 당첨되면 한턱내겠다고 했더니 주인이 꿈 이야기 다른 사람한테 하지 말라고 한다. 그래서 남편에게도 말하지 않고 서랍에 복권을 넣어 놨다. 토요일에 방송에서 추첨을 하고 인터넷에도 뜬다고 한다.

입이 근질거려서 남편에게 토요일에 대박 사건이 기다린다고 귀띔을 해 줬다. 남편이 또 무슨 엉뚱한 이야기인가 하는 표정으로 웃었다. 기다리는 며칠 동안 비즈니스석 희망에 기뻤다. 식구들이 많을 때 엄청 큰 사건이 생기면 어떤 일이 벌어질지 몰라서 토요일에 손주들이 놀다가 다 가고 난 뒤 밤에 혼자서 복권을 맞춰 봤다. 세상에 이럴 수가. 20개 번호 중에 5등도 한 장 없었다.

남편에게 돼지꿈 이야기를 하며 큰 횡재가 무엇인지 모르겠다고 했더니 하루하루 별 탈 없이 사는 것이 대박이 난 것이라고 한다. 마침 며칠 후에 남편 생일이라 오늘 손주들이 생일 선물을 큰 박스로 사 가지고 왔는데 그것이 바로 큰 횡재고 손주들 자체가 로또라고 한다.

나의 비즈니스석은 그렇게 날아가고 말았다. 복권방 주인의 한턱도 날아가 버렸다. 아마 복권이 아니고 다른 큰 횡재가 있는 것인지 더 기다려 봐야 알 일이다. 요즘 주식으로 큰돈을 번다는데 주식을 해야 하는 것인지도 모르겠다.

2021

숲 멍 때리기

요즘 TV를 켜면 종종 '멍 때리기'라는 화면이 뜨면서 바다나 숲이나 일정한 화면만 나오는 것을 보면서 무슨 저런 프로그램이 있냐고 웃긴다고 생각을 했었다.

오늘 나는 평창의 한 호텔에서 멍 때리기를 했다. 서울에서는 더웠는데 여기 강원도는 추웠다. 그래서 밖에 나가지 못하고 해가 잘 드는 전망 좋은 통창 앞에서 깊숙한 의자에 멍하니 앉아서 오랫동안 창밖을 바라보았다. 하늘에는 구름이 두둥실 흘러가고 있었다. 먼 산에는 신선이 노니는지 골골이 하얀 구름이 피어오르고 있었다. 쭉쭉 뻗은 잣나무 숲 앞에 이름 모를 작은 꽃들이 피어 있는 모습이 보기에 좋았다. 어디선가 요즘 내가 아주 좋아하는 '기탁'의 〈달팽이〉 노래가 흘러나오고 있었다. 이렇게 가만히 앉아서 아무 생각 없이 멍 때리고 있었다. 이 바쁜 세상에 한가하게 우두커니 앉아서 있을 시간이 어디 있느냐고 할지 모르겠다.

정신과 의사가 쓴 글을 읽은 적이 있는데 하루에 한 번쯤은 멍 때리기를 하는 것이 정신 건강에 좋다고 한다. 하긴 나는 집에서는 매일 베란다에 나가서 화분을 바라보며 한참을 멍 때리고 서 있다가 들어온다. 아무 생각 없이 화분 하나하나를 살펴보는 것이다. 그래서 정신이 건강한지도 모르겠다.

평창의 아름다운 풍경을 가만히 앉아서 보면서 멍 때리고 있는데 한가하고 여유롭고 편안하다. 그렇게 좋을 수가 없다. 행복은 멀리 있지 않았다.

2021

채현이의 감동 생일 축하 편지

　사랑하는 할아버지. 생신 축하드립니다. 큰 나무처럼 항상 그 자리에서 따뜻하고 넓은 품을 내어주시고 세상을 보는 지혜를 알려 주신 할아버지. 힘든 일이 있을 때 먼저 떠오르는 분, 할아버지, 항상 감사하고 존경합니다. 어렸을 때부터 쭉 정성을 다해 저를 책임져 주셔서 감사합니다. 생신 축하드리고 항상 건강하세요! 사랑해용. ^^ 오래오래 만수무강하세요!

　하비가 멋진 이유

　1. 잘생기시고 매너 좋은 할아버지여서 2. 제일 배려심이 많은 멋진 분이셔서 3. 마음이 아주 따뜻하셔서 4. 항상 옳은 선택을 하셔서 5. 항상 가정이 평화로워서 6. 모두가 존경해서 7. 흠잡을 곳이 없는 완벽한 분이셔서 8. 정이 많으셔서 9. 취미도 다양하셔서 10. 멋진 점이 너무 많아 못 세서

하비가 74세 생일에 중1 손주 채현에게서 받은 편지는 감동 그 자체였다. 나는 그 편지를 읽다가 목이 메었다. 옆에 있는 남편에게 "당신의 삶은

성공한 삶이네."라고 말했다. 과연 그 누가 이런 멋진 편지를 손주에게 받을까 싶다. 하비도 멋지지만 중1이 이렇게 멋진 문장의 편지를 쓰다니 채현이도 멋져 보였다. 나는 채현이를 볼 때마다 '어쩌면 이렇게 잘 컸을까.' 하고 생각하는데 거기에는 십 년 동안 채현이를 돌본 존경받는 멋있는 하비가 있었다. 나는 편지를 읽고 또 읽었다. 잠자리에 들어서 채현이가 쓴 하비가 멋진 이유 열 가지를 남편에게 말하려니 6개밖에 생각이 안 났다. 어떻게 채현이는 열 개나 생각했을꼬.

동생들 카톡방에 채현이의 편지를 올리니 처제들도 형부가 멋지다는 것에 채현이와 다 같은 생각이라고 답을 보내왔다. 자식들 카톡방에도 올리니 사위도 딸도 아들도 며느리도 아버지를 사랑하고 존경하며 채현이의 글에 전적으로 무한 공감이라고 답을 보내왔다.

9월인데도 오늘 낮은 불볕더위였다. 수현과 채현은 땀을 흘리면서 하비 선물을 사러 가게를 다녔나 보다. 커다란 상자에 예쁘게 리본으로 묶은 선물 꾸러미를 꾸미고 들고 오느라 힘들었을 손녀들에게 인사도 안 하고 바로 방으로 들어가냐고 말한 할미가 주책이었다. 아이들은 하비 모르게 하려고 바로 작은방에 들어갔던 것이었다. 아이들이 사 온 선물 꾸러미에는 액자도 있었는데 수현이의 그림 편지와 채현이의 카드 편지를 넣어놓으니 보기에 참 좋았다.

채현이가 하비가 마음이 따뜻해서서 멋지다고 했는데 엊그제 있었던 일이다. 남편이 가까이 사는 채현네 집에 다녀온다고 나가더니 한참 있다가 들어왔다. 뭐 하고 왔냐고 했더니 갈치찌개를 끓여놓고 밥을 해 놓고 왔다고 한다. 찌개를 뭐 넣고 끓였냐고 했더니 감자 넣고 했다고 한다. 집에 감자가 있었냐고 물으니 우리 집에서 가져갔다고 한다. 우리 부부는 마주 보고 웃었다. 참으로 대단한 사람이다.

피곤한 몸을 이끌고 퇴근한 딸 가족이 우렁 각시가 해 놓은 밥과 조림을 맛있게 먹을 생각을 하니 기분이 벌써 좋아진다.

저녁이 되니 딸에게서 '땡큐'라고 카톡이 왔다. 전도 밥도 조림도 맛나게 먹었다고. 손주들이 좋아하는 김치전도 부쳐 놓고 왔나 보다. 그러니 채현이가 정이 많으시고 매너 좋은 하비라고 할 만하다. 취미도 다양해서 멋지다고 했는데 요리도 하비의 취미 중 하나다.

2021

박물관에나 가야 볼 수 있는 어릴 적 이야기

산책 끝나고 종종 가는 커피숍에서 우리 부부는 지금은 박물관에나 전시되어 있을 어린 시절 이야기를 했다. 그러니까 1960년부터 1970년 사이에 우리 부부가 초등학교 다니던 시절 이야기꽃을 피웠다. 불과 몇십 년 전이지만 우리 자녀들은 전혀 겪어 보지 못한 시대의 이야기다. 내가 살아온 동안 농경시대부터 인공지능 시대까지 변화된 믿지 못할 우리나라의 이야기다. 배고픈 시절을 겪지 못한 젊은 사람들은 꾸며낸 이야기인 줄 알겠지만 어디서 들은 이야기도 아니고 다 내가 겪었던 이야기다. 참으로 허리띠 졸라매고 열심히 일해서 자식들 공부시켜서 오늘날의 잘사는 대한민국의 초석을 다진 우리 부모와 우리 시대의 이야기다.

시골 농촌 마을에서 어린 시절을 보낸 나는 아주 어릴 때는 등잔불을 켰었다. 방 벽에 오목하게 들어간 부분이 있어서 거기에 등잔을 놓거나 등잔대 위에 등잔을 올려놓고 살았다. 등잔불이 꺼지려고 할 때 심지를 좀 위로 올려 주면 다시 불이 커졌다. 내 기억에 등잔불 아래서 공부하다가 조는 통에 책이 불에 탄 적도 있다. 촛불을 켜다가 나중에 전기가 들어와 벽에 구멍을 뚫어 방 두 개 사이에 형광등 한 개를 켰다. 어느 시간까지만 전기가 들어오기도 했고 종종 시도 때도 없이 불이 나가기도 했다.

어릴 때는 전화기가 없었다. 중학교 시절 시골에서는 우체국에 가서 전

210

화를 할 수 있었다. 우체국에는 수많은 전화교환원이 있었다. 나중에 부잣집에는 다이얼을 돌리는 전화기가 있었다. 그 집은 여러 집의 전화 연락 창구로 이용되었다. TV도 처음에는 없고 거의 라디오를 들었다. 그러다가 흑백 TV가 부잣집에 들어왔다. 그 당시는 TV가 상자 속에 들어 있어서 볼 때마다 상자를 열어야 했다. 내가 고등학생이었던 시절, 달 착륙에 성공했는데 우리들은 학교 바로 옆에 있는 동네 부잣집 TV를 학교 담벼락에 매달려 봤다. 세상에 미국은 우주선을 쏘아 올리는데 우리는 TV도 없었다. 어제 신문에 인공위성 나로호를 세계에서 7번째로 완전히 우리 기술로 쏘아 올린다는 기사를 봤는데 꿈인지 모르겠다.

초등학교 때는 동네 우물이 있어서 물을 퍼다가 항아리에 담아 놨다. 겨울이면 우물 주변이 얼어서 자칫하면 미끄러져서 다치기 일쑤였다. 그러다가 가정마다 우물이 생겨서 거기에 김치 통을 넣어서 시원하게 해서 먹었다. 우물이 없어지고 작두가 놓였다. 마중물을 붓고 펌프질을 하면 작두에서 물이 나왔다. 그다음에 수도가 들어왔다. 마이크로버스라고 작은 버스가 우리 동네를 다녔는데 그 차가 지나가면 온통 먼지 천지였다. 비가 한 번 오면 웅덩이가 생겨 차가 지나가면 온통 흙이 튀었다. 나중에 집집마다 부역을 나가 쑥돌을 깨서 신작로를 만들었다. 그 길을 자전거를 타고 가면 엉덩이가 나갈 지경이었다.

난방은 벼 껍질인 겨를 풀무질을 해서 땠다. 겨는 화력이 안 좋고 재만 많이 나와서 산에 가서 솔가루를 긁어 와서 때거나 나무를 해다 때기도 했다. 엄마들은 산에서 갈퀴로 나무를 긁어서 둥글게 뭉쳐 동이를 해 가지고 머리에 이고 왔다. 엄청 무거웠을 텐데 그것을 머리에 이고 왔다. 자연히 산은 민둥산이 되었다. 그 시절에는 불이 직접 닿는 아랫목이 어찌나 뜨거웠던지 장판이 새까맣게 타고 자칫하면 엉덩이에 화상을 입어 부풀어 오르기도 했다. 아랫목에는 늦게 오시는 아버지 밥그릇이 이불에 덮여서 놓여 있었다. 윗목에 놓여 있던 걸레는 자고 나면 꽁꽁 얼어 있었다. 화장실이 너무 멀고 어둡고 위험해서 밤에는 방 안에 요강이 있었다.

방 공기가 너무 차가웠기 때문에 화롯불을 피우기도 했다. 그때 당시에는 왜 그렇게 '이'가 많았는지 화롯불 위에 내복을 펼쳐 놓으면 이가 잘 움직이기 때문에 불 위에서 이를 잡았던 기억이 있다. 특히 옷 솔기 사이사이마다 이가 시글시글했다. 그것을 잡아서 화롯불 위에다 던지면 톡톡 소리가 났다. 머릿니도 왜 그렇게 많았던지 참빗으로 쓱쓱 긁으면 이가 툭툭 떨어졌다. 연탄이 연료로 보급되면서 각 가정에서는 연탄으로 난방도 하고 밥도 하고 했다. 나라에서 산 주인도 함부로 나무를 못 베게 하고 나무를 허락 없이 베면 감옥에 갈 정도였다. 그리고 국가적으로 대대적으로 나무를 심었다. 식목일에는 거의 전 국민이 나무를 심었을 정도. 지금의 푸른 산은 그 시절에 전 국민이 나무를 심고 가꾸고 해서 이룬 일로 세계적으로 유례없는 기적처럼 놀라운 일이 되고 있다. 그 당시에 나는 교사를 하고 있었는데 학생이 학교를 안 나와서 가 보면 연탄가스에 중독되어 있는 사건이 생기기도 했다. 부엌에서 나온 연탄가스가 문틈으로 새어 들어와서 종종 가스 중독으로 사람이 죽기도 했다. 석유곤로가 취사용으로 쓰였는데 그을음이 많이 나서 냄비가 새까맣게 타고 켤 때마다 석유 냄새도 아주 심하게 났다.

내가 초등학생 때는 학교에서 학생들에게 솔방울을 따 오라고 과제를 내 주었다. 솔방울로 처음에 불을 붙인 뒤 석탄을 넣으면 난롯불이 잘 피워졌기 때문이다. 점심때가 되어 도시락을 난로에 쌓아 놓으면 지글지글 끓는 김치 냄새와 반찬 냄새가 교실에 진동했다. 누군가 계속 도시락을 뒤집어 주어야 했다. 나중에 보온 도시락이 나왔다. 그때는 늘 배가 고팠던지 거의 쉬는 시간에 미리 다 까먹어 버린 경우가 많았다. 내가 처음 부임한 학교에 갔을 때 교무실 가운데에 난로가 있었는데 석탄가루에 물을 넣고 비벼서 난로에 넣고 구멍을 뚫어 놓으면 석탄이 잘 탔던 기억이 있다. 나무를 잘 키우기 위해 초등학생 때 모두가 송충이 잡기를 나가기도 했다. 나무마다 송충이가 시글시글했다. 나무젓가락으로 집어서 통에 넣어 가지고 왔다. 쥐꼬리 끊어 오기도 숙제였다. 마을은 온통 쥐가 들끓었고 방 천장에서는 쥐들이 달리기를 하고 오줌도 싸고 해서 늘 시끄럽고 천장이 얼룩져 있었다. 시골 마당에서 개를 길렀는데 쥐약을 먹고 죽는 경우가 많았다. 우리 집에서 키웠던 개 '아도'도 쥐약을 먹고 죽어서 슬피 울었던 기억이 난다. 우리 첫째가 아장아장 걸어 다닐 때 접시 밥에 쥐약을 섞어서 놨는데 그것을 먹어서 급히 위세척을 하러 갔던 기억이 있다.

똥을 거름으로 쓰기도 했고 비위생적으로 살았기 때문에 전 국민이 회충이 많았다. 모든 학생들은 학교에다가 변을 제출했다. 그 후에 교실에서 정기적으로 회충약을 주었는데 먹고 나서 똥을 싸면 아주 큰 회충이 나왔다. 방학 숙제에 풀 베어 오기도 있었다. 끈으로 묶어서 질질 끌고 가면 오줌을 섞어서 퇴비를 만들었는데, 네모반듯한 퇴비 탑이 학교 담벼락을 따라 줄지어 있었고 탑마다 반 이름이 쓰여 있었다. 그 덕분에 비료가 없던 그 시절에 토양은 비옥해져서 단위당 쌀 생산량이 급격히 높아져서 국민들이 굶주림을 벗어나는 데 도움이 되었다. 논에는 자운영을 심어서 그것을 거름으로 쓰기도 했다. 먹고 사는 문제를 해결하기 위해 총동원되던 시기였다.

그 당시에는 초등학교 입학을 하면 손수건을 가슴에 달아 주었다. 신기하게도 모든 아이들은 코가 질질 흘렀다. 소매 끝은 코를 닦아대서 반질반질했다. 그리고 온몸은 종기가 많이 나고 부스럼투성이였다. 탱자나무 가시로 찢어서 고름을 짜곤 했다. 그리고 '이 고약'을 발라 주었다. 머리에도 머리카락이 없는 곳이 많았다. 부스럼이 난 곳은 맨질맨질해져서 머리카락이 나지 않았다. 우리는 그것을 기계독이 올랐다고 말했다. 비위생적인 환경에서 자랐고 병원도 없고 갈 형편도 안 되었다. 내가 초등학생 때 마을에 홍역이 돌았는데 집집마다 아이들이 걸렸다. 어떤 집은 아이가 둘씩 죽기도 했다. 예방주사도 치료약도 없던 시절이었다. 소아 사망률이 엄청 높았다. 소아마비 걸린 아이도 많고 그 당시에는 곰보라고 불렀는데 얼굴이 얽은 사람도 많았다.

그 시절에는 먹을 것이 부족해서 늘 굶주렸다. 자식들 배부르게 먹이는 것이 부모의 소원이었을 것이다. 식구는 엄청 많고 쌀이 없어서 주로 김치죽이나 콩나물죽이나 시래기죽을 끓여서 양을 늘려 먹었다. 아니면 콩나물밥, 무밥, 고구마밥 등을 해 먹었다. 그리고 점심은 고구마로 때웠다. 방한쪽에 고구마를 쌓아놓고 겨울 내내 고구마를 먹었다. 밥도 꽁보리밥을 먹었다. 우리는 늘 배가 고팠다. 그리고 조금 살기가 좋아진 다음에는 쌀이 부족하니 밀가루와 보리쌀을 먹도록 혼분식 장려를 했다. 그래서 점심 시간이 되면 모두 도시락을 들고서 보리쌀이 섞여 있는지 선생님의 검사를 받아야 했던 시절이 있었다.

우리 어머니들이 우리를 낳을 때는 자식을 열 명까지도 낳는 일이 비일비재했다. 최소 6명 이상 낳았다고 보면 된다. 그래서 먹을 것은 없고 이대로 계속 다음 세대로 이어질 경우 좁은 땅덩이에 인구밀도가 높을 것을 예상해 나라에서는 강력한 산아 제한 정책을 썼다. 특히 남아 선호 사상이 높았을 때라 이런 표어가 지금도 생각난다. '잘 기른 딸 하나 열 아들 안 부럽다.' '둘만 낳아도 지구는 만원.' 얼마나 표어를 외쳤는지 지금까지 기억이 날 정도다. 지금 와 생각하면 참으로 근시안적인 정책이었지만 정관 수술을 하면 예비군 훈련도 면제해 주었다. 사람들이 양수검사를 해서 아들이면 낳고 딸이면 지우려고 해서 남녀 성별을 모르게 하기 위해서 양수검사로 성별을 알려 주면 그 병원은 처벌을 받았다. 지금은 초음파로 미리 태아의 건강을 조사하는 과정에서 다 성별을 알 수 있는 데다가 요즘은 딸을 더 선호하는 세상이 되었으니 놀라운 변화다. 세계적으로 낮은 출산율이라고 난리를 피우지만 앞으로 인구문제가 우리나라의 심각한 위기가 될 것이다. 나라에서 얼마나 강하게 산아 제한 정책을 썼던지 내가 셋째를 낳을 때 나라에서 낳지 말라는 셋째를 낳았기에 의료보험 혜택을 안 줘서 제왕절개로 낳은 수술비를 다 부담해야 했다. 교사에게 주는 자녀수당도 안 줬고 세금 혜택도 안 줬다. 이렇게 둘도 많다고 했던 시절이 있었다.

그때 당시 내가 신문에서 읽은 내용은 참으로 허무맹랑했다. 그 내용이 충격적이었는지 지금도 선명히 기억에 남아 있다. 파리에서 어떤 사람이

장한 어머니상을 타고 엄청나게 장려금을 받았는데 단지 아이를 많이 낳았다는 것으로 그런 상을 탔다고 해서 별 해괴한 나라도 다 있다는 생각을 했었다. 요즘 통계를 보니 프랑스는 인구가 늘고 있고 출산율도 우리나라보다 훨씬 높다고 한다. 아마 그 당시 파리는 인구가 국력이라는 것을 알았던 것 같다. 우리나라보다 먼저 저출산이 온 프랑스의 대처법을 한번 살펴볼 필요가 있다.

지금 초등학생들은 알지도 못하겠지만 나는 자치기를 하고 구슬치기를 하고 땅따먹기, 사방치기, 비석치기를 하고 놀았다. 종이를 접어서 딱지를 만들어 딱지치기도 하고 놀았다. 고무줄 치기와 긴 줄넘기도 아주 좋아했다. 구슬 주머니에 구슬이 많은 아이는 어깨를 펴고 다니며 구슬 자랑을 했고 호주머니에 딱지가 많은 아이는 부러움의 대상이었다. 우리 때는 구슬치기를 '뎅까'라고 불렀는데 나는 뎅까 선수였다. 우리가 했던 구슬치기는 마당의 땅바닥을 오목하게 사방으로 파서 손가락으로 구슬을 튕겨서 그 구멍 안에 넣으면 그다음 구멍으로 가고 또 가고 해서 먼저 원점으로 돌아오는 사람이 이기는 방식이었다. 아니면 동그란 원 안에 구슬을 넣어놓고 내 구슬로 쳐서 그것을 밖으로 밀어내면 내가 따 먹는 것이었다. 또 우리가 즐겨했던 비석치기도 무릎 사이에 비석을 낀 뒤 모둠 뛰기를 해서 상대방이 세워 놓은 비석 가까이 가서 비석을 떨어뜨려서 상대방 비석을 넘어뜨리면 이기는 것이었다. 땅따먹기는 마당에다 큰 원을 그리고 다시 각자 자기 손가락을 펴서 작은 집을 그려놓고 돌멩이를 손가락으로 튕겨서 그 작은 집에 넣으면 다시 금을 그어서 그만큼 땅이 넓어지는 것이었다. 사방치기는 그때 말로 깨금발이라고 불렸는데 한쪽 발로 뛰어서 마당에 그려 놓은 틀을 돌아오면 그다음 칸으로 돌을 옮겨서 또 돌아오곤 하는 것이었다. 밥 먹을 때가 되면 집집마다 아이들 이름을 불러서 데려갔다. 모든 놀이가 혼자서는 할 수 없는 놀이라 항상 아이들을 불러 모으는 게 일이었다. 모두가 함께 모여 놀았기에 요즘에 심각한 사회 문제가 되고 있는 왕따가 생길 수가 없었다. 잘 못하는 아이가 있거나 숫자가 안 맞으면 양편에서 다 할 수 있도록 깍두기라는 것도 있었다. 나는 유독 고무줄 치기는 못해서 고무줄 치기의 깍두기였다. 지금 생각하면 아이들이 안 가르쳐 주어도 스스로 함께 놀았던 것 같다. 다른 놀이는 남자아이들이랑 함께 했는데 고무줄 치기는 여자아이들만 해서 종종 남자아이들이 고무줄을 끊고 도망가기도 했다.

또 다른 놀잇감이 있었는데 논두렁 사이에서 우렁 잡기는 아주 재미있었다. 엄청 큰 우렁들이 논에 많이 있었다. 그것을 잡다 보면 미꾸라지가 왔다 갔다 했는데 미꾸라지 잡는 것은 좀 어려웠다. 방죽에 가면 지금은 보기 힘든 마름이 물 위에 가득 떠서 있었는데 그것을 남자아이들이 걷어 오면 여자아이들은 둑에서 열매를 땄다. 집에 와서 삶아 먹으면 완전히 밤을 먹는 것처럼 포슬포슬 맛이 좋았다. 지금은 마름이 멸종 위기 식물이라고 보호하고 있다고 한다. 오염이 안 된 깨끗한 물에서만 서식한다고 한다. 그 당시에는 마름이 지천으로 널려 있었는데 말이다.

들에 나가면 여기저기서 메뚜기가 푸드득 날아올랐는데 실에 꿰어서 집에 와서 볶아 먹으면 맛이 좋았다. 수로에는 송사리가 많았는데 물이 흐르는 반대 방향으로 소쿠리를 대고 송사리가 올라오면 소쿠리를 들어 올려 떴다. 송사리가 잡히면 그렇게 기분이 좋을 수가 없었다. 동네 청년들은 일 년에 한 번 정도 양쪽 물꼬를 막고 대야로 물을 품어댔는데 그러면 물고기들이 펄떡펄떡 뛰어서 그것을 잡아다 그릇에 담기만 하면 됐다. 산으로 논으로 들로 방죽이 다 우리의 놀이터였다.

자운영이 만발하고 긴 수숫대가 늘어서 있던 그 시골 내가 자랐던 그 마을이 참 그립다. 다 커서 그곳에 가 봤더니 우렁은 있는데 수로가 오염되어 도저히 우렁을 잡을 수도 없고 또 그 우렁을 먹을 수도 없었다. 그때는 물이 맑았는데 말이다. 그리워서 남편과 함께 찾아 본 그곳은 예전 내가 뛰놀던 그곳이 아니었다. 내가 다녔던 초등학교는 폐교가 되어 없어진 지 오래고 마을도 몰라보게 변해 있었다.

어릴 적에는 외갓집에서 많이 놀았는데 그 마을이 그리워서 남편과 함께 가 본 옛날 외갓집 마을도 너무 변해서 알 수가 없을 정도였다. 외갓집에서 가까이 천이 있었는데 냇가로 가서 게 발을 쳐놓고 밤에 발에 걸린 게를 잡으러 삼촌과 갔던 기억도 있다. 참으로 재미났던 어린 시절이었다. 외가 식구들도 아주 오래전에 그 마을을 떠나서 도시로 왔기 때문에 마당 화단에 있던 앵두나무에서 앵두를 따 먹었던 나의 어릴 적 기억들은 내 머릿속에만 남아 있게 되었다. 외갓집 옆집에서 하숙을 하던 잘생긴 청년이 외갓집 막내딸이랑 결혼했는데 그분이 지금은 돌아가셨지만 우리 아버지다. 지금도 곱게 나이 드셔서 예쁜 우리 엄마는 젊었을 때 마을에서 보기 드문 미인이셨다.

논농사가 주를 이루었는데 소가 쟁기질을 했다. 우리는 초등학교 때 모심기에 동원되었다. 거머리가 엄청 많아서 한 번 물리면 엄청 오래 가렵고 피가 줄줄 나왔다. 모잡이가 줄을 잡아 주면서 '어이' 하고 소리를 치면 우리는 모를 그 줄에 맞춰서 심었다. 나중에 익으면 낫으로 베어서 길에서 말렸다. 벼를 베고 난 논에는 이삭이 떨어지는데 굶주린 사람들은 이삭을 주우러 다녔다. 쌀이 나오기 전 그 시기는 극심하게 배가 고픈 시기였다. 그래서 춘궁기라는 말이 생겼다. 벼 이삭을 일일이 손으로 홀태 위에 올려서 알곡을 긁어냈다. 지금은 그런 농기구는 박물관에 가야 볼 수 있다. 그래서 단위면적당 수확량도 적고 노동력이 많이 들어갔다. 오로지 우리 부모들의 피땀으로 농사를 지은 것이다.

요즘 남편 친구가 늙은 나이에 농사를 계속 짓는다고 해서 남편이 너처럼 나이 많은 사람이 어떻게 농사를 짓느냐고 물었더니 요즘은 그냥 말만 하면 된다고 했다고 한다. 농기계를 가지고 원하는 것을 대행해 주는 사람들이 있는 것이다. 기계가 한번 쓱 지나가면 모든 게 끝나 있는 것이다.

새마을 운동으로 논이 정비되고 마을 안길도 정비되고 농기계가 들어오고 농수로가 정비되었다. 조금씩 잘 살게 되어 배고픔에서 벗어나게 되었다. 새벽마다 마을 스피커에서 〈잘 살아보세〉라는 노래가 흘러나왔다. 우리의 부모들이 자식들을 먹여 살리기 위해 새벽부터 밤까지 부지런히 일했던 시절이었다. 농한기에는 집집마다 새끼를 꼬고 가마니를 짰다. 농촌에서는 노름이 성행해서 패가망신하는 경우도 있었다. 집집마다 누에를 키우느라 뽕나무를 많이 심기도 했다. 누에들이 뽕잎을 먹는 소리가 아삭아삭 났다. 여자들은 집에서 편물 짜는 기계를 들여놓고 지금도 이름이 기억나는 505털실로 속치마, 속바지 등을 짰다. 요즘은 겨울에도 속옷을 얇게 입는데 그 당시에는 빨간색 털실로 짠 바지와 속치마를 입었다.

그 속옷은 상당히 무거웠는데 그것을 입어야 추위를 견딜 수 있었다. 방문 고리가 쩍쩍 달라붙을 정도로 이상하게 참 추운 시절이었다. 이렇게 쉬지 않고 일을 해서 의식주가 해결되니 그때부터 우리 부모들은 자식을 가르치는 데 총력을 기울였다. 일부 가정들은 자식들을 대학교까지도 보내는 집이 생기기 시작했다. 그전에는 여자들은 문맹이 많았다. 이렇게 해서 지금의 잘사는 우리나라의 토대가 된 것이다. 과연 이런 시절이 있었나 하겠지만 다 내가 겪었던 일이다. 나는 전후 세대라 6·25는 겪지 않았지만 나보다 나이 많으신 분들이 그 시절 이야기를 쓴다면 기가 막힐 것이다. 그런 시절을 우리 부모들이 겪으면서도 이 나라를 이렇게 발전시켰으니 대단하신 분들이다.

시내에 살았던 남편은 내가 겪었던 이야기 중에 자기는 겪지 못했던 것이 많다고 한다. 그러고서는 자기가 봤던 이야기를 하기 시작했다.

중고등학교 시절에는 행상들이 참으로 많았다. 아주머니들이 머리에 그때 말로 다라이를 머리에 이고 다녔다. 생선을 가득 담은 함지박은 보통 사람은 들지도 못할 만큼 엄청 무거웠으나 우리의 어머니들은 그것을 머리에 이고 하루 종일 집집마다 다니며 팔아서 자식들을 먹이고 학교에 보냈다. 남편 집에서는 행상 아주머니에게 갈치를 주로 샀다고 한다. 그 당시 기차 화물칸은 아주머니들의 함지박이 가득 차서 생선 냄새가 진동했었다.

전쟁을 치른 후라 시내에는 상이군인들도 많았고 단지 먹을 것이 없어서 밥을 구걸하러 다니는 거지들도 참 많았다. 그 당시 이리역이라 불렸던 역은 엄청나게 통학생들이 많았다. 통학생이 엄청나게 많아서 남학생들은 열린 기차 문에 매달려서 가는 것이 일상이었다. 기차가 도착하면 새까

맞게 학생들이 내리곤 했다. 한 반에 거의 70여 명의 학생들이 있었고 오전, 오후반으로 나누어서 2부제 수업을 하기도 했다. 증기기관차였던 기차는 석탄을 때서 움직였는데 기찻길에서 목숨 걸고 석탄가루를 줍는 사람들도 많았고 일부는 훔치기도 했다. 이 석탄가루를 가지고 다니면서 집집마다 연탄을 직접 그 자리에서 만들어 주기도 했다. 집에서 연탄 찍는 사람을 부르면 틀을 가지고 와서 무연탄에 흙을 섞어서 나무망치로 두드려 연탄을 뽑아 주었다. 모든 짐을 운반하는 수단은 말이었는데 역 앞에는 말편자 갈아 주는 사람들이 상주하고 있었다. 기차역에는 야적창고가 있었는데 쌀과 고구마 같은 것이 쌓여 있었다. 아이들이 그것을 도둑질해서 먹었다. 걸리면 호되게 맞지만 배가 고픈 아이들은 먹어야 했던 것이다.

중학교 선생님이 수업 중에 해 주신 이야기는 상상이 안 갔다. 변소가 방 안에 있는데 똥을 앉아서 구멍에 대고 싼다는 것이었다. 어떻게 구멍에 대고 볼일을 볼까? 그게 잘 내려갈까? 도무지 이해가 안 갔다. 그리고 TV나 냉장고를 길에다 내다 버린다는 것이었다. 어떻게 그것을 버릴 수가 있지? 그리고 집집마다 자동차가 한 대씩 있다는 이야기는 도무지 믿어지지 않았다. 그냥 꾸며 낸 이야기 같았다.

이런저런 이야기를 마치고 나서 커피숍을 둘러보니 시원한 에어컨 속에서 맛있는 커피와 달달한 빵을 먹으며 웃고 있는 사람들이 마치 딴 세상 사람들 같았다. 밖을 바라보니 멋진 공원이 있고 잘 포장된 아스팔트 도로 위로는 승용차가 움직이고 멋지게 옷을 입은 사람들이 자전거를 타고 있었다. 아이들은 킥보드를 타면서 밝은 웃음을 짓고 있었다.

마치 타임머신을 타고 다른 세상으로 온 것 같았다. 우리는 나오면서 오늘 먹은 빵이 칼로리가 높아서 살이 찔지 모르니 점심은 간단히 먹자고 말하며 나왔다.

세상에! 〈백 투 더 퓨처〉를 찍고 있는지도 모르겠다.

2021

부처 DNA

내가 젊었던 시절 친정어머니는 나에게 이런 말을 자주 했다. 너희 시어머니는 부처님 가운데 도막이시다. 우리 시어머니는 털털하고 실수가 잦은 나에게 평생 꾸중할 줄을 모르셨다. 화를 내실 줄도 모르고 지금까지 나를 자리에 앉혀 놓고 이것이 잘못됐다고 말씀을 한 적도 없다. 늦게 들어와도 일찍 들어오라고 말씀하신 적이 없고 배 깔고 누워 시어머니가 해 주는 밥을 먹어도, 밤새 세 명이나 되는 아기들을 자신들이 돌봐도 자기 공을 내세웠던 기억이 없다. 나는 당연히 그런 것인 줄 알고 살아왔다. 주변 사람들과 이야기하다 보면 다들 시어머니 흉볼 일이 많은데 나는 그저 흉볼 일이 없이 지금에 이르렀다. 돌아가신 어머니를 지금 와서 생각하니 시어머니는 부처님 가운데 도막이 맞았다.

그런데 어제 벚꽃이 만발한 봄날에 약간의 취기가 오른 남편이 효창공원역으로 마중을 나오라고 전화가 왔다. 효창공원역에서 만난 우리는 오랜만에 만난 사람처럼 반갑게 어깨동무를 하고 집에 왔다. 남편이 자기가 늙어서 바보같이 지하철을 한 정거장 더 가서 되돌아오는 통에 내가 역 앞에서 기다렸다고 말을 하며 집에 왔다. 승강기를 타는데 거기서 또 우리는 바보짓을 했다. 승강기가 출발을 하려고 하는데 멀리서 사람이 오니까 다시 문을 열어서 태운 뒤 우리 층 번호를 안 누른 것이다. 그래서 십몇 층까

223

지 올라갔다가 다시 눌러서 내려왔다. 집에 들어와 소파에 앉아서 우리가 얼마나 바보처럼 살고 있나 이야기를 하는 중에 남편이 자기가 바보처럼 살기 때문인지 누군가 자기를 부처라고 했다고 한다. 그래서 다시 얼굴을 바라보니 부처처럼 빛이 나고 있었다. 그 옛날 시어머니가 부처였던 것처럼 이제 남편이 늙어서 부처가 되었나 보다. 그래서 그 오랜 세월 동안 거짓말처럼 다투지 않고 살았나 보다. 아마 부처도 유전인가 보다.

그러고 보니 오래전 일이 생각난다. 큰아이가 고등학생 때 소풍을 가는데 상당히 먼 곳에서 친구를 만나서 간다고 일찍 나가는 것이다. 친한 친구가 거기 사냐고 했더니 자기 반에 혼자서는 소풍 장소를 못 찾아올 것 같고 또 친구도 없는 아이가 있어서 자기가 함께 가 주려고 같이 만나서 가기로 했다는 것이다. 왜 너냐고 했더니 누군가 보살펴야 하지 않겠느냐고 한다. 말주변이 없는 큰아이를 6학기 내내 회장으로 뽑아 주는 이유가 거기에 있었나 보다. 사람 보는 눈은 대개 비슷하다. 같은 학교 다니는 작은아이가 자기네 반에도 왕따 친구가 있는데 오늘 그 아이는 아마 소풍을 안 올지도 모른다고 하니까 큰아이가 하는 말이 너네 반 회장은 뭐 하냐고 한다. 당연히 회장이 그런 아이들을 보살펴야 된다는 것이다. 큰아이가 있는 반은 외롭고 힘든 아이가 없었을 것 같다.

세월이 지나 큰아이의 자식이 북한군이 쳐들어오려고 해도 중2 무서워서 못 쳐들어온다고 하는 중학교 2학년이 되었다. 지인의 손주가 중학생인데 왕따 때문에 힘들어한다는 소리를 듣고 나서 얼마 전에 내가 바르고 멋지게 커 가는 큰손주에게 너희 반은 왕따 없냐고 물었다. 그랬더니 심한 왕따는 없고 다만 조별 학습을 할 때 혼자 남을 것 같은 애가 있으면 자기가 미리 자기 조에 넣어 준다고 한다. 짝을 이루어 하는 수업에도 짝이 없어 혼자 있을 것 같은 친구에게 미리 다가가 그 친구랑 짝을 한다고 한다. 왜 그러느냐고 했더니 당연한 것 아니냐고 한다. 큰손주 같은 아이가 있으니 심한 왕따가 있을 수가 없을 것이다. 평소에도 심성이 아름다운 아이인 줄은 알고 있었지만 참으로 잘 자라 준 손주가 대견했다.

큰손주도 회장으로 뽑혔는데 역시 친구들이 그런 면을 알고 있었나 보다. 힘들고 외로운 왕따에게 우리 큰손주 같은 애 한 명만 있어도 그 아이는 새로운 인생을 경험할 수 있을 것인데 지인의 손주 반에는 그런 아이가 없나 보다.

생각해 보니 부처 DNA가 시어머니에서 남편으로, 큰딸로, 큰손주로 4대 동안 이어져 온 것이다. 외모도 시어머니와 남편과 큰딸과 큰손주가 닮고 평상시 하는 행동도 진중하고 말이 많지 않은 것도 꼭 닮았는데 신기하게도 내면의 부처 DNA도 유전이 되는가 보다.

2021

보리굴비와 엄마

고춧가루와 들기름이 엄마 집으로 배달되었다고 해서 가지러 갈 겸 오랜만에 엄마도 뵐 겸 해서 차를 가지고 남편과 갔다. 출발할 때 전화를 드렸더니 엄마는 그 사이에 찌갯거리와 반찬을 해 놓고 기다리고 계셨다. 인근에 아주 맛 좋은 짬뽕집이 있으니 점심에 가서 사 먹으라고 동생에게 전화가 왔다. 엄마에게 한 끼를 대접해 드리고 싶다고 말하니 엄마가 집에서 먹자고 하신다. 나도 엄마가 이미 준비해 놓은 집밥을 먹는 것이 좋겠다는 생각이 들어서 집에서 밥을 먹기로 했다.

시금치나물을 해 놓으시고 맛을 보니 소태처럼 쓰게 느껴졌다고 하신다. 예전에 할머니가 입이 쓰다고 하시면 엄마는 그것을 이해를 못 했는데 이제야 이해가 간다고 하신다. 사실 언제든지 입맛이 좋고 늘 밥맛이 좋아서 다이어트가 힘든 나로서는 입맛이 쓰다는 말이 이해가 가지 않는다. 엄마가 해 놓은 시금치 맛을 보니 시금치 자체가 단맛이 날 정도로 맛이 좋았다. 저렇게 입맛이 없으시면 무슨 낙으로 살까 싶다.

엄마가 뚝딱 차려 놓은 밥상에 앉았다. 요즘 살이 쪄서 다이어트하느라 조금만 먹는 우리지만 오늘만은 엄마 마음에 들도록 많이 먹어야 할 것 같다. 요즘은 가족들이 엄마를 모시고 형제들 집에서 밥을 먹기 때문에 참으로 오랜만에 먹어 보는 엄마 밥이다.

역시 맛이 좋았다. 호박에 소고기와 대하를 넣고 고춧가루와 소금으로만 양념을 한 국은 시원하고 칼칼하고 맛이 좋았다. 보리굴비를 쪄서 내놓으셨는데 엄마는 안 드시고 계속 우리 앞으로 밀어 놓으신다. 좀 드시라고 해도 밀어 놓으시는 통에 그냥 우리가 맛있게 먹었다. 결국 엄마는 굴비를 안 드셨다. 아마 엄마는 자식이 오면 주려고 보리굴비를 아껴 놓고 계셨을 것이다. 지금도 맛있는 것은 자식에게 주고 싶은 엄마 마음이신가 보다. 칠십이 다 된 자식에게 말이다. 우리가 깨끗이 다 먹는 것을 보고 좋아하셨다. 맛 좋다는 짬뽕집에 가지 않길 잘했다. 오늘 먹은 엄마의 집밥이 최고로 맛이 좋았다.

TV에서 봤던 장면이 생각났다. 주름이 한가득인 할머니에게 인터뷰를 하고 있었다. "할머니, 언제가 가장 행복하셨어요?" "내 자식 입에 밥 들어가는 것 볼 때가 가장 행복했지."라고 주름 가득한 얼굴로 활짝 웃으며 할머니는 대답을 했다. 나는 그 장면을 보고 울었는데 지금 엄마를 보니 그 할머니 모습이 떠올라서 나는 또 울컥했다. 아마도 엄마는 지금 내 입에 밥 들어가는 것을 보는 것이 가장 행복하실 것이다.

2021

수능 보는 날에

오늘은 전국적으로 51만 명 정도가 시험을 치르는 수능 날이다. 수능 날은 늘 추웠는데 오랜만에 날이 아주 따뜻하다. 수능이라고 하니 우리 아이들이 수능 볼 때 생각이 난다. 큰아이가 수능 친 것이 벌써 23년 전 일인데 엊그제 일처럼 선명히 생각나는 게 신기할 뿐이다.

큰딸이 수능 볼 때도 매섭게 추웠다. 수능이 끝나고 문을 열고 들어서는 아이에게 시험 잘 봤냐고 물었더니 잘 못 봤다고 하기에 나는 시험을 못 봤으면 집에 들어오지도 말라고 말하며 아이를 집 밖으로 내보내 버렸다. 나중에 전화가 왔다. 생각보다 잘 봤다고 한다. 그래서 집으로 들어오라고 했다. 큰딸은 작은딸과 지하보도에 앉아서 덜덜 떨면서 서점에서 파는 정답지를 사서 맞춰 보니 찍었던 것들이 거의 다 맞았다고 한다. 큰아이가 진중하고 태산이 무너져도 쉽게 흔들리지 않을 아이라 이렇게 강하게 할 수 있었던 것 같다.

둘째 딸은 수능이 끝날 즈음에 학교로 데리러 갔다. 차를 타는데 아이가 울고 있었다. 2교시에 수학 시험지를 푸는데 너무 어려워 눈물이 나서 시험지가 눈물에 젖어 번져서 잘 안 보였다고 한다. 나는 괜찮다고 다독거리며 아이를 집에 데려왔다. 둘째라서 그런지 울면서 시험을 봤다고 하니 마음이 아팠다.

막내아들도 학교로 마중을 갔다. 시험장에서 나오는 아들이 벌겋게 상기된 얼굴로 구역질을 했다. 일 교시 국어 문제지를 다 넘기지도 않았는데 시험 시간이 끝나서 걷어가 버렸다고 한다. 그때부터 머리가 깨지게 아프고 구역질이 나왔다고 한다. 그러니까 일 교시부터 토하면서 시험을 본 것이다. 괜찮다고 다른 아이도 다 어려웠을 거라고 위로하며 데리고 왔다. 집에 와서 티브이를 켜니 국어가 지나치게 어려워서 평균 점수가 내려갈 것이라고 나오고 있었다. 아들은 집에 와서도 화장실에서 계속 토를 했다. 나는 배가 고파서 밥을 먹었는데 아들이 엄마는 이런 상황에 밥이 넘어가냐고 한다. 신기하게 나는 밥이 잘 넘어갔다. 시험 좀 못 보면 어떤가, 죽고 사는 것도 아니지 않은가. 이렇게 세 아이의 수능 날은 다 사건의 연속이었다.

수능 하면 또 하나 생각나는 장면이 있다. 신도고 교장 시절이었다. 시작종이 쳐서 학생들은 다 교실에서 수능을 치르고 있는 시간이었다. 학교를 한 바퀴 돌아보는데 교문에서 어머니 한 분이 두 손을 모으고 눈을 감고 기도를 하고 있었다. 시험을 치르고 있는 아들을 위해 매서운 강추위 속에서 기도를 하고 있는 것이다.

저 어머니 아들 시험 치는 손길에 신의 가호가 함께하길 나도 함께 맘속으로 기도를 했다. 엄마의 간절한 기도 속에 자란 아이는 수능도 잘 보고 앞으로도 바르고 건강하게 잘 자랄 것이다.

2021

수현 편지

초등학교 2학년 수현이가 할미 생일을 맞이해서 시를 썼다. 시라고 하기는 좀 이상하긴 하지만 내용은 이렇다.

할머니

착한 할머니, 항상 웃는 할머니

예쁜 할머니, 자상한 할머니

공부 잘하는 할머니, 기품 있는 할머니

배려심 많은 할머니, 운동 잘하는 할머니

건강한 할머니, 책 많이 읽는 할머니

수영 잘하는 할머니, 긍정적인 할머니

화 안 내는 할머니, 모두를 사랑하는 할머니

공정한 할머니, 용감한 할머니

현명한 할머니, 마음씨 좋은 할머니

돈가스 잘하는 할머니

할머니 짱!

자식들이 생일이라고 비싼 청소기를 선물했지만 손녀한테 받은 이 편지가 내 생일에 받은 선물 중 가장 귀한 선물이다. 이렇게 멋진 글을 쓰다니 수현이가 대단하다. 글씨도 아주 잘 썼다. 아이들의 생각을 그대로 써 내려간 것이어서 없는 것을 지어내진 않은 것 같다. 요즘 책을 좀 읽고 일 년 동안 꾸준히 영어 공부와 일어 공부를 하는 것을 손녀들이 좋게 본 것 같다. 특히 평소에 잘 드러나지 않는 나의 용감함을 아이들이 알아봤다는 것이 놀라웠다. 사람을 보는 눈은 아이라고 다르지 않은 것 같다. 사실 나 스스로 나의 용감함, 아니 무모함을 잘 알고 있기 때문이다.

　나이 들어 점점 기품이 없어져 가고 있고 건강도 운동도 자신을 못 하지만 손주들 기대에 부응하기 위해서 앞으로도 건강관리 잘하고 운동도 수영도 열심히 해야겠다.

　착하고 웃고 자상하고 화 안 내는 배려심 많은 할미로 아이들 기억 속에 남도록 늘 노력하고 성찰하고 나 자신을 뒤돌아봐야겠다.

2021

음악을 들으며 웃고 울고 춤추고

집 안을 깨끗이 치워 놓고 난방을 틀고 불을 환하게 켜고 있으니 아주 아늑하다. 창밖은 소복소복 나뭇가지마다 새하얀 눈이 내려앉아 더욱 운치가 있다.

커피 한잔을 마시며 요즘 산 좋은 스피커로 음악을 들으니 풍부한 음량이 몸과 마음을 편하게 해 준다. 스피커를 사지 않았다면 이렇게 멋진 감흥을 느끼진 못했을 것이다. 이렇게 좋은 줄 알았으면 진즉에 살 것 그랬다 싶다. 삶의 질이, 삶의 품격이 높아진 것 같다.

늘 무언가 일을 해야만 하고 무엇을 이루어야만 보람된 인생이라고 생각하며 살았기에 이렇게 한가하게 음악을 들어도 되나 싶은 생각이 들었지만 아무것도 안 하고 음악을 듣고 있으니 참 한가하고 편안하고 좋다. 아마도 특별히 이룰 것이 없어진 지금이, 이런 호사를 누릴 수 있는 특권이 주어진 지금이 인생의 황금기가 아닌가 싶다.

사람이 몸은 늙어도 마음은 늙지 않는 것 같다. 김광석이 애절하고 청아한 목소리로 부르는 '머물러 있는 청춘인 줄 알았는데, 내가 떠나보낸 것도 아닌데, 내가 떠나온 것도 아닌데'를 따라 흥얼거리며 그 가사의 아름다움에 푹 빠져서 함께 마음으로 울고 있는 지금 나는 가슴이 절절히 아려오고 있다. 그렇게 머물러 있는 사랑인 줄 알았는데 말이다. 이제는 그가 버린 사랑도 아름답게 느껴지니 나이가 나를 익게 만들었나 보다. 그러다가 이문세의 '난 너를 사랑해, 이 세상은 너뿐이야. 소리쳐 부르지만'을 따라 부르며 흥에 겨워 춤을 춘다.

생각해 보니 평생 남 앞에 나서 본 적이 없는 우리 시어머니를 모시고 대천수련원 장기자랑에 나갔을 때 당연히 어머니는 무대에 안 올라가실 줄 알았는데 단상 위에서 아들, 며느리는 노래를 부르며 손주들이 춤을 출 때 처음부터 끝까지 단 위에 올라가셔서 손주들의 춤을 함께 따라서 추셨던 생각이 났다. 그렇다. 몸은 늙어도 마음까지 늙는 것은 아니다. 마음만은 늘 청춘이다. 나도 남들이 보면 할머니지만 웃기게도 거의 매일 혼자서 흥에 겨워 집에서 춤을 춘다. 춤 모양새를 바꾸어 보려고 현관 신발장 대형 거울 앞에서 매일 새로 개발한 춤을 추어 보지만 별로 나아지는 것이 없기는 하다.

이제는 요즘 세계사에 푹 빠진 내가 〈람세스〉에 이어서 읽고 있는 〈로마인 이야기〉를 읽으면서 잔잔히 흐르는 아름다운 베토벤의 〈로망스〉 바이올린 연주를 듣고 있으니 또 다른 느낌으로 나를 위로해 준다.

이렇게 책을 읽으며 조용한 가운데 음악과 함께하는 이 시간이 참 좋다. 행복은 별것이 아니라는 생각이 든다. 이게 바로 행복이지 더 무엇을 바라나 싶다. 노래 한 곡에 울다가 춤추다가 웃다가 감동을 하다니 사람의 마음이라는 것이 참 신기하다. 똑같은 상황에서도 행복할 수도 있고 불행할 수도 있으니 마음이 오묘할 뿐이다.

2021

축배를 들다

새해 첫 주부터 운수 대통이다. 오늘은 아들의 둘째, 나의 여섯 번째 손주 하윤이가 태어난 날이다. 참으로 감사하고 고맙고 기쁘고 감격적인 날이다.

아이를 가졌다고 할 때 뛸 듯이 기뻤지만 그날부터 걱정이 시작되었다. 주변에 건강하지 못한 몸으로 태어난 아이들이 많다는 생각을 하면 그냥 가슴이 울렁거리기까지 했다. 그동안 받은 복이 차고 넘치는 우리는 너무 많은 복을 받음에 늘 감사하며 살아왔다. 불운의 파편이 날아다니다가 우리에게 떨어지면 어쩌나 하는 생각에 손주가 출산할 때까지 가슴 졸이며 기도하는 마음으로 열 달을 기다렸다. 오늘만 해도 소방관 세 명이 순직했다는 뉴스에 나는 눈물을 줄줄 흘리며 유가족의 절절한 절망을 가슴속으로 받아들였지 않은가. 소방관 시험에 합격했다고 그렇게 기뻐했을 텐데 불운의 파편이 하필 그 청년에게 떨어진 것이다. 하루하루 살아가는 것이 기적인 것이다. 여행을 좋아하는 우리 부부는 여행지에서 만나는 모든 돌탑에 기원 돌을 올리고 매일 뜨는 해를 보며 기도하고 하느님께 기도하며 늘 조신하게 경건한 마음으로 살았다.

태어난 새 생명은 참으로 귀한 상이었다. 이목구비가 뚜렷하고 아주 똘

똘하고 준수하게 생겼다. 건강한 생명을 주심에 감사하고 또 감사했다. 무한한 복을 주심에 감격했다. 온 가족이 귀하고 귀한 새 생명을 환영하고 축하하고 축복했다. 손주가 건강하게 태어나는 것이 나의 하나 남은 소원이라고 했으니 이제 앞으로 나는 더 이상 바라는 바가 없어야 한다. 오늘은 나의 하나 남은 소원이 이루어진 날이다. 그동안의 걱정은 기우였을 뿐이다. 모든 걱정은 다 필요 없는 것이라고 했는데 가지 많은 나무에 바람 잘 날 없다고 매주 집에 다녀가는 아이들이 도착할 시간에 잘 도착했다는 연락만 늦게 와도 혹시 가다가 사고가 났나 하고 우리 가슴은 벌렁거리니 늘 바람에 흔들리며 산다.

오늘 프란치스코 교황이 "아이가 주는 기쁨은 부모의 가슴을 뛰게 하고 미래를 다시 연다."라고 말씀을 하시며 "임신, 출산 대신 반려동물을 키우며 사는 것은 인간성을 상실한 것이고 인류에 해를 끼친다."고 성명을 내셨다. 우리나라도 가장 큰 위기는 아이를 낳지 않아서 미래에 인구가 감소되고 고령국가가 되는 것이라고 한다. 교황님은 경험하시지 못했을지라도 나는 자녀를 키우며 얻는 기쁨은 이 세상 어느 것과도 바꿀 수 없는 것임을 경험으로 알고 있다. 자식을 키운다는 것은 매일매일 기적을 이루며 사는 것이다. 하나의 우주를 창조하는 것이다.

산책로에서 유모차를 끌고 가는 젊은이를 종종 마주친다. 나이 든 나는 귀여운 아기랑 눈을 마주치려고 활짝 웃으며 나도 모르게 유모차를 바라본다. 그러다 유모차 안에 있는 강아지를 보게 될 때 말할 수 없는 실망감에 사로잡히는 나는 속으로 생각한다. 자식이 주는 기쁨은 그 무엇과도 비교할 수 없는데 저 젊은 부부는 왜 아이 대신 강아지를 태우고 다닐까. 오늘 교황님은 인간성을 상실한 것이라고 인류에 해를 끼친다고 아주 과격한 말씀을 하셨는데 맞는 말이다. 자식이 주는 기쁨도 큰데 먼 훗날 손주가 주는 기쁨은 말로 할 수 없이 커서 또 다른 희열을 맛보게 된다. 손주가 주는 행복은 우리의 늙음을 보상해 주고도 남는다.

우리 아들과 며느리는 새 생명으로 인하여 웃고 울고 가슴이 뛰며 그들의 미래의 희망과 행복을 이루어 가며 삶의 보람을 찾을 것이다. 우리 가족 모두는 귀하고 귀한 새 생명을 최선을 다해 사랑하고 보살필 것이다. 새 생명 하윤이가 이 아름다운 세상에서 아주 신나고 행복하게 살도록 수호천사가 되어 줄 것이다. 모든 생명마다 수호천사가 있다고 했는데 하윤이의 수호천사님, 우리 하윤이를 보살펴 주시어서 내 목숨보다 더 귀하게 여기는 사랑하는 아들과 며느리가 하준이와 하윤이로 인해 오래오래 행복하게 하여 주소서.

우리 부부는 맥주잔을 부딪치며 "최하윤을 위하여."라고 큰 소리로 외치며 축배를 들었다. 참으로 한없이 행복하고 아름다운 밤이다. 나로 인해 가족이 14명이 되었으니 교황님의 말씀을 빌리면 인류에 기여한 날이다.

2022

내가 비정상인가?

요즘 남편 지인들이나 내 주변 사람들 대부분이 부부가 딴 방을 쓴다고 한다. 그것이 서로 편하고 자기만의 공간이 있어서 좋다고 한다. 남편 친구가 아직도 한 침대를 쓰냐고 놀라며 묻기에 남편이 침대가 하나밖에 없어서라고 답을 했다고 한다. 엊그제 신문을 읽으니 노후에 서로 자기만의 방이 있으면 좋다고 한다. 물론 우리는 시어머니랑 아이들이랑 대가족이 살던 집이라 방이 4개나 되니 각자 잠을 자기로 하면 얼마든지 잘 수가 있지만 서로 딴 방을 쓴다는 생각은 해 본 적이 없다.

우리 부부가 비정상인지도 모르겠다. 각자 붓글씨 방에서 붓글씨도 쓰고 컴퓨터 방에서 컴퓨터도 하다가 오후에는 남편은 서예교실로, 나는 탁구교실과 수영장으로 가지만 저녁에는 잠들기 전에 함께 TV를 좀 보다가 잠이 오면 같은 시간에 침대로 온다. 자기 전에 누워서 오순도순 이야기를 하는 것이 참 재미있다. 무슨 이야기를 하든지 늘 크게 웃는다. 남편이 아재 개그로 웃기기 때문이다. 거의 매일 저녁 큰 소리로 웃고 잠이 든다. 물론 다른 사람은 전혀 웃지 않을 말이지만 남편이 우리 아이들이 어렸을 때 썼던 말들을 쓰기 때문에 나는 남편이 하는 말이 아주 재미있다. 어제 저녁만 해도 잠자리에 누웠는데 호박죽을 끓여서 식으라고 식탁에 그냥 놓은 것이 생각났다. 호박죽을 냉장고에 넣을 사람 정하기 가위바위보를 하는데 내가 졌다. 우리는 동시에 큰 소리로 웃었다. 힘센 사람이 가서 냉장고에 넣을 일이지 이겼다고 그렇게 좋아하냐고 했더니 남편이 이불을 젖히며 나를 발로 밀어서 내보내는 사건이 있었다. 늘 이렇게 웃다가 나도 모르게 스르르 잠이 든다.

책에서 읽은 내용인데 육십오 년째 결혼 생활을 하는 '다실바' 부부에게 비결을 물었더니 발 닿기를 꼽았다고 한다. '잠들 때 늘 서로의 발을 닿게 합니다. 그날 얼마나 화가 났는지 슬픈지는 중요하지 않아요. 여기 당신과 같이 있고 여전히 사랑한다는 걸 알려 주거든요.'라고 말했다는 것이다. 그것을 읽고 나서 생각하니 우리는 자기 전에 서로의 손을 주물러 주는 오랜 습관이 있는데 참 좋은 것이었다.

새벽에 눈을 뜨면 그 젊던 얼굴은 어디로 가고 주름진 얼굴만 남은 남편을 바라본다. 남편이 시선을 느끼는지 눈을 감은 채로 윙크를 한다. 그러면 우리는 또 웃는다. 나는 '이 사람이 이렇게 나에게 잘하는 것을 보면 하느님이 이 사람을 빨리 데려가시려나 보다.'라고 젊었을 때 생각을 했었다. 그런데 이제 70이 훌쩍 넘어서도 이렇게 함께하다니 너무너무 고마울 뿐이다.

우리는 일찍 잠자리에 들기 때문에 일단 눈을 뜨면 잠든 후에 자식들에게서 온 동영상을 보면서 새로운 하루를 시작한다. 카톡을 보니 큰 사위가 올린 동영상에 두 손녀 채현이와 수현이가 함께 신나게 춤을 추고 있고 앞에서는 큰사위와 큰딸이 좋아서 웃고 있었다. 참 보기 좋은 모습이었다. 우리 부부도 덩달아 신나게 웃었다. 둘째는 이제 28개월 된 아현이가 〈곰 세 마리〉 노래를 하는 동영상을 올렸다. 이제 막 노래를 흥얼거리기 시작한 아현이가 노래하는 모습은 참으로 귀여웠다. 뒤에서는 노래를 아주 잘하는 언니 다현이가 웃고 있었다. 아들의 동영상은 32개월 된 하준이가 춤인지 운동인지 모를 공연을 하고 있었다. 호주 마오리족 공연 비슷한 것을 따라 우렁찬 고함 소리와 함께 힘이 넘치는 손동작을 하는데 그 모습이 참으로 멋있었다. 손녀들 공연만 주로 보다가 처음으로 손자의 공연 비슷한 것을 보니 완전히 차원이 다른 공연이었다. 남편과 나는 세 아이들의 동영상을 보고 또 봤다. 손주들과 즐거운 시간을 보내는 자식들 모습이 참으로 행복해 보였다. 그러면서 둘이서 손주들 말투를 흉내 내면서 또 크게 웃는다. 매일매일 커가는 손주들 보는 것이 삶의 기쁨이다.

겨울에 뜨뜻한 이불 속에서 오순도순 이런저런 이야기를 하며 보내는 새벽 시간이 참 소중하다. 자식들 동영상도 보고 주변 사람들 이야기도 하고 오늘 할 일도 이야기를 하고 오늘 먹을 음식 이야기도 하며 아주 소소한 이야기를 나누는 시간이다. 함께 잠자리를 하지 않으면 눈을 뜨면서 이불 속에서 나누는 이런 즐거움이 없지 싶다. 다행히 생활 리듬이 똑같아서 일찍 자고 일찍 일어나니 좋고, 서로 잠이 금방 들어서 불편함이 없으니 좋고, 또 서로 추위나 더위를 느끼는 게 비슷해서 같은 이불을 덮고 자니 좋다.

서로가 살을 맞대고 서로가 의지하며 서로가 위로하며 서로가 함께 고통과 즐거움을 나누며 사는 것이 부부라는 생각이다. 서로 좀 편하자고 딴방 쓰면 그렇게 편하고 좋을까 싶다.

2022

암이면 어찌할까

새벽에 남편이 위가 아파서 잠이 깼다고 한다. 나는 남편 손을 주무르고 배를 따뜻하게 해 주었다. 잠시 후 남편이 다시 잠이 들었다. 아침에도 위쪽이 뻐근하다고 한다. 생각해 보니 요즘 들어 종종 그랬는데 하루 이틀 지나면 나아지기에 별생각을 안 했던 것 같다.

자식들이 부르면 늙고 뚱뚱한 '번개맨'이지만 언제 어디서든 번개처럼 나타났기에 아플 것이라는 생각을 못 해 봤는데 나는 갑자기 남편이 위암일지 모른다는 생각이 들었다. 나이 들면 세 명 중에 한 명이 암 환자라고 하고 현재 남편 친구들도 암 환자가 많고 또 시동생도 시누이도 동서도 암 투병 생활을 했기 때문이다. 왜 그동안 내시경 해 볼 생각을 안 했을까, 이미 손을 댈 수 없는 지경에 이르렀으면 어찌할까 하는 생각이 꼬리에 꼬리를 물었다.

오늘 하루가 기적이었다는 것을 늘 생각하고 있었지만 둘이서 참으로 아름답게 살아온 날들이었다. 나는 끝까지 남편을 보살피리라, 암과의 싸움에서 이기리라 전의를 다졌다. 엊그제 읽었던 최다혜 작가의 글이 생각났다. '불행은 늘 초대 없이 무례하게 찾아온다. 그리고 세상은 불행을 겪는 이들에게 그것이 그들 스스로 초래한 것이라고 말하는 더 큰 무례를 범한다. 불행의 원인이 개인의 무능이라 말하거나 심지어 각자가 믿는 종교의 교리를 빌려와 그것이 업보 또는 신의 형벌이라 단정하기도 한다. 불행해 마땅한 존재로 개인을 몰아세우는 것이다.'

문득 '아, 나에게도 불행은 초대 없이 무례하게 찾아오는구나.'라는 생각이 들었다. 남편에게 바로 내시경을 받으러 가자고 했더니 일요일이라 내시경을 안 한다고 한다.

다음 날 2년마다 하는 국민건강검진도 받을 겸 내시경을 받으러 간 남편이 두 시간이 지나도 오지 않아서 기다리다가 애간장이 녹아 전화를 했다. 내시경은 끝났는데 아직 의사를 못 만났다고 한다. 한참 후에 남편이 들어왔다. 위암 증상을 검색하고 있던 나는 남편을 보자 눈물이 핑 돌았다. 약봉지를 들고 온 남편에게 괜찮냐고 물었더니 식도염과 위염이 약간 있는 것 같다고 보름치 약을 지어 왔다고 한다. 세상에, 암이 아니었던 것이다. 지옥과 천국을 왔다 갔다 했다.

점심으로 누룽지를 먹고 난 후 남편이 소파에 앉아서 뻥튀기를 먹고 있었다. 옷에 하얀 가루가 범벅이 되어 있기에 나는 또 잔소리를 해 댔다. 봉지 안에서 이빨로 잘라서 털어서 꺼내서 한 입에 쏙 넣으라고 시범까지 보였다. 남편은 봉지에서 꺼내서 입으로 잘라서 먹었다. 자를 때 침을 바르고 자르면 가루가 안 떨어진다고 했다. 내가 계속 잔소리를 해 대니까 결국 남편이 뻥튀기 안 먹는다고 방으로 들어갔다. 사람 사는 것이 참으로 웃기는 일이다. 암이 아니어서 감동의 눈물을 흘린 것이 몇 분도 되지 않았는데 말이다.

이어령 선생님의 글이 생각났다.

"어떤 사람이 죽고 보니까 사후가 기가 막힌 거예요. 으리으리한 집에 하인이 수천 명이 넘고요. 그런데 손 하나 까딱 안 하고 일주일이 지나니까 너무 심심한 거예요. 그래서 자동차 타고 드라이브나 갈까, 직접 요리나 만들어 먹을까 하는데, 뭐만 하려고 하면 하인들이 안 된다는 거예요. 여기서는 뭐든지 원하는 대로 다 해 주지만 당신이 직접 하는 것만은 안 된대요. 그래서 그 사람이 '이따위가 천국이면 차라리 지옥에 가서 살겠다.'고 말해요, 그러니까 하인들이 하는 말이 '주인님, 여기가 천국인 줄 알았어요? 여기가 바로 지옥이에요.' 부딪치고 싸우고 피를 흘리면서도 참된 의미를 찾는 곳이 천국이지요. 흔히들 이야기하는 금은 보화, 물질로 장식된 그런 곳이 천국이 아니에요. 서로 사랑하고 자기가 먹을 거 자기가 벌고, 서로 나눠 먹고, 이런 참된 의미가 있는 곳이 지금 우리 곁에 있는 천국이지요. 세상에서 제일 재미없는 사람이 누굴까요. 모든 걸 성취한 사람이에요. 애들한테 제일 고통스러운 게 무얼까요. '엄마, 나 심심해.' 심심한 곳이 바로 지옥이에요."

나는 오늘 하루도 천국에서 살고 있는 것이다.

2022

응급실

장기간 제주 여행이 거의 끝나가는 중인데 남편이 갑자기 명치가 심하게 아프다고 한다. 그래서 숙소 근처 의원에 다녀왔다. 다녀온 뒤 위통은 덜한데 갑자기 턱밑에 밤톨만 한 혹이 생겼다. 깜짝 놀라 약 봉투를 보니 부작용으로 발진이 있을 수 있는데 전문가와 상의하라고 되어 있기에 다시 병원에 가서 약을 먹고 나서 이런 부작용이 왔다고 의사에게 말했더니 괜찮다고 좀 있으면 없어질 거라고 저녁에 한 번 더 약을 먹으라고 했다. 집으로 와서 시간이 지나니까 혹이 좀 작아졌다.

저녁 먹고 약을 한 번 더 먹었다. 이번에는 갑자기 배가 아프다고 한다. 화장실에 다녀온 남편을 보니 얼굴이 백지장처럼 하얗게 변하더니 몸을 가누지 못하고 벽에 기대는 것이다. 급히 달려가 남편을 껴안았더니 남편이 실신을 하면서 나에게 몸을 맡기는 것이다. 순간 '아, 이렇게 사람이 죽는구나.'라는 생각이 들었다. 말로는 표현할 수 없는 절망감과 무서움에 나는 "여보, 정신 차려! 여보, 어떡해."를 외치며 울었다. 오늘까지의 행복했던 일상이 다시는 나에게 오지 않을 것이라는 생각과 함께 순간 나의 삶도 끝났다는 생각이 들었다.

어디서 그런 힘이 났는지 남편을 끌고 겨우 소파에 앉혀 놓으니 겨우 눈을 뜨며 의식이 돌아왔으나 금방 숨이 넘어갈 것 같았다. 정신없이 떨리는 손으로 119를 눌렀다. 장기 입원이 필요할지 몰라서 급히 입원 짐을 챙겼다. '남편만 살려 주시면 평생 감사하며 살겠습니다. 제발 살려만 주세요.' 기도하고 또 기도했다.

잠시 후 구급대원에게서 환자가 계단을 내려올 수 있냐고 전화가 왔다. 남편에게 물었더니 남편은 진땀을 흘리며 백지장처럼 하얀 얼굴에 눈도 뜨지 못하며 소파에서 일어나지도 못하는 것이다. 남편이 전혀 움직일 수가 없다고 했더니 구급대원이 올라왔다. 그러고선 세상에 80킬로의 거구인 데다가 몸이 완전히 처진 사람을 업고서 3층 계단을 내려가는 것이다. 천사가 따로 없었다. 그분이 우리 가족을 살리는 천사였다. 서귀포 의료원으로 간다고 한다. 혈압이 80에 50이었다. 약물 부작용으로 저혈압 쇼크가 온 것이었다. 하기야 코로나 예방주사 맞고도 부작용으로 죽은 사람도 있으니 운이 없으면 죽을 수도 있는 것이다.

응급실에 도착하니 한밤중이었다. 나는 구급대원들에게 감사 인사를 올릴 정신도 없었다. 피를 뽑고 엑스레이를 찍고 여러 약물을 투여하고 심전도 검사, 혈압 검사 등 온갖 검사가 이어졌다. 약물 부작용 같으니 그 약은 먹지 말라고 했다. 2일 후면 배를 타고 제주를 떠나 완도로 가는 날인데 이런 난리가 난 것이다. 남편의 상태가 계속 안 좋으면 아들에게 알려서 제주로 오도록 해야겠다는 생각을 했다.

한참 지난 후 남편이 똥이 마렵다고 했다. 간호사가 일어날 수 있냐고 해서 남편이 일어나려고 하다가 어지러워 못 일어나는 것을 보더니 화장실에서 쓰러지는 사람이 많다며 위험하다고 기저귀를 주었다. 남편이 나중에 기저귀 사건을 똥이 등짝 위까지 올라가는 것 같았고 다 새는 것 같았고 공중 부양하는 느낌에 엄청 수치스러웠다고 표현했다. 요양원 체험을 미리 했다고 하며 그 순간 입관 체험이 이런 것인가 보다고 생각을 했다고 한다. 후에 내가 실실 웃었더니 똥을 참지 못하는 내가 팬티에 똥을 싼 것을 알고 있는 남편이 나보고 "빤쓰에 똥까지 싼 사람이 왜 웃냐."고 했다.

시간이 자정이 훨씬 지난 후 남편의 어지럼증이 우선하고 혈압도 거의 정상으로 올라왔다. 검사 결과 별 이상은 없고 순간 혈압이 낮아지면 어지럽고 실신할 수 있다고 했다. 두드러기나 가려움증이 있느냐고 해서 없다고 했더니 집에 가도 된다고 했다. 집으로 돌아와서 잠시 눈을 붙였다. 금방 숨이 끊어질 것 같았던 사람이 살아 돌아온 것이 기적 같았다. 다시 두번째 삶을 사는 것이다.

집에 와서 있으니 이제는 온몸에 두드러기가 나더니 참을 수 없이 가려워했다. 약물 부작용이 시간이 지나면 가라앉을 줄 알고 그냥 잠자리에 들었다. 밤중에 일어나 보니 남편이 잠을 못 자고 소파에 앉아 있는데 손은 퉁퉁 부었고 온몸에 아주 심하게 두드러기가 나 있었다. 몸에서 열이 나고 맥박이 빨리 뛴다고 한다. 나는 이러다 또 큰일 나겠다 싶어서 응급실에 가자고 했다. 응급실 의사가 주사를 놓고 처방전을 주었다. 이미 일요일 새벽 두 시가 되었다. 응급처치 후 잠시 가려움증이 우선해졌으나 새벽에 일어나 보니 남편은 온몸이 다시 심하게 부풀어 오르고 가려워서 괴로워하고 있었다. 날이 새서 일요일에 문 여는 약국을 찾아서 제주대학병원 부근으로 가서 약을 지어 먹으니 우선하였다.

　세상에 제주 여행 와서 구급차를 타 보질 않나, 응급실에 두 번이나 가질 않나, 기저귀에 똥을 싸질 않나, 사건의 연속이었다. 남편이 완도로 돌아오려고 제주항으로 운전을 하고 가다가 길을 놓치고 나서는 큰일 났다고 하기에 죽을 뻔했다가 살아난 사람이 길 좀 잃은 것이 뭐 그까짓 게 큰일이냐고 아무것도 아니라고 했다. 앞으로는 우리에게 더 이상 큰일은 없다. 다 아무것도 아니다. 동네 의사의 미숙함 때문에 하마터면 한 가족의 삶이 무너질 뻔했지 않았는가. 실신했을 때 옆에 사람이 없어 방바닥으로 넘어졌다면 뇌출혈로 사망하지 않았겠나 싶다. 나는 서울 우리 집으로 올 때까지 남편이 유리잔처럼 위태해 보였다. 잠시 눈만 천천히 떠도 깜짝깜짝 놀랐다. 남편은 운전을 해서 서울까지 무사히 왔다. 남편은 서울 와서도 며칠 동안 계속 두드러기로 고생을 했다.

　다시 살아난 남편을 예전과 다른 눈으로 보게 되었다. 여분의 삶을 감사하며 살 것이다. 나는 서울에 와서 남편에게 등을 내밀어 주던 젊고 잘생긴 이름도 모르는 그 구조대원이 근무하는 소방서에 감사의 편지를 올렸다.
　우리 가족을 살리신 이름 모를 천사님께 감사드린다고, 앞으로 늘 베풀며 살겠다고, 늘 건강하시라고, 꾹꾹 눌러서 글을 올리는 것으로 늦게나마 인사를 드렸다.

2022

여러 번 운 날

예전부터 눈물이 많았던 나는 나이 먹으면 감정도 메말라서 눈물이 마를 줄 알았더니 예전과 똑같이 지금도 말하다가도 주책없이 눈물이 나고, 영화를 보다가도 울고, 연속극을 보다가도 울고, 감동적인 이야기를 들어도 울고, 책을 읽다가도 자꾸 눈물을 흘린다. 그래서 주변 사람들에게 창피한 적이 한두 번이 아니었다. 어느 날은 여러 번 울 때도 있다. 오늘이 그런 날이다.

둘째를 임신해서 입덧이 심해서 아무것도 먹지 못하고 얼굴이 노랗게 뜬 채로 시장 가는 길에 만난 이웃 아주머니가 집으로 불러서 끓여 준 따뜻한 잣죽을 먹으며 눈물이 났다고, 그리고 그날 신기하게도 입덧이 멈췄다고, 결혼 후 누구도 자기한테 이렇게 아침상을 차려 준 적이 없다고 쓴 글을 읽으며 나도 눈물이 핑 돌았다.

일찍 세상을 떠난 형부 대신 가장 역할을 하는 언니의 딸이 대학 들어갈 때 엄마가 등록금을 대 주었다는 소리를 나중에 듣고 자기 딸은 대출받아서 등록금 댄 생각을 하며 가슴에 싸한 바람이 불었는데 나중에 엄마가 딸아이 등록금에 보태라며 묵직한 봉투를 내밀며, 엄마 마음을 헤아려 주는 착한 딸이라서 투정 부리지 않는 네가 늘 뒷전이었다고 하시며 눈물을 보였다고 하는 이야기를 읽으며 또 눈물이 핑 돌았다.

등록금을 벌려고 산더미처럼 쌓인 짐을 풀어 종류별로 분류한 다음 컨베이어벨트에 올려 보내는 알바를 한 대학생 이야기다.

> 사실 몸보다 같이 일하는 아주머니들의 타박이 더 힘들었다. '이 일은 아무나 하는 줄 아나, 대체 이런 애를 누가 뽑았대. 왜 가르쳐 줘도 못 따라와!' 작업반장님의 타박이다. 약속한 기한이 지나 공장을 그만두는 날이었다. 마칠 시간이 되자 작업반장님과 아주머니들이 나를 따로 불렀다. 마지막까지 인정받지 못하나 싶어 쓸쓸했다. '이거 등록금에 보태, 진짜 얼마 안 돼, 우리 월급 알잖아.' 작업반장님이 내민 것은 타박이 아닌 봉투였다. 나는 어리둥절한 표정으로 같이 일한 분들을 봤다. 나는 자리에 앉다가 그만 울고 말았다. 점심시간에 마시는 커피 값을 아끼려고 보온병에 싸 들고 다니는 아주머니들이 생각나서였다.

이 대목을 읽으며 나는 또 울고 말았다.

32살에 외아들이었던 남편을 여의고 십 년간 딸아이를 홀로 기르다가 처지가 비슷한 남자를 만나 재혼을 하게 된 사람의 이야기다.

> 예비 시부모님이 '우리는 자식이 셋이나 되지만 전 시부모님은 떠난 자식 외엔 아무도 없으니 한번 뵙고 싶다.'

고 했다. 아마도 며느리와 손녀딸은 걱정 마시라, 우리가 잘 돌보겠다는 말씀을 전하고 싶으신 것 같아서 자리를 만들었는데 전 시부모님이 나와 예비 남편의 손을 포개며 '만나고 나니 마음이 놓인다. 아팠던 만큼 행복하게 잘 살아라.'라고 했다. 나이 들어 둥글둥글해졌는지 그 후 나는 두 시부모님 댁을 오가고 있다.

이 글을 읽으면서 역시나 눈물이 나오고야 말았다.

〈눈이 부시게〉라는 드라마에서 치매에 걸린 김혜자가 눈 오는 날 눈을 쓸고 있었다. "우리 아들이 다리가 불편한데 미끄러지면 안 돼요." 아들이 "아들은 몰라요." 하니까 "몰라도 돼요, 아들만 안 미끄러지면 돼요." 그 소리를 듣고 아들은 "평생 내 앞의 눈을 쓸어 준 게 엄마였어."라고 하며 펑펑 운다. 세상에 일찍 남편을 여의고 홀로 장애가 있는 아들을 키우며 살았던 김혜자는 "살면서 어느 하루 눈부시지 않은 날이 없었다."고 회상을 한다. 나도 덩달아 펑펑 울었다.

부모는 돌아가시고 다운증후군을 앓고 있는 쌍둥이 언니 영희를 홀로 돌보는 영옥의 이야기를 엮은 연속극 〈우리들의 블루스〉를 보는 중에 울고 말았다. 영옥이가 "특수한 사람을 세상에 내보낼 때는 가장 착한 사람을 택해서 내보낸다고 한다. 나는 착하지도 않은데 왜 나에게 보냈는지 모르겠다. 나는 너무 억울하다. 그런데 우리 영희는 얼마나 억울하겠어."라며 엉엉 운다. 식당에서 밥을 먹다가 앞 좌석의 사람이 "밥맛 떨어져서 밥 못 먹겠다."라며 일어설 때 영옥이가 "나는 속으로 저 사람들에게 '너희도 꼭 영희 같은 자식 낳아 봐라.' 아니면 '지금 벼락이 너희들 머리에 떨어져서 장애인이 되어라.'라고 말한다."고 하며 영영 우는 장면에서는 나도 그만 소리 내어 울고 말았다. 오늘은 가슴이 절절히 아린 날이다.

2022

나이 칠십에 청춘이라니

비가 온 뒤라 선선해서 서오릉으로 산책을 갔다. 이른 시간인데도 사람들이 많이 걷고 있었다. 언덕길을 올라가는데 연세가 들어 보이는 할머니 세 분이 벌써 올라가셔서 의자에서 쉬고 계셨다. 속으로 '저 연세에 이렇게 산을 올라오셨다니 대단하신 분들이다.'고 생각을 했다.

그런데 그중 한 분이 손으로 내 몸매를 그리시면서 "야, 어쩌면 저렇게 보기 좋으실까. 참으로 건강하시게 생기셨다. 힘도 좋으시게 생겼고 젊음이 좋네."라고 하시는 것이다. 나는 "아, 감사합니다." 하고 계속 걸었다. 그러면서 생각했다. 내 나이 70에 젊음이 좋다고 하시다니. 등산화에 반바지에 스틱을 들고 있는 내 모습을 바라보았다. 웃기게도 내가 젊어 보였다. 당신들보다는 등도 안 굽고 다리도 휘어지지 않고 반듯하고 근육이 좋은 내 모습이 좋아 보이셨나 보다.

요즘 수영을 하는데 수영을 함께하시는 분이 "환갑은 되셨나?" 하고 물으시기에 "칠십입니다." 했더니 "나는 팔십이 넘었어." 하시는 것이다. "아직은 청춘이네, 칠십이면 힘이 좋을 때야." 하시는 것이다. 팔십이 넘어서까지 수영을 하시다니 대단하신 분이다. 나는 수영을 늦게 배워서 힘이 드는데 그분은 오래 하셨는지 오히려 잘하신다. 칠십에 청춘이라는 소리를 듣다니 손주가 여섯이나 되고 아침에 일어나면 온몸이 뻐근해서 엉금엉금 화장실을 가는 나에게 청춘이라니. 어떤 때는 손가락이 아프고 또 어떤 때는 발목이 아프고 또 엉치가 아팠다가 어깨가 아팠다가 웃기게도 손등도 아팠다가 도대체 온몸을 찾아다니면서 여기저기 안 아픈 데가 없는 내가 청춘이라니.

그러고 보니 또 생각나는 일이 있다. 전에 손가락 마디가 이유 없이 아파서 정형외과에 가서 물리치료를 받는데 옆에 앉아 계신 곱게 생긴 할머니가 "아직 젊어 보이시는데 나이가 어떻게 돼요?" 하시는 것이다. 나이를 말하니 "아직 젊으시네." 하시는 것이다. "나는 팔십이 되니 먹고 싶은 것이 있어도 맛집에 데려다줄 수 있는 사람이 없어서 못 가고 놀러 가고 싶은 곳이 있어도 함께 갈 사람이 없어서 못 가는데 지금 젊으실 때 먹고 싶은 것 드시고 가시고 싶은 곳 가시면서 사세요." 하시는 것이다. 풍채로 보아 경제력도 있으시고 아직은 거동이 가능하신 것 같은데 차로 데려다주고 함께 동행할 사람이 없으니 혼자서 가시지 못하는 것일 게다.

아! 나는 아직 청춘이다. 아직 팔다리가 멀쩡해서 걷는 데는 지장이 없으니 말이다. 다행히 어디든지 가고 싶으면 동행해 줄 기사 남편이 있어서 경치 좋은 곳으로 여행도 다닐 수 있고 먹고 싶은 것이 있으면 언제든지 맛있는 음식도 먹을 수 있으니 그 할머니들 말씀에 따르면 아직은 인생을 즐길 수 있는 젊은이인 것이다.

내가 중학교 때 교과서에 '청춘, 이는 듣기만 해도 가슴이 뛰는 말이다.'라는 글이 있었는데 아직도 가슴이 뛰는 청춘인 것이다. 감성이 살아 있어서 글을 읽다가도 영화를 보다가도 하루에도 몇 번씩 웃고 우는 청춘, 매일 영어 공부를 하며 손주들과 매일매일 영어 카톡으로 하루를 시작하는 청춘, 매주 발길 닿는 대로 여행을 다니는 청춘, 매일 걷고 수영하고 탁구 치고 뒤꿈치 들기를 하고 팔 굽혀 펴기를 하고 자전거를 타는 나는 좀 웃기는 말이지만 '청춘 할머니'인 것이다.

오늘 저녁에도 나는 방바닥에 손을 짚고 팔 굽혀 펴기를 연달아 삼십 번을 하고 나서 스쾃 삼십 번을 하고 자리에 눕자마자 순식간에 잠이 들었으니 이만하면 '청춘 할머니'라고 해도 되지 않겠는가?

2022

산책길 풍경

특별한 일이 없으면 남편과 아침 일찍 경의선 숲길 산책에 나선다. 오늘은 산책길 풍경을 눈여겨보았다.

입구에서 김밥을 파는 아주머니를 늘 본다. 어쩌다가 일찍 나가는 날이면 아직 청년들이 출근 전이라 김밥 아주머니는 늘 스쾃을 하고 있다. 그래서 그런지 아주 건강하게 생겼다. 일단 출근 시간이 되면 지하철에서 쏟아져 나오는 젊은이들이 주 고객이다. 단골손님이 많은지 멀리서 걸어와도 인사를 하며 김밥을 준다. 저렴한 가격에 영양이 골고루 있는 김밥은 인근 빌딩 젊은이들의 좋은 먹거리다. 그 옆에 여기저기 배달을 다니느라 분주한 요구르트 아주머니가 항상 있다. 위치가 좋아서 그런지 상당히 잘 팔린다. 지하철에서 나온 청년들이 빌딩으로 쏟아져 들어가고 있었다. 요즘 공덕오거리는 완전 빌딩숲으로 수많은 젊은이들이 그들의 꿈을 위해 땀을 흘리는 일터다. 운동기구에 많은 분들이 팔을 돌리고 허리를 돌리고 다리를 올리고 있었다. 벽에 울타리가 세워져 있는데 울타리가 넘어질 위험이 있으니 울타리에서 운동하지 말라고 쪽지가 붙어 있었다. 그런데도 오늘도 할머니들이 다리를 올리고 힘을 주고 있었다. 실은 전도될 위험이 있다고 쓰여 있었다. 나는 '전도라는 이상한 말 대신에 넘어질 위험이라고 썼더라면 참 좋을 텐데.'라고 생각했다.

어린이집에서 노란 조끼를 입은 아기들 열 명 정도가 나와서 놀고 있었다. 아장 아장 걷는 모습이 참으로 귀엽다. 지나가는 할머니가 "아이고, 예뻐라." 하면서 지나간다. 할머니들은 아기들만 보면 무조건 활짝 웃는다. 이 아기들이 우리의 미래다. 각 가정에 온 귀한 손님이다. 이 어린 새싹을 소중히 여기고 잘 보살펴서 큰 나무로 키워야 한다. 요즘 뉴스에 종종 일가족 자살이 보도되는데 자녀는 부모의 소유물이 아니다. 소중히 여기고 보살펴야 할 선물이고 이들은 다 자신의 삶을 살 권리가 있는데 안타까운 일이다.

걷다 보니 부부로 보이는 중년 남녀가 강아지 여섯 마리를 데리고 지나간다. 여섯 마리를 보살피려면 정신이 없을 것 같다. 찢어진 치마바지를 입고, 팔뚝은 완전히 문신을 하고, 머리도 화려한 색으로 염색을 하고, 이상한 핀을 꽂은 파마머리의 중년 히피족 아저씨가 같은 시간에 늘 지나간다. 처음에는 아주 이상한 사람으로 봤으나 보다 보니 괜찮다. 독특한 차림새로 보아 아마도 홍대 쪽에서 일을 하시는 분 같다. 늘 산책로를 달리는 외국인 모녀를 오늘도 만났다. 여기서 만나는 대부분의 외국인 여자들은 상당히 뚱뚱한데 모녀는 달리기로 날씬한 몸을 유지하고 있었다. 늘 보는 세 명의 할머니가 지나가고 있다. 항상 곱게 화장을 하고 세 명이 함께 가는데 멋지게 나이 드신 얼굴이 온화하고 좋아 보인다.

벤치에는 아저씨가 잠을 자고 있다. 늘 보는 아저씨다. 어떤 때는 일어나서 리포트를 읽고 있는데 영어로 된 것을 읽고 있다. 노숙자가 되기 전에 아마도 교수였는지도 모르겠다. 깨끗이 목욕시키고 양복을 입혀 놓으면 어디다 내놓아도 빠지지 않을 얼굴과 풍채를 지니고 있는 사람이다. 어쩌다가 저렇게 됐는지 모르지만 사지가 멀쩡하니 무슨 일을 해도 할 수 있을 것 같은데 안타깝다. 우리 곁을 밀짚모자를 쓰고 맨발로 걷는 할아버지가 지나간다. 발바닥이 아플 텐데 늘 맨발이다. 손을 이상하게 내두르는데 그 모습이 참 우스꽝스럽다. 요즘 어디 방송에서 맨발로 산길을 걸어서 암을 치유했다고 나오더니 맨발로 걷는 사람을 자주 본다. 발목에 밴드를 두르고 바지를 배 위까지 올려 입은 할아버지가 지나간다. 걷는 모습이 특이해서 눈에 띈다. 큰 개에 입마개를 하고 한 명이 끌고 가고 동행이 두 명 더 있다. 늘 산책을 시켜서 그런지 개가 아주 날씬하고 잘 걷는다. 우리 앞에는 안내견 티셔츠를 입은 초보 안내견이 자꾸 여기저기 기웃거리며 가고 있다. 옆에서 젊은이가 계속 간식을 주면서 걷기 연습을 시키고 있었는데 아직 초보인지 계속 옆길로 가려고 하고 있었다.

외모가 완전 붕어빵이라 누가 봐도 아들과 아버지로 보이는 두 사람이 가고 있었다. 육십 대 아들이 휠체어를 밀면서 팔십 대 아버지를 산책시켜 드리고 있는 것이다. 몸이 불편한 아버지는 오늘도 아들 덕에 사람 구경도 하고 푸른 하늘도 보고 새소리도 듣고 꽃도 보고 맑은 공기도 마시고 참으로 여러 가지를 누리고 있었다. 왜소한 아들이었지만 휠체어를 미는 그 모습이 참으로 장하고 멋져 보였다. 중앙광장에는 중년의 부부가 파룬궁을 하고 있다. 네 명까지 늘었다가 요즘 도로 두 명으로 줄어들었다. 상당히 정신 건강에 좋을 것 같은데 계속 하려면 끈기가 있어야 할 것 같다. 검정 바지에 회색 티셔츠를 입은 아주머니들이 두세 명씩 산책로를 걷고 있어서 늘 궁금했는데 오늘 드디어 무엇을 하는 분들인지 알아냈다. 나오는 곳을 보니 인근 빌딩 청소를 하는 분들이었다. 상당히 많은 분들이 아침 일찍 청소를 하고 중간에 산책을 하고 있었다. 건강관리하기에 아주 좋은 직장 같다. 그중 한 분의 얼굴이 삼국지의 장비를 닮아서 우리는 그분이 멀리서 보이면 늘 웃으며 "오늘도 장비가 지나가네."라고 이야기한다.

중간에 공원 관리 조끼를 입은 여자분들을 만났다. 지나가면서 하는 이야기를 들으니 자기들이 편한 줄 아는데 자기들도 힘들다고 반장한테 말하자고 하고 있었다. 사실 나도 그 아주머니들이 너무 놀고먹는다고 생각을 했었는데 무엇이 힘든지 모르겠다. 한 무리의 젊은이들이 땀을 뻘뻘 흘리며 달리기를 하고 있었다. 그 모습이 힘이 있어 보이고 생기가 있어 보이고 참 좋았다. 나도 저런 때가 있었던가, 참 부러웠다. 열심히 자전거 페달을 돌리는 아저씨가 지나갔다. 잠시 의자에 앉아서 나무를 바라봤다. 세상에 매미가 다닥다닥 붙어 있었다. 매미가 짝을 쫓아서 아주 열심히 가고 있었다. 한 마리를 향해 두 마리가 경쟁을 하고 있었다. 요란한 매미 소리도 짝짓기가 끝나면 없어지겠지. 앞에서는 잔디 깎는 기계가 시동이 걸리지 않아서 여러 명의 아저씨들이 달라붙어서 줄을 당기고 있었다. 소리와 매연만 심하게 나지 계속 시동이 꺼지고 있었다. 잠시 후 한 아주머니가 오더니 끈을 살짝 당겼다 놓았다. '부르릉' 하고 시동이 걸렸다. 요즘은 시동을 거는 것도 여자들이 잘하나 보다. 길가에 트럭 장사 아저씨가 있는데 아주 저렴하게 팔아서 사람들이 붐빈다. 며칠 동안 보이지 않아서 어디가 아픈가 걱정을 했었는데 오늘은 벌써 다 팔았는지 장사를 접고 있었다. 많이 팔아서 돈을 잘 벌었으면 좋겠다. 그 옆에는 항상 더덕을 까서 파는 할머니가 앉아 있다. 길가 할머니들이 판다고 더 싼 것은 아니다.

아침 산책길에 참 많은 사람을 만났다. 내가 본 산책길 풍경에 우리처럼 나이 들어서 부부가 함께 걷는 것보다 대부분이 할머니들끼리 가시거나 또는 할아버지 혼자 지나가는 경우가 많은데 할아버지들이 다 일찍 돌아가셨나 궁금하다. 하기야 우리 아파트에도 거의 할머니들만 산책을 하시지 할아버지들은 거동이 불편하시거나 돌아가신 분들이 많다. 산책로에 나이 드신 분들이 많은데 노인들이 열심히 산책을 하는 것도 나라를 위하는 길이다. 그들이 건강해서 병원을 덜 가면 그만큼 의료보험 재정이 튼튼해지고 자식들도 덜 힘들 것이기 때문이다.

오늘도 산책로에서 삶의 모습은 달라도 다 그들 나름대로 건강을 위해서 열심히 운동을 하시거나 돈을 벌기 위해서 열심히 일을 하는 참으로 많은 사람들을 만났다. 열심히 사는 모든 분들이 다 행복하고 건강했으면 좋겠다.

2022

경이로운 생명

후배는 참 사람이 선하고 남을 배려할 줄 알며 진중하여 큰소리 한 번 낼 줄 모르는 좋은 사람이다. 학생에게도 참 좋은 교사였는데 최근에 교장으로 정년퇴임을 했다. 아마도 그 학교 학생과 선생님들도 교장선생님을 만나 행복했을 것이다.

자주 만나니 이런저런 이야기를 나누게 되는데 오래전에 결혼한 딸이 지금까지 아이가 생기지 않아서 걱정이 많다고 했다. 시험관 아기를 여러 번 시도했으나 번번이 실패를 해서 딸이 너무 힘들어한다고 했다. 이제는 딸도 지쳐서 옆에서 엄마도 말을 꺼내기가 어렵다고 했다. 그 뒤로는 나도 의식적으로 물어보지 않았고 그렇게 수년이 지나갔다.

올봄에 둘이서 밥을 먹기로 해서 공덕역 부근에서 만났다. 그런데 지하철 출구에서 안 나오고 다른 방향에서 오는 것이다. 어디 들러서 오는 길이냐고 물었더니 딸이 다니는 병원이 이 근처라 고마운 병원이 어떤 병원인지 한번 가 봤다는 것이다. 그러면서 지금 다니는 병원에서 시험관 아기가 성공했다는 것이다. 이제 안정기에 접어들었으니 집 가까운 병원에 다니라고 했단다. 결혼 8년 만에 들어선 아기라고 한다.

세상에 내가 그렇게 기쁠 수가 없었다. 내가 이렇게 기쁜데 친정 엄마는 오죽했으랴. 아마도 임신 소식을 듣는 순간 소리 내어 울었을 것이다.

나는 그 소식을 듣고 바로 축하금을 주었다. 엄마가 봉투에 넣어서 딸에게 줄 때 편지에 쓸 문구를 말해 줬다. 새 생명이 우리에게 와 줘서 고맙다고, 우리 모두는 두 손 벌려 환영한다고, 우리 모두는 너의 수호천사가 되어 줄 것이라고, 건강하게 태어나길 기원한다고 했다.

나중에 사진이 왔는데 꽃다발에 내가 불러 준 내용을 예쁘게 쓴 카드가 놓여 있었다. 그리고 카톡이 왔다. '교장쌤! 오늘 정말 감사했습니다. 오늘 또 많이 배웠습니다. 늘 진정성 있게 감동이 있는 만남에 감사드립니다. 저의 딸아이도 너무 좋아했어요. 정말 감사하다는 말씀을 전해 드립니다. 행복한 인생이 어떤 건지 실제로 몸소 보여 주셔서 감사합니다. 사랑합니다. 존경합니다.'

어제는 내가 참 사랑하는 아주 멋있는 남동생이 술기운이 약간 올랐는지 "누님, 존경합니다."라고 전화를 하더니 며칠 전 식사 자리에서는 함께 근무했던 동료 교사가 교장선생님을 사랑하고 존경한다고 했는데 오늘 후배 교사에게까지 사랑하고 존경한다는 소리를 듣게 되니 철없이 마음이 뿌듯했다.

법정 선생님의 글이 생각났다. '누가 내 면전에서 나를 존경한다는 말을 할 때 나는 당혹감으로 몸 둘 바를 몰라 한다. 그리고 그런 말에 내심 불쾌감을 느낀다. 그런 말에 속아서는 안 된다. 타인으로부터의 존경은 눈에 보이지 않는 굴레요, 덫이다.' 법정 선생님은 존경한다는 말을 늘 들으셔서, 존경받아 마땅한 분이셔서 그랬을 것 같다. 모든 면에서 부족한 사람인 나한테 단 한 사람만이라도 존경한다고 하면 철없이 우쭐해도 되지 않겠는가 싶다.

나는 답장을 보냈다. "나도 감동이었어. 지금 친구가 선물한 책을 읽고 있는데 이런 구절이 있네. '좋고 소중한 것들은 지금 다 당신 앞에 있습니다.'" 후배가 "모든 순간이 감동입니다. 저도 이젠 행복합니다. 손주가 생긴다는 것이 경이로워요."라고 답을 보내 왔다. 새 생명이 태어난다는 것. 그보다 더 경이로운 일은 없을 것이다. 후배는 손주 때문에 오래오래 행복할 것이다.

그리고 오늘 전화가 왔다. 자기가 할머니가 되었다는 것이다. 세상에 엊그제 만나서 임신 축하를 했던 것 같은데 세월이 이렇게 빨리 가다니 놀라웠다. 그렇지. 봄에 만났고 지금은 늦가을이니까 태어날 때가 되었네. 참으로 기뻐하며 축하하고 또 축하를 했다. 한 생명이 온 가족에게 기쁨을 주고 행복을 주고 웃음을 주었다. 또 하나의 새로운 우주가 만들어지는 것이다.

아가야, 너의 미래가 찬란하게 빛나길 기원한다. 건강하고 멋지게 잘 자라 부모의 기쁨이 되고 희망이 되거라. 나중에 그 그늘 아래서 너의 늙은 부모와 어린 자녀가 쉴 수 있도록 아름드리나무로 성장하거라. 우리 모두 물 주고 거름을 줄 것이다.

2022

슬기로운 의사생활을 보면서

요즘 인기 드라마 〈슬기로운 의사생활〉에 출혈성 쇼크로 아이가 구급차에 실려서 응급실로 오는 장면이 나왔다.

장겨울 의사가 보호자에게 상황을 설명하는데 "환자는 CT를 찍어 봐야 알겠지만 현재 상황으로는 맥박도 안 잡히는 상태라 잘 버틸지 모르겠습니다. 소생할 가망이 없습니다."라고 단호하게 설명을 한다. 이에 엄마는 아이 이름을 부르며 "저는 아이가 없으면 살 수 없습니다."라고 절망적으로 오열을 한다. 이때 소아외과 안정원 교수가 보호자에게 다가가 말을 한다. "지금 상황이 안 좋은 것은 아는데 저희가 할 수 있는 최선을 다하고 있습니다. CT 결과 나오면 다시 말씀드리겠습니다. 어머니, 아직 모릅니다." 교수는 장겨울 의사를 불러 전공의 몇 년 차냐고 묻는다. "3년 차입니다. 교수님, 소생 가능성이 없다는 제 말이 맞잖아요, 보호자도 상황을 알 필요가 있다고 생각했습니다."라고 대답을 한다. 그때 안정원 교수가 하는 말이 "장겨울 선생님, 이런 상황에서 보호자한테 이야기해 줄 수 있는 말은 '더 지켜봐야 합니다. 장담할 수 없습니다.'입니다. 의사는 말에 책임을 져야 하기 때문에 의사가 환자한테 확실하게 해 줄 수 있는 말은 딱 하나입니다. 최선을 다하겠습니다. 그 말 하나밖에 없습니다."라고 말을 한다. 그때 "CT 결과 나왔습니다. 아이 생명에 지장 없습니다."라고 안정원 교수에게 보고가 들어온다.

이 장면을 보면서 우리 작은딸이 만 4년 몇 개월 때 트럭에 치이는 교통 사고가 나서 원광대 병원 응급실로 실려 갔던 일이 떠올랐다. 나는 소식을 듣고 정신없이 병원 응급실로 갔다. 그때 의사가 했던 말을 수십 년이 지난 지금도 똑똑히 기억하고 있는데 "다리를 자를 수도 있습니다."였다. 머리와 다리를 그 어린 것이 심하게 다쳐서 보는 내가 아무 정신이 없는 상황에 그 의사의 충격적인 말은 나를 절망에 빠뜨렸다. 그 어떤 엄마가 이런 상황에 울지 않겠는가. 나는 죽을 것 같은 고통 속에 창자가 뒤틀리게 울었다. 그때 또 그 의사는 나에게 울면 뭐가 나아지냐고 응급실에서 조용히 하라고 호통을 쳤다. 아마 그때도 젊은 전공의였던 것 같다. 나는 그 순간 내 인생도 끝나고 우리 작은딸 인생도 끝났다는 생각이 들었다. 그렇게 큰 슬픔은 말로 설명할 수가 없다. 그때 그 순간이 내 인생에서 최고의 절망적 시기였기에 수십 년이 지난 지금도 선명히 기억이 된다. 나중에 교수가 와서는 다리를 자르는 상황은 오지 않을 것 같다고 안심을 시켰었다.

〈슬기로운 의사생활〉 드라마가 이 장면은 참 잘 짚어 주었다는 생각을 했다.

그 당시 다음 날 출근을 해서 교감에게 이 상황을 설명드리면서 "오늘 조퇴를 해야 할 것 같습니다."라고 했더니 대뜸 하는 말이 "간병인 안 쓰세요?"였다. 세상에 단 한마디의 위로의 말도 없이 첫날 의사 면담하러 가야 되는 상황에서 하는 말이 "간병인 안 쓰세요?"라니 참으로 가슴에 못이 박히게 서운했다. 이 한마디는 또 내 교직 생활 중에 나를 다시 돌아보게 하는 말이 되었다. 나는 그때 나중에 내가 관리자가 된다면 절대 저런 관리

자는 되지 말자고 다짐을 했다. 그 말이 나의 교감, 교장 시절에 나를 좀 더 포용력 있고 배려하는 관리자가 되게 하는 자양분이 되었다. 그때 같은 입원실에 두 다리가 잘린 아이가 있었는데 어린 그 아이는 병원 생활을 오래 했는지 목발을 짚고 다니며 재롱을 떨며 잘 놀았으나 나는 나중에 커서 저 아이가 어떻게 이 세상을 살아갈까, 저 아이의 부모는 또 어떻게 살아갈까, 참으로 가슴이 먹먹해지며 아팠다. 장애인이 되는 것은 한순간이었다.

어느 날 퇴근하고 병실에 들어가는데 심하게 구역질하며 우는 소리가 입원실 밖까지 들리는 것이다. 들어가 보니 작은딸이었다. 의사 선생님이 구역질을 하면 뇌에 이상이 있는 것이라고 했기에 나는 또다시 깊고 깊은 절망에 빠졌다. 아이는 급히 CT실로 옮겨졌고 아이가 울어서 나도 함께 들어갔는데 아이가 얼마나 울며 놀랐는지 오줌을 CT실 벽에 뿌렸던 기억이 생생하다. 얼굴 한쪽이 완전히 파랗게 멍 든 작은딸은 그렇게 오랫동안 입원실에서 수술을 하고 이식을 하면서 힘든 시간을 건더 냈다. 우리 작은딸이 정상적으로 걷고 생각할 수 있다면 더 이상 바랄 것이 없다고 나는 기도하고 또 기도했었다. 참으로 다행히 천성적으로 유쾌한 작은딸은 지금 건강하게 두 아이의 엄마로 공무원으로 잘 살고 있다.

〈슬기로운 의사생활〉 드라마에서 절망에 빠져 우는 보호자를 보며 나의 과거 모습이 그대로 투영되어 나도 함께 절절히 울면서 공감한 날이다.

2022

절친

나이가 들수록 중요한 것은 친구라고 아침부터 카톡이 옵니다. 친구에 대해 생각해 봅니다.

나에게는 일당백의 친구가 있습니다. 사귄 지 43년이나 되었으니 꽤 오래된 묵은 친구입니다. 사귄 첫해 이 친구가 대단한 친구라는 것을 알았습니다. 어찌 이런 사람이 있을까 깜짝 놀랐거든요. 무엇 때문에 놀랐냐고요? 처음 만나서 서로를 잘 모르던 첫해에 덜렁거리고 늘 아프고 실수투성이인 나에게 화를 낸 적이 없거든요. 사실 이 친구한테 내가 심각한 디스크가 있다는 것을 비밀로 하고 만났는데요. 그게 바로 입원을 하는 통에 들통이 나 버렸는데도 어찌 그리 디스크 환자란 말을 한 번도 입에 담지 않을 수 있는지 어린 내 마음에 참 신기했습니다. 그런데 그 후 43년간 그 깊은 마음이 변함이 없으니 친구를 참 잘 만난 것이지요.

이 친구가 가장 좋아하고 즐겨 쓰는 말은 '미안해.'입니다. 사실 미안할 것도 없는데 내가 잔소리를 해대면 날 바라보고 웃으며 '미안해.' 하면 나도 웃게 됩니다. 요즘은 나도 그 수법을 배워서 종종 '미안해.'를 써 봅니다. 참 좋은 말입니다. 아마 이 말 때문에 평생 다투지 않고 지낼 수 있었는지도 모르겠습니다.

살면서 내가 힘들 때는 늘 이 친구에게 하소연을 합니다. 그러면 늘 들어 주고 내 편이 되어 주는데 그러고 나면 힘든 일도 별일이 아니게 됩니다. 이 친구가 없었다면 아마 내 인생이 참 고달팠을 수 있는데 든든하게 뒤에서 응원해 주는 이 친구 덕에 용기를 내서 다시 도전하고 일어설 수 있었습니다. 사실 이 친구의 삶은 평생 나를 위해서 살았다고 해도 과언이 아닙니다. 어찌 인생에 이런 친구가 있을까요.

이 친구가 내 뒤에 서 있다는 것만으로도 나는 늘 힘이 나고 기분이 좋습니다. 세월이 갈수록 우리의 관계가 더 진국이 되어 갑니다. 이제는 서로가 없으면 삶이 안 되는 관계가 되어 버렸습니다. 참 아름답게 가꾸어 온 43년입니다. 앞으로 우리가 얼마나 더 함께할 시간이 있는지 모르겠습니다. 이 친구가 없는 삶은 생각하지 않으려고 합니다. 생각하는 것 자체가 슬픔이거든요. 이제는 서로 여기저기 아프고 웃기게도 똑같이 기억력이 흐려져 얼마 전에는 이런 일이 있었습니다. 지금 먹고 있는 빵 이름을 아냐고 하기에 나는 머릿속으로 열심히 생각했는데 생각이 나지 않았습니다. 친구가 말해 줄까 하기에 나도 아니까 기다리라고 했는데 자기도 조금 있으면 도로 잊어버릴 것 같으니 말해야겠다고 합니다. 그러더니 '치아바타'라고 합니다. 그러고는 둘이서 한참을 웃었습니다. 이러다 서로를 몰라보는 날이 올지도 모르겠습니다.

그날이 오기 전에 서로를 열심히 사랑하고 또 함께 있는 시간을 즐겨야 할 것 같습니다. 사실 지금까지 이 친구가 나를 사랑한 것보다 내가 이 친구를 더 사랑했습니다. 신기하게도 43년간 그저 나는 이 친구가 좋았으니까요. 이 친구를 생각하는 것만으로도 어떤 때는 눈물이 나기도 했답니다. 내가 이 친구를 사귄 것이 나에게 참으로 큰 복이었습니다. 만약 이 친구를 만나지 못했다면 내 삶이 이렇게 행복하지는 않았을 것입니다.

이번 생의 소풍은 이 친구를 만나서 햇살 가득한 소풍길이 되었습니다.

2022

엄마, 엄마

온 가족이 오색그린야드 리조트로 일박 이일 여행을 갔다. 어쩌다 보니 친정 엄마를 모시고 우리 7남매와 그 가족 19명이 함께하는 큰 행사가 되었다.

낙산사를 둘러보고 주전골을 둘러보고 온천욕을 했다. 온천탕에서 동생이 머리도 감겨 주고 등도 밀어 주는 호사를 누렸다. 꾹꾹 눌러 주며 머리를 감겨 주니 온몸이 시원했다. 저녁에 모두 모여서 삼겹살에 맥주잔을 기울이니 그 맛이 꿀맛이라 방 안에 웃음이 가득하였다. 행복해 보이는 웃음 가득한 얼굴이 참으로 좋아 보였다. 이보다 더 아름다운 장면이 있을까 싶다. 밥을 먹고 난 뒤 우리 형제들이 좋아하는 고스톱을 치니 이보다 더 신나는 일이 없다. 우리 형제들은 화투를 좋아하는 DNA가 있는 것이 틀림없다. 화투를 치는 동안 또 웃음이 떠나지 않으니 호떡집에 불난 것보다 더 시끄럽다.

밤이 깊어져 다른 가족들은 잠자리로 들어가고 신기하게 아들 하나에 딸 여섯 우리 7남매만 엄마를 둘러싸고 앉기도 하고 눕기도 한 상태로 옹기종기 모였다. 서로가 서로를 안마를 해 주며 아프다고 엄살을 부리는 그 모습이 참으로 보기에 좋았다.

칠 남매가 어찌 그리 건강하게 잘 자랐는지 자랐다기보다 잘 늙어 간다고 해야 될 것 같기도 한데 구순 엄마 옆에서 손주가 중학생인 칠순 딸이 아이가 되어서 어릴 때 엄마가 지글지글 끓여 주던 밥이 맛이 있었다고 입맛을 다신다. 여기에 구수한 입담이 최고인 동생들 덕에 나도 젊어지는 기분이다. 어찌 그리 유머가 멋진지 절로 웃음이 난다. 모임을 주최한 맏이인 나는 좀 일찍 자려고 잠자리에 들었는데 방에서 들으니 엄마를 부르는 소리가 수십 번도 더 들린다. "엄마, 엄마." 무슨 할 말이 그리 많은지 계속 부른다. 그 소리가 어찌나 듣기 좋은지 모르겠다. 작은 소리에도 까르르까르르 마치 사춘기 소녀들처럼 동생들이 웃는다. 그렇게 좋은가 보다. 둘도 모이기 힘든 세상에 칠 남매가 방귀만 뀌어도 모이니 신기한 일이다. 동생들이 뭐라고 했는지 엄마가 큰 소리로 웃는다. 그 웃음소리가 어찌나 힘이 있는지 아직도 청년 같다. 그 웃음소리가 멋지고 듣기에 좋다. 참으로 행복한 노후를 보내고 있는 복이 많은 엄마다.

구순이 가까운 나이에 등을 꼿꼿이 세우고 잘 걸으며 자식들과 장거리 여행도 다니고 온천도 다니고 함께 놀기도 하는 엄마가 참으로 장하고 자랑스럽다. 그리고 고맙다. 엄마 웃음소리를 자장가 삼아 칠 남매가 잠이 들었다. 아마 동생들은 자면서도 엄마 꿈을 꿀 것이다. 엄마를 모시고 칠 남매가 함께한 이 시간이 참으로 좋았다.

가족에게 맛난 음식을 대접하는 것을 낙으로 여기는 멋진 남동생 부부 덕에 다음 날 점심으로 대가족이 맛난 송어회를 먹고 행복한 추억을 가득 품고 각자 집으로 향했다.

2022

엄마 마음

오래전에 잡아 놓은 2박 3일 일정이라 강추위 예보가 있는데도 항시 여행지에 도착하고 나면 또 다른 즐거움이 기다리고 있었다는 것에 기대를 걸고 출발을 했다. 우리가 지나가는 길은 눈이 덜 오는데 서울은 눈이 많이 온다고 한다. 남편 나이도 있고 또 우리 차가 후륜구동이라 눈길에 아주 취약해서 눈이 많이 온다면 큰일이다.

여행 가는 길에 엄마 전화를 받았다. 늘 여행을 좋아하는 우리 부부가 한파주의보가 내리고 눈이 온다는 오늘 혹시나 여행 중일까 싶어서 전화를 하셨다고 한다. 2박 3일 여행을 가는 중이고 지금 우리가 가는 곳은 눈이 안 온다고 말씀을 드렸더니 조심하라고 하신다. 가다가 아산스파비스에서 온천욕을 했다. 탕이 아주 넓고 햇빛이 천장을 통과하게 되어 있어서 참 좋았다. 뜨거운 물에 들어갔다가 사우나에 갔다가 또 뜨거운 돌판 위에 누웠다가 하니 시간이 금방 갔다. 기분이 좋고 몸도 개운했다. 외암민속마을을 들러서 숙소로 왔다. 날이 비가 왔다가 눈이 왔다가 아주 안 좋다. 우리가 숙소에 들어간 뒤에는 거센 강풍이 분다. 뉴스를 보니 충청도 해안 일대에 강풍주의보가 내렸다고 한다. 유리창이 덜컹거리는 소리가 요란하다. 남편이 폭설주의보까지 내렸다고 그냥 내일 올라가자고 해서 그렇게 하기로 했다. 아침에 일어나 밖을 보니 눈이 많이 쌓이지는 않았다.

날이 추워서 길이 얼었으면 어쩌나 걱정이 되었다. 다행히 도로는 염화칼슘을 뿌렸는지 눈이 녹아 있었다. 홍원항 경매 때 갑오징어가 상당히 많이 나오기에 한 박스 사 가지고 가려고 들렀는데 상점이 다 문을 닫고 너무 한가했다. 한 집만 문을 열어서 가 보니 어젯밤 강풍에 배들이 나가지 못해서 다 문을 닫았다고 한다.

수덕사에 들러서 집으로 오기로 했다. 수덕사에는 눈이 수북이 쌓여 있었다. 눈꽃이 핀 산사도 아름답고 오는 길에 차 안에서 보는 숲길에 소복이 쌓인 눈들도 올겨울 들어 처음 보는 아름다움이었다. 집 안에만 있었으면 이런 절경을 보지 못했으리라. 엄마에게서 또 전화가 왔다. 지금 어디냐고, 눈이 많이 오는데 괜찮냐고. 그래서 지금 하룻밤만 자고 올라가는 중이라고 가는 길은 안전하다고 말씀드렸다. 이렇게 날씨가 안 좋은 겨울은 위험하니 여행을 좀 삼가라고 하신다.

오는 길에 나들목에서 우리 차가 옆으로 핑 돌면서 미끄러졌는데 마침 맞은편에서 버스가 오고 있었다. 순간 가슴이 철렁했으나 우리 차가 다시 방향을 잘 잡고 지나갔다. 사고는 순식간에 날 수 있는 것이었다. 마침 그때 정면에서 버스가 바로 안 오고 조금 멀리서 오고 있었으니 천만다행이었다.

집에 도착해서 사 온 수산물 정리하랴, 짐 정리하랴, 바빠서 엄마에게 도착 전화 드린다는 생각을 못 했다. 다음 날 아침 일찍 또 전화가 왔다. 집에 잘 도착했냐고. 엄마는 그동안 계속 우리 걱정만 하고 계셨던 것이다. 울컥한 내가 남편에게 말했다. 이 세상에서 내 걱정 가장 많이 하는 사람은 우리 엄마라고. 엄마 때문에 내가 오래오래 건강하게 살아야겠다고.

생각나는 장면이 있다. 시골집을 다녀가는 아들 차가 출발을 하는데 뒤에서 늙은 어미가 떠나는 아들 차를 바라보며 어둠속에서 연신 두 손을 비비면서 허리를 굽혀 절을 하고 있었다. 아마도 천지신명께, 하느님께, 부처님께 우리 아들 무사히 집에 도착하도록 해 달라고 기도를 하고 있을 것이다. 나는 그 장면을 보고 울었었다. 우리 엄마도 내가 눈길에 안전하게 도착하게 해 달라고 계속 기도하고 계셨던 것이다. 아마도 엄마의 기도 덕에 차가 눈길에 미끄러져 옆으로 핑 돌았는데도 사고를 면하고 무탈하게 집에 왔나 보다. 마치 내가 주말에 우리 집에 다녀간 자식들이 집에 잘 도착했다는 연락이 조금만 늦어져도 가슴이 두근거리는 것처럼 부모는 자식 걱정이 끝이 없는 것 같다.

지금 TV 프로그램에 얼굴에 검은 점이 가득한 할머니가 나오는데 자식이 아홉인데 한 명이 먼저 저세상으로 갔다고 한다. 할머니가 잠을 잘 때나 먼저 간 자식을 잊어버리지 늘 이 가슴 한가운데가 아프다고 말하고 있었다. 소원이 있으면 말해 보라고 하니까 "내 소원은 남은 자식들 건강하게 사는 것 딱 한 가지뿐이야."라고 한다.

구순의 우리 엄마가 칠순 딸 걱정을 그리 하시니 엄마라는 존재는 도대체 무엇일까. 엄마가 하느님이다.

2022

작은 거인

수영장에서 처음 만난 분이라 얼굴도 모르는데 만날 때마다 공손히 인사를 하는 분이 있다. 키도 작으시고 몸집도 작으신 내 또래로 보이는 분인데 언제든지 먼저 인사를 하는 것이다.

그런데 오늘 샤워실에서 아름다운 장면을 보았다. 평소에는 앞만 보고 샤워를 하기 때문에 남들을 볼 수 없었는데 오늘은 몸이 안 좋아서 목덜미에 뜨거운 물로 마사지를 하느라고 뒤를 돌아봤다.

팔십이 넘으셨는데도 참으로 체력도 좋으시고 온후한 분이 계신데 인사 잘 하시는 분이 그분을 정성껏 안마를 해 드리고 있는 것이다. 등을 밀어드리더니 머리 마사지를 아주 시원하게 해 드리고 있었다. 그것으로 끝인가 했더니 어깨며 등을 주물러 드리고 있었다. 이제는 끝인가 했더니 그 작은 몸집으로 자기 몸을 등 뒤에 대더니 상대방 몸을 들어 올리면서 몸을 쭉 펴 주고 있는 것이다. 완벽하게 해 드리고 있었다. 엄청 시원하신지 고맙다고 시원하다고 연신 말씀하고 계셨다. 거의 전문가 수준이었다. 수영을 하고 나면 피곤한데 그 작은 몸집 어디서 그런 힘이 나오는지 대단해 보이고 그 모습이 참으로 아름다워 보였다. 절대 사람을 외모로 판단해서는 안 된다. 그분은 작은 거인이었다.

2022

퇴임 후 사귄 좋은 친구들

학교의 특성상 4년마다 옮겨 다니기 때문에 학교에서 사귄 친구들이 많기에 퇴임 후에 또 친구를 사귈 수 있을 것이라고는 생각을 못 했다.

퇴임 후 딸네 집 아기 보러 다니면서 수영을 처음 배우기 시작했는데 그때 같은 레인에서 수영하던 사람들이 신기하게도 모두 나이가 비슷했다. 거기다가 모두 참으로 착하고 선한 사람들이었다. 그래서 자연스럽게 밥도 먹고 차도 마시다 보니 모임을 만들게 되었다. 나는 집이 아주 먼 데다가 몇 년 전에 딸이 이사를 가서 그쪽에 갈 일이 없는데도 자주 만나지는 못하지만 지금까지 수년 동안 만나고 있다. 그 친구들을 만날 때마다 내 마음이 선해지고 젊어지게 되고 많이 웃게 되니 좋은 친구들을 사귄 것이 맞다. 나이 들어 참 좋은 친구들을 사귀었다.

딸네 집에 안 간 뒤로 동네 탁구장 동호회를 다니는데 여기서도 같은 아파트에 사시는 분인데 나이가 비슷하고 탁구 실력도 비슷한 참 좋은 분을 만났다. 탁구는 혼자 칠 수 없기에 짝꿍이 있으면 참 좋은데 아주 좋은 짝꿍이 생긴 것이다. 거기다가 매주 두세 번씩 만나니 이보다 더 가까운 친구가 없다.

지금도 늘 도서관에서 책을 빌려 읽고 수년 동안 아침밥을 준비하면서 매일 영어 방송을 듣는다고 하는데 책을 많이 읽고 늘 공부를 해서 그런지 이 나이가 되어서도 파이팅을 외치고 기합을 넣고 한 점 얻을 때마다 환호하고 한 점을 잃으면 절망하는 털털하고 철없는 나와 달리 사람이 아주 편안하고 정갈하고 올곧다.

같은 아파트 살면서 자주 만나면 가장 가까운 친구가 아닌가 싶다. 이 친구가 있어서 탁구장에 가는 것이 재미가 있고 탁구 치는 동안 신이 난다.

앞으로 오래오래 건강하게 이 친구와 탁구를 칠 수 있다면 인생이 참 행복할 것 같다.

2022

허당 선생

후배 자녀 결혼식이 있어서 많은 사람과 접촉을 했는데 다음 날 목이 약간 간질거리고 기침이 나면서 컨디션이 안 좋다. 저녁에는 온 가족이 모여 밥을 먹었다. 아이들이 가고 난 후 몸이 몹시 피곤하여 바로 잠이 들었는데 깨 보니 아침 7시다. 12시간을 잔 것이다. 남편이 자면서 기침을 했다고 병원에 가 보라고 한다. 오늘 코로나 확진 판정을 받았다. 주변 사람들이 많이 걸렸어도 나는 걸리지 않았는데 처음 걸린 것이다. 예식장에서 옮은 것 같다.

자식들 카톡방에 엄마가 코로나 걸렸는데 다른 식구들은 이상이 없냐고 물었더니 다들 이상 없다고 답이 오고 전화가 계속 온다. 아기까지 14명이 모여 밥 먹고 노래하고 했는데 다들 이상이 없다니 다행이다. 세상에 하루에 먹어야 할 약이 26알이나 된다. 먹으라는 대로 다 먹고 7시에 잠자리에 들었는데 일어나 보니 아침 7시다. 12시간을 잤다. 방에서 나오지 못해서 낮에 잔 것까지 합하면 아마 15시간도 더 잔 것 같다. 잠을 많이 자서 그런지 어제보다 오늘은 훨씬 몸이 편하다. 기침을 조금 할 뿐 가래도 없고 머리도 띵하지 않고 기력도 좋다. 코로나로 죽는 사람도 있다는 생각에 겁이 나기도 하지만 4차 예방접종까지 맞았으니 순하게 지나가려나 보다.

아들에게서 전화가 왔다. 며느리와 며느리 친정 엄마가 음식을 만들어 주셔서 지금 가져가는 중이라고 엄마 집에 거의 다 와 간다는 것이다. 잠시 후에 아들이 현관문을 열기에 입구에 서 있었더니 아들이 "아, 물건을 놓고 왔다." 하면서 차로 다시 내려갔다. 세상에 그냥 맨손으로 막 우리 집으로 올라온 것이다. 정작 전해 줄 물건은 차에서 가지고 내리지도 않은 것이다. 나는 이 상황이 너무나 웃겨서 계속 웃음이 나왔다. 역시 '허당 최 선생'이 맞다.

잠시 후에 한 보따리를 들고 아들이 들어왔다. 며느리가 만든 생강, 배, 대추 달인 물하고 며느리 친정에서 보낸 호박생강 식혜와 동치미 한 통하고 삼계탕이 들어 있었다. 먹어 보니 그렇게 진하고 맛이 좋을 수가 없다. 알싸하니 목에 아주 좋을 것 같다. 어제 친구가 전화로 코로나에는 삼계탕이 좋다고 하더니 며느리가 마침 삼계탕을 보내 주었다. 조퇴까지 하고 엄마 집에 음식을 들고 온 아들도 착하지만 며느리가 더없이 현명하고 착하다. 또 며느리 친정 엄마가 참으로 배려심이 많다. 착한 아들이 "엄마, 심심하면 놀아 드릴까?" 한다. 세상에 남들 같으면 어린 자기 자식들 생각해서 엄마를 위험 바이러스로 볼 텐데 말이다. 격리 중이라 사람 못 만난다고 집에 가라고 했더니 내려간다. 저녁에 삼계탕을 먹는데 맛이 좋았다. 아마도 며느리의 따뜻한 마음 때문에 더 맛있게 먹은 것 같다. 어찌 이런 생각을 했을꼬. 대단하다. 코로나에 걸려서 몸은 좀 힘들어도 내가 아들, 며느리, 사돈에게서 받은 정 때문에 마음은 더 따뜻해졌다.

저녁에 남편이 들어오기에 나는 오늘 있었던 '허당 최 선생' 사건에 대해 이야기를 하면서 또 한참을 웃었다. 그래도 우리는 그 헐렁한 '허당' 선생을 사랑한다.

2022

팥죽을 먹으며 생각하다

코로나에 걸려서 격리 중인데 밤중에 띠띠띠 소리가 들려서 지난번에는 아들이 다녀갔는데 이번에는 누군가 했더니 큰딸이 음식을 한 보따리 들고 왔다. 열어 보니 입맛을 돋워 줄 팥죽과 순대가 한가득 들어 있었다. 먹어 보니 아주 맛이 좋았다. 팥죽을 먹으면서 큰딸이 코로나에 걸려서 격리 중일 때 요리 실력이 없는 내가 인터넷을 뒤져서 일주일 내내 한 가족이 먹을 만큼의 새로운 음식을 해서 저녁마다 문 앞에 두고 왔던 일이 생각났다. 손주들이 매일 할미가 해 준 음식이 최고로 맛있다고 해서 해 주는 내가 더 뿌듯했었다.

그러면서 이 세상에 거저 얻어지는 것은 없다는 생각을 하게 되었다. 자식들을 기르는 수고로움이 없었다면 노후에 자식들에게 보살핌 받는 일도 없을 것이다. 부모 자식 관계뿐이 아니라 모든 인간관계가 그렇다. 부부 관계도 그렇다. 함부로 대하고 정성을 다하지 않으면 아름다운 부부 관계가 이루어질 수 있겠는가. 친구 관계도 마찬가지다. 마음을 주고 배려해야 오래오래 친구 관계가 유지되지 내가 마음을 주지 않고 받으려고만 하면 친구도 나에게 마음을 주지 않을 것이다. 이웃과의 관계도, 동료와의 관계도, 형제와의 관계도 모두가 정성이 필요한 것이다. 내가 먼저 손을 내밀어 상대방에게 마음을 줄 때 상대방도 나에게 마음을 주는 것이다. 상대방이 틀린 것이 아니라 나와 다름을 인정하면 그리 나쁜 사람은 없다는 생각이다.

아침마다 맨 먼저 베란다에 나가서 화분에 있는 식물들과 대화로 하루를 시작하는데 꽃도 마찬가지다. 매일매일 돌봐야 된다. 며칠만 돌보지 않으면 물이 없어서 말라서 죽고 어떤 것은 진드기가 완전히 점령을 해서 잎이 시들고 만다. 매일 물 주고 보살펴야 식물도 우리에게 기쁨을 주는 것이다. 하물며 식물도 그런데 인간관계야 말할 나위가 없다. 이 세상에 공짜는 없다.

물론 내 의지대로 되지 않는 것도 많다. 살다가 예기치 않게 갑자기 재난을 당하는 일이 많은데 그것은 신의 영역이라 생각하면 된다. 내가 무슨 큰 죄를 지어서 그런 것이 아니라 불운의 파편이 날아다니다가 어쩌다 나에게 떨어진 것일 뿐이다. '진인사대천명'이라고 그저 우리는 사람의 도리를 다하면 되는 것이다.

나 혼자 살 수는 없다. 우리는 모두 나팔꽃인 것이다. 우리 모두 누군가의 지지를 받으며 살아가는 것이다. 요즘 우리나라 자살률이 아주 높다고 하는데 누군가 한 사람이라도 손을 내밀어 도왔다면 그 아까운 목숨을 스스로 버리지는 않았을 것이다. 수없이 많은 손이 나를 위해 손을 내밀어 주었기 때문에 오늘의 내가 있는 것이다. 오늘 하루가 선물인 것이다.

2022

어머니와 함께 아름다운 고향에서

퇴직하면 고향에 가서 노모의 벗이 되어 살겠다고 한 후배는 퇴직 전에 고향에 집을 짓기 시작하더니 퇴직 후에 집을 다 지었다고 우리를 초대했다. 시골집은 참으로 예쁘고 정갈하고 안온하고 아름다웠다. 볕이 잘 드는 앞마당에 예쁜 꽃들이 흐드러지게 피어서 우리를 반기고 있었다. 요리솜씨가 좋은 후배의 동생이 직접 만들었다는 음식은 화려하고 정갈하고 일류 요리사 이상의 솜씨였다. 어머니는 아주 예쁘게 나이 드셔서 딸의 효도를 받고 계셨다. 고향집은 편안함 그 자체였다. 뒷동산에는 벚꽃이 만발하고 후배의 고향 친구들이 다녔을 초등학교는 큰 아름드리나무가 학교를 지키고 있었다. 깔끔하고 멋진 천주교회가 있었는데 후배는 교회에서 하는 모든 프로그램에 열심히 참여하며 공부를 하면서 진실한 신자가 되어 있었다. 고향집과 마을을 둘러보며 여기에서 살면 참 행복하겠다 싶었다.

어느 날 어머니가 돌아가셨다고 해서 우리는 코로나 와중에도 조문을 갔었는데 어머니 모시고 산 기간이 벌써 4년이 넘었다고 한다. 엊그제 빨간 우체통이 있는 꽃이 흐드러지게 핀 아름다운 집에서 곱게 나이 드신 어머니를 뵌 것 같은데 세월이 참으로 빨리 흐른다. 딸과 함께 사는 동안 참으로 행복하셨을 것 같다.

종종 TV에서 고향집에 내려가서 나이 드신 어머니를 모시고 사는 아들의 이야기를 들을 때마다 참으로 아름답다고 생각을 했었는데 후배가 아름다워 보였다.

　그 후 코로나로 인해 그동안 만나지 못했던 후배를 오랜만에 만나서 그동안의 근황을 들었다. 사람이 남의 말을 듣고 칭찬하고 장단 맞추고 귀기울이는 것이 쉬운 일이 아닌데 후배는 늘 사소한 이야기도 귀를 기울여 주고 작은 일에도 칭찬을 아끼지 않는 사람이다. 나를 보고 참 평화로워 보인다고 한다. 내가 그동안 주름이 많이 졌다고 하니 주름은 나이 든 훈장이라고 자기는 주름이 원래 많았는데 이제 나이 드니 주름이 자연스러워 좋다고 한다. 그리고 바라보니 주름을 부끄러워하지 않는 사람은 주름이 훈장인 것이다. 나는 늘 거울 앞에 서면 훈장은 안 보이고 주름만 보였는데 말이다. 내가 비매품이지만 졸작인 나의 첫 작품《휘파람》을 선물했을 때도 참으로 엉성한 내 글을 다 읽어 주고 칭찬을 아끼지 않아서 내가 부끄러움을 딛고 자신감을 얻어 두 번째 작품《햇살 가득한 소풍길》을 내는 데 일조한 후배다.

　어머니를 모시고 사는 4년 동안 그 시간이 그렇게 행복했다고 한다. 연세가 많으셨던 어머니가 돌아가시고 나서도 고향에 남아 연세가 어머니와 비슷한 자매님들을 위해 운전 봉사를 하는데 그렇게 마음속 깊이 기쁠 수가 없다고 한다. 평생 봉사를 해 본 적이 없다는 후배는 자기 차에 자비로 기름을 넣어 가면서 일일이 어르신들 집에 들러서 어르신들을 교회에 모셔다 드리고 모셔 오는 봉사를 하는데 어르신들이 농사지으신 호박, 직접 짜신 기름, 감자 등 온갖 농산물을 다 가지고 오신다고 하면서 이렇게 귀한 좋은 음식을 먹고 산다고 한다.

서울에 있을 때는 늘 왕언니였는데 고향에 가니 영계가 되어 교회에서 각종 봉사를 하느라 엄청 바쁘다고 한다.

어머니 돌아가실 때 자손들이 한마디씩 하라고 해서 그동안 산 것은 제대로 산 인생이 아니었다고, 내가 엄마 덕에 새 인생을 살았다고, 엄마 덕에 사람답게 살았다고 말했다고 한다.

어르신들을 태우고 차를 몰고 다니는 후배의 삶이 아름답고 멋져 보였다. 평소에 성모님을 사랑했던 어머니는 성자님들과 나란히 앉아 계시며 딸이 아름답게 살아가고 있는 모습을 보시고 빙그레 웃고 계실 것이다.

사람이 사람답게 사는 게 참 어려운데 퇴직 후에 사람다운 삶을 살고 있는 후배가 오래오래 건강하고 행복했으면 좋겠다.

2022

손녀 공부를 봐 주다가

    베트남 생활을 마치고 연말에 귀국한 둘째네가 자기 집 들어가는 일정이 두 달 후라서 두 달 동안 일가족이 우리 집에서 살게 되었다. 작은손주는 멀지만 자기 집 가까운 고덕 어린이집에 입학을 했기에 사위가 아침에 데려다주고 일을 보다가 오후에 데리고 온다. 딸은 복직을 해서 바로 출근을 하고 3월에 고덕 초등학교에 가야 되기 때문에 학원을 갈 수가 없는 큰아이 다현이 공부를 할미가 봐 주기로 했다. 작은딸이 베트남에서 공부를 봐 줄 때 똥 멍청이 소리가 절로 나오고 가르칠 때마다 너무 힘이 들어서 매번 큰소리가 났다고 했는데 내가 가르쳐 보니 아주 영리하고 문제도 쉽게 웃으면서 빨리 잘 푼다. 큰소리는 물론 없고 아이가 웃으며 공부를 하는 것을 보더니 어떻게 그럴 수 있냐고 한다. 그래서 나는 이미 경험자가 아니냐고 했다. 내가 아들을 가르쳤던 일이 생각났다.

    아들이 중학교 1학년 성적표를 가지고 왔는데 보니 최하위권이었다. 최하위권 아이들에게 학교가 얼마나 재미없고 하루가 얼마나 길고 힘든지 알기 때문에 나는 아들이 너무 불쌍했다. 그 당시만 해도 숙제를 안 해오거나 준비물이 없거나 하면 벌을 서거나 맞는 일이 다반사였는데 우리 아들은 아마 매일 벌을 서고 맞았을 것이라는 생각이 들었다. 나는 그날 이후로 학생들에게 매를 들지 않았다. 매를 맞아야 할 학생은 없다는 생각이 들었다.

아들에게 "학원을 보내 줄까?" 했더니 "학원에 가도 하나도 못 알아들어." 한다. 그래서 "개인 과외 시켜 줄까?" 했더니 "아무것도 몰라서 못 해." 한다. "그러면 엄마가 봐 줄까?" 했더니 "응." 하는 것이다. 그때부터 아들과 나의 공부 동행이 시작되었다. 나는 그날부터 연말까지 아들이 하교하면 아들 방에서 함께 12시까지 공부하다가 아들 방에서 잠을 잤다. 학생들 지도하랴 집안 살림하랴 엄청 피곤한 나는 아들 책상 옆에서 졸기 일쑤였으나 신기하게 아들은 졸지도 않고 엉덩이를 들지도 않았다. 대부분의 엄마들은 절대 자기 자식은 못 가르친다고 했지만 나는 아들과 좋은 관계를 유지했다. 같은 문제를 열 번 가르치고 열한 번째 문제를 살짝 바꾸면 아들은 "엄마, 모르겠어. 미안해." 하면서 눈물을 뚝뚝 떨어뜨렸다. 나는 "괜찮아, 엄마가 잘 못 가르치나 보다. 엄마가 미안해."라면서 아들의 눈물을 닦아 주었다.

그 후에도 아들은 수행평가도 모르고 준비물도 모르고 다음 1학기 기말고사, 2학기 중간고사와 기말고사까지 그렇게 공부했는데도 성적이 오르지 않았다. 내가 그렇게 시험지 한 장만 채점해 오길 소원했지만 아들은 연말까지 시험지 한 장을 채점해 오지 못했다. 내가 우리 반 꼴찌를 보니 앞에서 정답을 불러 주는데 우리 아들처럼 채점을 못 하고 있었다. 그때부터 그 아이도 그 부모에게는 세상에 귀한 아들일 것이라는 생각을 하게 되었다. 이 세상에 하찮은 아이는 없다는 생각이 들었고 그 후로 나는 학생을 보는 눈이 바뀌었다. 공부 좀 못한다고, 말썽을 피운다고, 준비물이 없다고 학생을 함부로 대하지 않았다. 다 하느님의 귀한 창조물인 것이다.

학기말 고사까지 그렇게 열심히 공부를 해도 성적이 오르지 않자 나는 아들에게 "하느님이 인간을 만들 때는 다 귀한 존재로 만들었고 다 쓸모가 있을 텐데 너는 아마도 공부가 적성에 맞지 않는가 보다."라며 늘 게임을 좋아하는 아들에게 "너는 컴퓨터 쪽으로 나가면 안 될까?" 했더니 아들이 "공부가 될 듯 될 듯 해. 엄마. 조금만 더 도와주면 좋겠어." 하는 것이다.

그렇게 학기말을 맞이했고 2학년까지는 3개월이라는 귀한 시간이 남아 있었다. 우리는 그날부터 다시 많은 시간을 함께했다. 그렇게 2학년이 된 어느 날 아들이 리코더를 부는 것이다. 〈그 집 앞〉이었다. 웬 리코더냐고 했더니 음악 수행평가라고 하는 것이다. 세상에 처음으로 수행평가를 알게 된 것이다. 그다음 날은 복도에서 줄넘기를 했다. 체육 수행평가를 준비한다는 것이다. 그동안은 수행평가 과목도 모르고 무슨 수행평가를 하는지 전혀 몰랐던 아들이었는데 놀라운 변화였다. 늘 준비물을 안 가지고 가서 그동안 한 장의 그림도 못 그려 오던 아들이 스케치북을 내밀었다. 거기에는 A+ 점수가 있었다. 나는 순간 너무 놀라서 "미라클"을 외쳤다. 온 가족 다 모이라고 해서 보여 주자 우리 집은 축제 분위기였다. 잘생긴 아들 얼굴이 멋지게 똑같이 그려져 있었는데 사진 보고 자화상 그리기 파스텔화였다. 또 한 장은 '자전거 타는 아이' 동판화였는데 최고로 잘 그렸다.

나는 그 두 작품을 액자에 넣어서 아들 책상에 올려놓고 힘들 때, 포기하고 싶을 때마다 기적을 이룬 너를 생각하라고 했다. 그 액자는 그 후 수십 년이 지난 지금까지 우리 집 책상에 놓여 있다. 이렇게 예체능부터 서서히 변화가 일어나고 있었다. 사람들은 보통 국영수가 중요하다고 하지만 나는 그때 예체능이 얼마나 중요한지 실감을 했다.

또 놀라운 일이 일어났다. 물론 남들 다 하는 것이지만 우리에게는 놀라운 변화였다. 처음으로 2학년 첫 시험 1학기 중간고사 시험지를 모두 채점해 온 것이다. 성적표를 가지고 왔는데 성적표가 새까맸다. 점수 밑에 다음번 목표 점수를 여러 번 고쳐서 쓰느라 그런 것이었다. 내가 옆에서 "그러지 말고 그냥 다 백 점으로 고치면 되겠네." 했더니 아들이 웃었다.

그날 이후 아들은 종종 도움을 요청하긴 했지만 거의 일 년 만에 나의 도움 없이 스스로 공부를 했다. 그 좋아하는 게임도 자제를 하고 말투와 표정이 온화하게 변하기 시작했다. 자존감이 회복되고 목표가 생기고 스스로를 사랑하게 된 것이다. 성적이 중요한 게 아니라, 한 집단에서 인정을 받고 학교생활이 재미있어지고 수업 시간이 재미있어지니까 그에 따라 삶의 질이 좋아진 것이다. 그 당시에는 인문계 고교 진학을 하려면 30% 안에 들어야 했는데 인문계 고교에 진학을 했다.

고등학교 시절 시험을 치르고 나서 내가 근무하는 학교로 전화가 왔다. 95, 97, 95라고 했다. 그날 시험 본 세 과목의 성적을 말하는 것이다. 나도 현직 교사지만 최하위권 학생이 상위권으로 도약하는 것을 본 적이 없다. 상상도 못 할 일이 벌어진 것이다. 인간 승리인 것이다. 끈질긴 노력이 드디어 빛을 발한 것이다. 늘 기도로 위로로 격려로 응원으로 아들에게 힘을 주었던 가족의 도움이 없었다면 불가능했을 것이다.

자라는 아이들에게는 어떤 일이 벌어질지 아무도 모르는 것이다. 저 구석에서 울고 있는 저 아이도 잘만 보살펴 준다면 언젠가 환하게 웃을 날이 올 것이다. 누군가의 응원 속에 아이들은 쑥쑥 자라는 것이다. 이 세상에 무시당해도 되는 아이는 없는 것이다.

어느 날 집에 오니 아들이 이불을 뒤집어쓰고 괴로워하고 있었다. 왜냐고 물으니 자기가 아주 좋아하는 일본어 선생님이 계신데 오늘 1학기 중간고사 일본어 주관식을 다 틀렸다고 수업 중에 이름을 불러서 너무 창피했다는 것이다. 아주 미인이신 젊은 여선생님이었던 것이다. 놀랍게도 그 다음 세 번의 일본어 시험은 모두 백 점을 받아서 과목 우수상을 받아 왔다. 선생님이 학생에게 얼마나 큰 영향을 미치는지 알 수가 있었다.

고2 담임선생님은 우리 아들이 지금까지 존경하는 훌륭한 선생님이셨다. 담임선생님의 사랑 아래 아들은 몸도 마음도 머리도 쑥쑥 성장했다. 자신감이 넘치고 적극적이고 잘 웃는 아들로 한 단계 도약을 한 것이다. 담임선생님이 한 아이의 일생에 결정적 영향을 미칠 수도 있는 것을 깨달았다. 아들에게는 은인이시다.

고3이 되어 오직 앞만 보고 가는 아들이 참으로 대견했다. 어느 날은 모의고사를 치른 후에 다른 아이의 성적표를 가지고 와서 보고 있었다. 전교 1등 하는 친구 성적표라는 것이다. 그 아이는 나중에 서울대에 진학해 재학 중에 최연소 입법고시에 합격한 아이였다. 세상에 아들이 그 친구의 성적표를 분석하며 자기의 목표가 이렇게 되는 것이라고 한다. 참으로 기적 같은 상상도 못 할 일이 일어난 것이다. 이렇게 우리 아들은 변화되었다. 기말고사 수학 시험지를 보니 나는 손도 못 댈 미분, 적분, 확률 등 어려운 주관식 문제들이 많이 있는데 다 맞은 것을 보고 "너의 수준이 이 정도야? 엄마는 손도 못 대겠는데."라고 했더니 "엄마, 내 수준이 그렇게 되었어." 하며 웃는 것이다.

그런 과정을 거친 아들은 내면적으로 도전을 두려워하지 않는 아주 끈질긴 젊은이로, 참고 기다릴 줄 아는 괜찮은 젊은이로 성장을 했다. 아들은 희망하는 대학에 진학을 해서 우리 온 가족을 흥분의 도가니로 빠지게 했다. 상위권 대학에 진학한 게 중요한 게 아니라 지금까지 도전해 온 과정에서 느낀 성취감이 아들을 긍정적이고 멋진 젊은이로 성장시켰다는 것이 더 큰 성과였다. 지금도 친정과 시댁 쪽에서 조카들이 공부할 때 본보기가 되어 있다. 그 당시 딸들은 엄마가 이런 과정을 책으로 내면 많은 학부모들에게 도움이 될 것이라고, 특별하지 않지만 겪었던 일을 강연을 해도 아주 좋을 것이라고 했었다.

군에 단기 훈련을 받으러 갔던 아들이 소대장님이 쓰라고 해서 매일 일기처럼 썼다고 하는 '수양록'을 집으로 가지고 와서 읽어 보았다. 멋진 소대장님이셨던 것이다. 어느 날 쓴 글이 나를 울렸다. '내가 꼴찌를 할 때도 오로지 나를 믿어 주고 응원해 주시는 엄마 덕에 오늘의 내가 있게 되었다. 내가 나중에 괜찮은 사람이 된다면 그것은 모두 엄마 덕이다.' 나는 울면서 온 가족에게 읽어 주었다. 이 세상에 거저 얻어지는 것은 없다. 열매를 거두려거든 씨앗을 심고 가꾸어야 되는 것이다. 나의 노력이 헛되지 않았던 것이다. 철없는 중1 학생인 줄만 알았더니 아이들도 다 생각이 있는 것이다.

아이들은 믿어 주고 응원해 주면 그 어떤 어려움도 이기며 앞으로 나아갈 수 있는 것이다. 이 세상에 똥 멍청이는 없다. 아무리 성능이 좋은 컴퓨터도 인간의 두뇌만 못하다. 다만 슈퍼컴퓨터인 우리 뇌의 엔터키를 누르지 않았을 뿐이다. 쓰지 않아서 녹슬고 방치되었을 뿐이다. 내가 한 것은 우리 아들의 쓰지 않는 뇌의 일부에 엔터키를 누르게 한 것뿐이다. 숨은 잠재력을 이끌어 내면 누구나 해낼 수 있는 것이다.

나는 아들이 어릴 때 아들 앞의 장애물을 내가 다 치워 버리겠다는 듯이 용감한 전사로 살아왔지만 실은 아들이 나를 받아들이고 스스로 발을 떼어 따라와 주지 않았다면 불가능한 일이었을 것이다. 그 후로도 아들은 늘 나의 조언을 구하고 또 그 조언에 귀를 기울이며 엄마를 신뢰하고 믿어 주었기에 수많은 난관을 이기고 거의 백 대 일에 가까운 경쟁률을 보인 채용 시험에 합격을 해서 우리 온 가족에게 박수를 받았다. 우리 친정 엄마가 최고로 기뻐하셨다. 큰 효도를 한 것이다. 시어머니가 편찮으시지 않았다면 자신이 그토록 사랑으로 길러 준 손주를 얼싸안고 기뻐하셨을 텐데 안타까웠다.

지금 자녀를 기르고 있는 엄마들이여. 자녀를 믿어 주고 격려해 주고 자녀들이 울 때 "괜찮다."고 하며 눈물을 닦아 주세요. 자녀는 믿는 만큼 성장한답니다. 그들에게 물을 주고 거름을 주세요. 너무 빨리 자라라고 하지 마세요. 다 그들 나름대로 힘들게 버티며 노력을 하고 있답니다. 어린 나무일 때 혼자 힘으로 잘 서지 못하면 지지대가 되어 주세요. 나중에 큰 아름드리나무로 자라서 늙은 우리와 어린 자녀들이 그 그늘 아래서 쉬게 될 것입니다.

젊은이들이여. 지금 너무 힘들다고 포기하지 마세요. 먹구름이 지나가면 그 위에선 찬란한 태양이 항상 빛나고 있답니다. 비가 오면 비를 맞고 눈이 오면 눈을 맞으며 뚜벅뚜벅 앞으로 걸어가다 보면 어느새 여러분이 지나온 길에는 새로운 길이 나 있을 겁니다. 눈물로 씻은 눈만이 세상을 볼 수 있다고 하지 않습니까. 이 세상에 흔들리지 않고 크는 나무가 어디에 있습니까? 비바람 몰아치는 날에도, 한겨울 눈보라 속에서도 묵묵히 견디어 낸 나무들이 봄이 오면 예쁜 꽃을 피우지 않습니까? 그렇게 여러분의 삶에도 봄이 찾아올 것입니다. 묵묵히 걸어가다 보면 목표에 도달해 있을 것입니다. 잊지 마세요. 부모와 가족과 사회와 국가가 여러분을 도울 것입니다. 한 생명마다 수호천사가 있다고 합니다. 여러분의 수호천사가 늘 여러분과 함께할 것입니다. 여러분이 힘들 때 수호천사가 여러분을 업고 갈 것입니다.

《채근담》에 나온 글입니다.

> 작은 일에도 물 샐 틈 없이 정성을 다하고, 어둠 속에서도 속이지 않으며, 실패한 경우에도 포기하지 않으면 비로소 진정한 영웅이 된다.

그렇습니다. 꼭 엄청난 일을 해야만 영웅이 되는 것은 아닙니다. 자신의 삶에서 좀 더 용기를 내고 희망을 품은 채 하루하루 열심히 살아가는 여러분이 영웅입니다. 희망의 끈을 쥐고 있으세요.

오랜 시간 동안 담금질을 견딘 아들은 더 강하고 튼튼한 젊은이가 되어 사회생활을 잘하고 있고 두 자녀의 좋은 아빠로, 아내에게 존중받는 남편으로, 우리에게 감동을 주는 아들로, 든든한 사위로, 조카들 눈높이에 맞추어 주는 삼촌으로 멋진 삶을 살고 있다.

아빠가 감기로 힘들어할 때 우리 집에 와서 생강차를 끓여 놓고 가는 속 깊고 정이 많은 아들을 보며 늙은 우리는 그저 감동을 하고 그런 아들을 사랑할 뿐이다.

2022

메멘토 모리

얼마 전에 이어령 선생님의 《메멘토 모리》를 참으로 감명 깊게 읽었는데 오늘 나는 아주 가까이서 새해 벽두부터 죽음을 생각했다.

남편이 코로나 완치 후 후유증으로 기침을 며칠째 어찌나 심하게 하는지 얼굴이 창백해졌다 붉어졌다 하면서 숨을 못 쉬고 기침을 했다. 오늘은 밤새 기침을 하는데 가래가 기도를 막아서 숨을 못 쉰다. 예전에 남편이 한번 기침을 심하게 하다가 실신을 한 적이 있어서 창백한 얼굴색에 트라우마가 있는 나는 저러다 오늘 저녁을 넘기기 어렵다는 생각을 했다. 밤중에 연세대 응급실로 호흡이 힘든 남편을 태우고 급히 가면서 수많은 생각을 했다.

아침 산책도 둘이서 하고 산책 후 커피숍에서 달달한 빵도 둘이서 먹고 이곳저곳 좋은 곳 여행도 둘이서 가고 잠도 둘이서 자고 밥도 둘이서 먹고 도대체 나는 혼자서는 너무 외로워서 살 수가 없을 것 같다는 생각이 들었다. 다시는 그런 일상이 나에게 오지 않을지도 모른다는 생각에 절망감이 들었다. 누구나 시한부 인생이라지만 먼 훗날 이야기거나 남의 이야기로만 생각했는데 갑자기 나에게 다가올 수도 있다는 생각에 무서워졌다. 그러면서 건강하시다가 어느 날 갑자기 돌아가신 시아버지를 보낸 시어머니 생각도 나고 갑자기 남편을 여읜 친구 생각도 났다. "여보, 당신 없이는 나 혼자서 도저히 살 수 없을 것 같아. 당신 나 위해서 더 살아야 돼."라고 남편에게 말을 했더니 남편이 "자식하고 손주들하고 살아가면 외롭지 않을 거야."라고 대답을 하는 것이다.

박완서 선생님의 글에서 남편이 죽고 외아들도 교통사고로 죽고 다시는 온전히 웃을 일이 없을 것 같았는데 어느 날 외손녀의 재롱을 보면서 아주 즐겁게 웃고 있는 자신을 보며 '내가 이렇게 웃을 날이 오다니.'라고 생각했다고 쓴 걸 본 것이 생각났다.

남편과 함께하는 평범한 일상의 순간들이 내 인생에서 가장 소중한 시간이었다는 것을 모르고 살았는데 그냥 평범한 일상이 나에게 다시 주어질지 모르겠다.

우리 모두 오늘 살아 있다는 것만으로도 감사합시다. 오늘이 축복이고 기적입니다.

2023